講談社文庫

狙われた羊

中村敦夫

講談社

にせ預言者を警戒せよ。
彼らは、羊の衣を着てあなた方の所に来るが、
その内側は強欲な狼である。

——マタイによる福音書・第七章——

目次

狙われた羊

プロローグ

まるで蓑虫《みのむし》の宙返りだ。

寝袋に包まれた尾崎加代の体は、足元の方から浮き上がり、闇の中で半回転した。まだ眠れずにいたのに、声をあげる間もなかった。何が起きたかを理解する前に、背中が鉄板に打ちつけられ、テニスボールみたいに全身がはじかれた。誰かの寝袋の上に墜落するのと、もう一つの寝袋が顔面に落ちてくるのがほぼ同時だった。鼻柱がめりこむような激痛を感じたと思ったら、体はふたたび宙に投げ出された。ものがぶつかり合う気配と断続的な短い悲鳴、そして最後に、破滅的な激突のショックが加代を襲った。

ザーッと音がして粉々になったガラスの粒が降ってくる。その音を聞きながら意識が次第に遠のいていった。

……どれほど時間が経ったのだろう。

鼓膜を揺さぶる不快な雑音と、胸にのしかかる重苦しさと闘いながら、加代は徐々に自分を取り戻した。身じろぎもせず耳を澄ましていると、雑音の正体が分かった。車のエンジンと空回りするタイヤの軋《きし》みだった。どうやら自分は、転落した車の中に閉じ込められているらしい。車体の向きがどうなっているのか見当がつかないが、正常な状態でないことは確かだった。

体の上にどっしりと何かが乗っかっている。胸の苦しさはそのせいだった。寝袋の内側からチャックを外そうともがいたが、覆《おお》いかぶさった物体の重量で手が自由にならない。

加代はその物体を確認しようと、やっとの思いで首をねじ曲げた。ガラスを失った車の窓から、弱い月光が射し込み、部分的に内部を照らしだしていた。目と鼻の先に異様なものがある。男の首だ。見開いた両眼が、ガラス玉みたいに光っていた。

「ヒィ！」

声にならぬ叫びを上げた加代は、全力で体をくねらせ、のしかかっていた相手を押し退《の》けた。あわててチャックを引き下ろし、自由になった上半身を起こした。背中に激痛が走った。

どこかで呻《うめ》き声がした。

「誰っ」

加代が反射的に叫んだ。

呻き声は断続的に続いたが、言葉は返ってこなかった。誰だろう? 奇妙なことだが、一緒に乗っていた者の名前がどうしても思いだせない。頭をぶつけたからだろうか……。不安になった加代は、押し退けた寝袋の方を振り返った。

後頭部が見えた。微動だにしない。髪に黒い液状のものがべったりと張りついている。血のように見える。いや、血だ。すでに霊化(死亡)しているのかも……加代の背筋に冷たい電撃が突き抜けた。

鼻柱のあたりがズキズキと痛み、上唇から顎にかけて生温かいものが流れている。手の甲でぬぐうと真っ赤に染まった。鼻血だった。

加代は障害物を押し分け、歪《ゆが》んだ車窓から這いだした。両手にひんやりとした感触……土が濡れている。すぐそばに小川が流れていた。

加代は、四《よつ》ん這《ば》いになったまま後を振り向いた。

白いハイエース・ロングが、大外刈りを食らった柔道選手のように、夜空に向かって腹を見せていた。車のフロント部分を浅瀬に突っこみ、車体が逆立ちしていた。周囲には、ナップザックや味付きの根昆布が入ったビニール袋が散乱している。砕け散った窓ガラスの破片が、黒い土の上でキラキラと光っていた。

ヤッケを着ていても、身震いするような寒さだ。加代は車の上方を見上げた。

小さな橋があり、低い木製の欄干の一部が壊れていた。

あそこから落ちたんだ……加代はぼんやりとそう思った。運転していたのは班長だ。

班長はどうしたのだろう？

加代はよろよろと立ち上がった。痛む背中をかばおうと身を縮めた時、せせらぎの中に不思議なものを見つけた。加代は目を凝《こ》らした。

水の中にいるのは人間だった。車体の下から仰向けの上半身だけが飛びだしている。男だ。頭髪が、流れに沿って逆立ち、ゆらゆらと揺れている。白目をむきだし、口は開いたままだ。

加代の唇がワナワナと震え出した。水の中にいるのは、班長だった。

金縛りにあったように、体中の筋肉が硬直した。悲鳴をあげようにも声が出ない。逃げだしたかった。必死で一歩一歩後退《あとずさ》りした。

背後で物音がした。ハッと振り向いた。

数メートル離れた所に誰かがいた。逆光になっているので特定できない。ずんぐりした人影は加代に気づかず、のろのろと動いている。周囲に散ったビニール袋を拾い集めているようすだ。

「松本さん……？」

加代がおずおずと尋ねた。

人影は動きを止め、こちらを見た。

「松本さんでしょ」

返事がないので、加代の方から近づいた。ボサボサ頭にニキビ面……やはり松本武志だった。

「あなた怪我なかったの」

「ああ」

紺色のヤッケを着た松本は、ふぬけのように答えた。目がとろんとしていた。墜落のショックから立ち直っていないようだった。

「班長は霊化したみたい」

「知ってるよ」

感情のない声だった。しばらく二人の間を沈黙が支配した。

やがて加代が言った。

「どうしよう」

「さあ……」

相手が頼りないので、加代はしっかりしなくてはと思った。

だが、いくら考えても判断する術《すべ》がない。そのうち、あることに気づき、ハッと自分を取り戻した。そうだ、普段から教えこまれたマニュアルに従えばいいのだ。加代の蒼白い顔に生気が戻ってきた。

このケースは、どうすべきか。

「分かった、逃げましょう」

「逃げる？」

「交通事故があったら、少くとも二人はすぐ逃げろと言われていたでしょ。七人乗りは違反だからって。これ交通事故でしょう？」

「そうか……そうだった」

松本の頬《ほお》に赤みがさし、目が少しずつ輝きを増した。

「それから報連相よ」

「そうだ、それだ」

報連相とは彼らの標語だった。何が起きても上司や本部へ、〈報告〉〈連絡〉〈相談〉せよという鉄則を意味した。

日常繰り返される指導では、何ごとも個人で決断することは禁じられていた。

二人は、転落したハイエースに近づいた。窓から上半身を突っ込み、自分たちの私物を見つけだそうと手探りした。

車の中のどこかで、相変わらず呻き声がしていた。

介抱したいと加代は思ったが、実際には何をどうすべきか思いつかない。それよりも、できるだけ早く本部へ連絡しなければならぬという使命感にせきたてられていた。

混乱した車中から、二人はやっと目当てのリュックサックを引きずりだした。

加代は、紺色のリュックのポケットから懐中電灯を取り出し、ヤッケの袖をめくって腕時計に光を当てた。文字盤のプラスチック・カバーが外れ、片方の針が飛んでいた。加代は、松本武志の手元に懐中電灯を向けた。

「今、何時」

「二時二十五分」

「ここどこか分かる」

「いや」

「分かるはずないわね」

群馬県のどこかであることは確かだった。しかし、走る車の中で何時間も横たわっていたので、方角さえ見当がつかなかった。

「とにかく行きましょう」

リュックを背負うと、二人は堤防の斜面をよじ登った。

寒風が吹き荒《すさ》んでいた。耳が切れるかと思うほど冷たい。加代は、ヤッケのフードでおかっぱ頭を包んだ。川をはさんだ二つの堤防の両側には、果てしない田畑が広がっていた。川下のはるか彼方に、かすかな灯りの気配があった。堤防の上の車道を辿れば、人里まで行き着けるかもしれない。

加代は、ヤッケのポケットの中でテレフォンカードを握りしめた。現金はなかったが、本部と連絡できる命綱だった。

橋の下では、依然ハイエースのタイヤが空転していた。再び、戻って仲間を助け出したい衝動に駆られた。しかしすぐに「報連相」という文字が加代の感情を否定した。

迷いが続くことを恐れ、一気に走りだす。あわてて松本が追いかけてきた。

気温は零下を記録しているに違いない。吐く息がそのまま凍ってしまいそうだった。背中の痛みはどんどんひどくなる。歯を食いしばって走った。試練だ、と加代は思った。自分が苦しめば苦しむほど、神は救われるのだ。

「ウォー！　ウォー！」

背後で、松本が雄叫びをあげている。

研修会で習った〈感情の解放〉をやっているのだ。怖じけづいた時、不安な時、自信のない時、恥ずかしさを捨てる時、大声でわめくとすっきりし、度胸が据《す》わる。組織に入ったばかりの時は、新宿や渋谷の人込みの中でやらされたものだ。

風が目に当たり、涙が溜まった。その涙の向こうで、チラチラと灯りが揺れている。加代には、それが天国の光のように見えた。天国に近づくには、あと何キロ進まねばならないのか。

加代は、背中の痛みを忘れるために、〈メシヤの御言葉集〉の一節を思いだそうと努力した。

可愛い私の小羊たちよ。
おまえたちの小さな苦しみが、

積もりつもって黄金の塊を創るのだ。
力を尽くし、共に頑張ろう。
耐えられないほど苦しくなった時、
私はおまえを抱き上げてあげよう。
そして、おまえの立派な心を褒《ほ》めたたえてあげよう。

加代の頬に熱い涙がこぼれ落ちた。

〈聖なるお父様、どうぞわたしをお救いください！　どうぞ、電話のある所までお導きください！〉

加代は心の中で祈り続けた。

1

長峰国彦にとっては、厄介な一日の始まりだった。

マイクロ部隊十班分の当日売り上げや収支報告書を仕上げ、やっと寝床へもぐり込んだ途端、夜番の学生にたたき起こされた。

群馬県を回っていた第二班のハイエースが、交通事故を起こしたという報告だった。しかも死亡者が出たらしい。

「今、何時だ」

「午前三時ですが」

瞬《まばた》きもせずに長峰を見つめていた学生が即座に答えた。

「で、連絡者は？」

「尾崎加代と松本武志です。指示を待つように言いました。十五分後にまた電話が入ります」

「今、下に降りる」

「はい」

　長峰は、幹部用として三階の一部屋を与えられていた。とはいっても、六畳一間に小さなキッチンとトイレがついているだけである。

　建物全体は、賃貸用に建てられた安普請のマンションだった。三階建ての十五部屋すべてを、組織がまるごと借り切っていた。そのうちの六部屋を、事務所、応接間、倉庫、幹部用などに使い、残りの九部屋は青年部の宿舎に当てられていた。一部屋に六、七人の若者が寝起きしている。

　長峰国彦は、貴重品収納用に使っているダンボール箱から、近眼鏡を取りだした。丸みのあるメタル・フレームは、角張った長峰の容貌を、多少やわらかく中和した。

　布団を片づけ、部屋の隅にたたんでおいた紺色のヤッケを、寝間着代りのスエットト・シャツの上から羽織った。

　部屋の空気は冷えきっていた。経費節減で暖房装置のマスターは切られている。足の裏に触れる畳は、氷のように冷たかった。

　長峰は、両手をヤッケのポケットに突っこみ、しばらく部屋の中央に立っていた。六十ワットの裸電球が、額のすぐ上でぼんやりとした光芒を放っている。天井は、百八十センチの長峰が手を上げれば届くほど低い。

　これからやらなければならぬことを、頭の中で整理した。うろたえた姿など、間違っても目下の者たちに見せてはならない。

長峰は、この支部の幹部階級、ブラザーやシスターたちの長で、〈シニア・リーダー〉と呼ばれていた。ランクではさらに上位の支部長もいるが、名誉職みたいなもので、実務を仕切っているのは長峰だった。

事件にまつわる一つ一つの要素を点検してゆくと、最初に感じたよりも、ずっと状況が深刻であることが分かった。

組織は、重大な危機に直面している。悪霊が、大きな災いを投げかけてきたのだ。長峰は、自分が抜き差しならぬ試練の場に立たされていることを自覚した。心と体が急に緊張し、頬がひきつってゆくような気がした。

事態を打開するために、一手たりとも段取りを間違うことは許されない。

「聖なるお父様、どうぞ私をお助けください。私に力を与えてください」

長峰は目を閉じ、声を出して祈った。こんなに真剣な気持ちになったのは、久しぶりだった。心臓の周辺が急に熱くなり、気分が高揚した。長峰はゴム製のつっかけに素足を通すと、ドアを勢いよく押し開いた。廊下の突き当たりまで走り、階段を駆け下り、一階の事務所に飛び込んだ。

二人の人間が振り返った。一人は電話番をしていたさきほどの学生、もう一人は三十歳前後の女性だった。その女性はパジャマの上からベージュのレインコートを羽織っている。

〈ママ・リーダー〉の大隅良江だった。この支部の現場では、長峰に次ぐナンバー2の幹部だった。後頭部で束ねた髪をゴム輪で縛っている。化粧は禁じられているので、緊張した細面の顔はなおさら蒼白く見えた。黒目がちの瞳が、長峰の指示を待っていた。

「何本か電話しなくてはならない。大隅さん、分担してください」

「はい！」

大隅良江がはじけるように答えた。

まず本部の会長である上岡達雄に連絡しなくてはならない。上岡は情熱的な布教者であるが、あまり事務能力がない。危機管理のできるタイプではないので工夫がいる。

「会長の秘書に連絡してください。あまり大袈裟なことだと思わせないように。事実だけ言って、後はこっちで処理するからって。それから広報部長の耳にも一言入れておいた方が良い」

大隅に指示を与えた後、長峰は別の電話をとり、ダイヤルを回した。相手は、組織の三大幹部の一人、古川鉄二だった。古川は〈多幸物産〉の代表で、組織の経済部門を取り仕切っている。並外れたアイデアマンで、組織がここまで拡大できたのも、古川の戦略戦術によるものといって過言ではない。長峰にとっては国立大学の先輩でもあり、最も信頼できる人物だった。

「何だい、今頃……」

古川の声は不機嫌そうだった。

長峰は事情を話し、自分の対策について機関銃のような早さでまくしたてた。しばらく、相手は沈黙していた。やがてぽつりと返事が返ってきた。

「……それでいい、そのとおりで進めなさい」

「政治家の方はお願いできますか？」

「もちろんだ。この時間じゃあすぐには無理だが、午前中には何とかしよう」

「ありがとうございます」

「しっかりやってくれよ、頼りにしているからね」

古川の言葉の調子ががらりと変わっていた。

長峰の自尊心がくすぐられた。全面的に意見が認められ、長峰はますます古川に尊敬の念を抱いた。古川は、自分の部下をこちらに送ってくれると約束した。

電話を切ると同時に、夜番の学生が別の受話器を差しだした。

「ハイエース第二班の女性からです」

壁に張ってある班編成表を見ながら、長峰は受話器をもぎ取った。

「尾崎さんだね、今どこだ……駅前？　何ていう駅だ……クラカノ？」

長峰は、大隅良江が素早くだしてくれた地図帳に目を走らせた。

「ああ、倉賀野《くらがの》か、分かった。高崎のすぐそばだよ、で、霊化したのは二人だな……

班長ともう一人……誰だか分からない？　だめじゃないか、そんなことじゃ……ううん、松本君は一緒なんだね……事故現場も分からない……そうか、分かった。じゃ、二人でそこに立っていなさい、どこか人目につかぬ所で……そう、一時間以内に、高崎のブラザーたちが迎えにゆく。そこのリーダーの指示に従うんだ、分かったね……」

受話器を切るなり、長峰は深い溜息《ためいき》をついた。

ふと見ると、大隅良江が床にひざまずき、手を合わせながらぶるぶると震えている。口元は、一心不乱に何ごとか唱えていた。

「大隅さん、高崎支部に電話してください。それからウチの支部長にも」

大隅はびくっとして祈禱《きとう》を止め、あわてて立ち上がった。

長峰は、大急ぎで階段をかけ上がり、自分の部屋へ戻った。ヤッケとスエットの上下を脱ぎ、黒いタートル・セーターに着替えた。押入れを開き、針金に吊ってあったグレーの上着と替えズボンを引き下ろした。

身なりが整うと、今度はビニール製のボストンバッグに、洗面道具や下着、そして風呂敷に包まれていた喪服を詰めこんだ。二、三日、あるいは一週間ぐらい戻れないかもしれないと思った。


午前四時三十分……国際キリスト敬霊協会・新宿支部のマンション玄関前に、一台のライトバンが滑りこんできた。

白い息を吐きながら、一人の中年男が降り立った。チャコールグレーのスーツに縞のネクタイを締め、明るい灰色のハーフ・コートを着込んでいた。

〈ほほえみ商会〉の幹部社員・宍戸《ししど》信行である。〈ほほえみ商会〉は、敬霊協会の最大事業団体である〈多幸物産〉傘下の海産物問屋だった。

「お待たせしました」

赤ら顔の宍戸は、出迎えた年下の長峰にていねいな挨拶をした。長峰とは何度も会っているが、宍戸はいつも礼儀正しかった。

「古川代表から連絡がありましてね。大急ぎで来たんですが、こんな時間になってしまいました。それにしても、困りましたねえ」

言葉のわりには、宍戸の表情はそれほど動揺している風には見えない。薄い眉の下の目はすわっており、幾多のトラブルを乗り越えてきた男のたくましささえ感じさせた。

見送りには、ママ・リーダーの大隅良江と夜番の学生だけが出ていた。宿舎内の六十人近い青年男女は寝袋の中でまだ睡眠中だった。

「このことは、幹部以外には絶対口外しないでください」

長峰は二人に釘を刺した。

大隅良江は、口を真一文字に結んでうなずいた。留守中の指揮は、自動的にママ・リーダーが引き継ぐことになる。

「さ、急ぎましょうか」

宍戸は長峰をうながした。

長峰はボストンバッグとヤッケを後部座席に押し込み、助手席に乗り込んだ。

二月の早朝、空はまだ黒ずんでいる。京王線沿線にある小さな町を出発したライトバンは、甲州街道を走り、まだ交通量の少い環状八号線へ入った。途中で関越自動車道にきりかえ、群馬県へ向かうことになる。

「契約書は持ってきていただけましたか」

前を向いたまま、長峰が尋ねた。

「もちろんですよ、これがなかったらえらいことになる」

宍戸が、任せておけ、といった口調で答えた。

契約書とは、〈ほほえみ商会〉が扱っている海産物を訪問販売するため、商会と販売者の間で交わされた文書のことである。販売者は、国際キリスト敬霊協会の若い信者たちで、形式的には委託販売契約になっている。

書面では、三割が商会へ、七割がアルバイトの取り分になっている。だが実際には、信者の取得分すべてが、協会に裏献金されていた。

新宿支部では、十台のハイエースを管理し、一台七人単位で、関東各地にセールスを展開していた。一度支部を出発すれば、一ヵ月間は帰京することはできない。

「霊化したのは二人と聞きましたが」

宍戸が低い声で言った。

「今のところ、そういう報告です。詳しいことは分かりませんが」

「また金がかかりますな。こんなことなら生命保険に入れておくんだった……前の時もそう思ったんだが……」

前の時とは、一年前のある晩、訪問販売をしていた女性信者が何者かに強姦され、殺害された事件のことだった。

「しかし、全国で四千人以上いるというシープ（羊）に、全員保険をかけるのは無理でしょう」

「そりゃそうだ」

宍戸がうなるように言って溜息を吐いた。

シープとは、未婚の若い信者たちの組織内呼称である。聖書の〈迷える小羊〉が出典だった。

シープたちが売るのは、〈ほほえみ商会〉の海産物だけではない。印鑑、ハンカチ、朝鮮人参、コーヒー豆など数十種類あり、班分けされた若者たちが常時販売活動を展開している。新宿支部だけでも、三百人前後のシープたちが出入りしていた。

それにしても、金の問題は宍戸だけでなく、長峰の心を重苦しく締めつけていた。

ここ数年にわたるマスコミの悪意に満ちた協会批判や、弁護士たちによる節度なき訴訟は、協会の財政を容赦なく圧迫していた。

一個数百万円でさばくことのできた霊験大理石壺も、霊感商法のシンボルみたいな汚名を着せられ、この頃はさっぱり売れなくなった。不況のあおりで、信者を動員して金を借りさせたノンバンクも、ほとんど破産状態である。

古川鉄二の指揮下で展開している各種企業も、軒並み不調だという。頼みの綱は、今や人海戦術で小銭を掻《か》き集める訪問販売だけだが、そのトータルの売り上げも著しく減少している。

一時は、協会系企業全体の収益が、一ヵ月で百億円を超すこともあった。今では、その十分の一を達成するのも困難になってきた。

古川の話では、ニューヨークにいるメシヤは、送金の減少にかなりの苛立ちを見せているという。東京の本部には、金を作れという矢のような催促が集中しており、その影響が各支部にノルマ強化の重圧を加えていた。

長峰は、経費削減のため、分散していた新宿区内の宿泊施設を一ヵ所にまとめたり、新しい大手電信会社と契約し、機器の訪問販売員を大量に送り込んだりと、組織改革を断行してきた。だが、その悪戦苦闘も今のところ目立った成果をあげていない。

そんな時にこの事故である。

病院代、葬式代、それに遺族から訴訟でも起こされたらどうなるだろう。事態を正確に把握し、費用を最小限におさえなければならない。

だが、心配事はそれだけではない。

マスコミ対策が必要だ。反協会キャンペーンをやっている悪質なジャーナリズムは、ここぞとばかりに大スキャンダルをでっちあげるだろう。

長峰は、急に胃の痛みを感じた。

気持ちが暗くなるのに反比例して、フロントガラスの向こうの空は、次第に白みを増してきた。

2

東京を出てから三時間後、車は高崎市内へ入っていった。長峰と宍戸は、先ず支部へ立ち寄った。支部の建物は、街に近い住宅地にある古いアパートだった。八部屋全部を借り切り、五十人近くのシープたちが暮している。

ここで、支部に保護された尾崎加代や松本武志、そして支部のシニア・リーダーから情報を収集した。

彼らが事故現場へ戻ったり、いくつかの病院へ探りを入れた結果、被害状況が明確になっていた。

第二班ハイエースの乗員七人のうち、二人が死亡、二人が重傷で入院、尾崎と松本はここに保護されている。もう一人の女性シープは軽傷だったらしく、救急車で病院へ運ばれた直後、病院から姿を消した。この女性シープからは、一時間ほど前新宿支部に電話があり、連絡を受けた高崎支部のブラザーたちが現在迎えに行っているという。

高崎支部ができることはここまでだった。

あとは、直接担当者である長峰と宍戸が処理に当たらねばならない。

マーガリンを塗った大型の食パン一切れ、塩のかかった生キャベツ、日本茶……支部が提供してくれた朝食である。長峰はパンを裂きながら、ちらりと宍戸の表情を盗み見た。自分は慣れているが、会社員として普通の生活を送っている宍戸には、食べづらいだろうと思ったからだ。

しかし、宍戸は眉一つ動かさず、与えられたものを黙々と口に運んでいた。その落ち着き払った態度を見て、長峰は内心ホッとした。これからは、警察との対応があるだろう。その時前面にでるのは宍戸の役割だ。この人なら、うまくやってのけるだろうと思った。

怪我人と、おそらくは死亡者も収容されているはずの国立群馬総合病院は、高崎郊外の丘の麓にあった。打ちっ放しのコンクリート造りで、味も素っけもない四角い建物だが、大きさだけは並以上だった。

中へ入ると、急に長峰の眼鏡が曇った。長峰は、あわててズボンのポケットからハンカチを取り出してレンズをふいた。

広いロビーのベンチは、早々と押しかけた受診者や付添人たちに占領されていた。真ん中の太い角柱に掛けられた柱時計は、午前九時十五分を指している。

長峰と宍戸は、初診受付のカウンターに進んだ。宍戸が用件を切り出すと、眼鏡をかけた中年の女がぽかんと口を開けた。中年女は、何も言わずに席を立ち、奥の部屋へ消えた。

長峰が不安げな表情で宍戸の顔を見た。宍戸は、心配無用という目でうなずいて見せた。

しばらくして奥のドアが開き、中年女は一人の初老の男を伴って出てきた。頭部がテカテカに光り、耳の横にわずかな白髪を残しているその男は、カウンターの外を廻って近づいてきた。

「事務局の者だがね。いやあ、参ってたとこですよ。死人に口なしだし、患者の一人は逃げちまう。重傷の二人は黙りこくっちまって、住所も名前も言わん。一体この人たちは何者なんだね」

呆れ果てたと言わんばかりに、事務局の老人は片手で禿げ頭をつるりと撫《な》でた。

「申し訳ありません。突然連絡が途絶えたので、ひょっとしてウチのアルバイトではないかと思いまして」

宍戸が腰を低くして弁解した。

「ひょっとして？……そうかね。こっちはひょっとして欲しいもんだよ。連絡もなにもできないんですからね」

「そりゃそうでしょう」

宍戸が相手の気分を害さぬように相槌《あいづち》を打った。

「仏様、確かめて見るかね」

「ええ、もちろん……」

「こっちへ来なさい」

くるりと背を向けると、老人はスタスタと歩き出した。二人はあわてて老人の後を追った。

地下への階段を下りきったところにドアがあった。それを押し開けると廊下へ出た。ロビーから較《くら》べると、照明が格段と薄暗い。人気のない長い廊下を三人は突き当たりのドアまで歩いた。立ち止まった老人が、背広の前を開いた。腰に鍵束が下がっている。その中の一つを取り出し、大型のドアを開いた。

奥にもう一つ、重々しいドアが現れた。今度は鍵を使う必要がなかった。自動ドアが左右に分かれると、極端に冷たい空気の洪水が三人を襲った。

室内に入ると、四方を囲むコンクリートの壁には窓がない。天井の蛍光灯が、十台ほどあるワゴン型担架をぼんやりと照らしだしている。六台の担架は空だったが、残りの四台にはグレーのビニール布が掛けられている。

「たぶんこれだったと思うが……」

事務局の老人は、一番左の担架に近寄り、ビニール布の端をめくった。

現れたのは、長峰には見慣れた顔だった。いつもと違うのは、青白く変色した顔色だけだった。

長峰は奇妙な気分になっていた。自分が見ているのは、その男ではなく、ただのデスマスクではないかという錯覚に囚われそうになっていた。なぜか人間的な感情が湧いてこない。目前の光景が非現実的な感じがした。

宍戸が、尋ねるような視線を長峰に向けた。彼はメンバーのことは何も知らなかった。

「班長です」

長峰が小さな声で言った。

「窒息死だそうだ。水の中に顔を突っ込んでいたってことだが」

そう言いながら、老人は隣のビニール布も剥《は》いで見せた。

「こっちは頭蓋骨陥没《かんぼつ》……関係者に違いないですね？」

長峰は黙ってうなずいた。老人は安心したように溜息をつき、

「もういいですか？」

と事務的な口調で言った。

「ええ」

長峰は、一刻も早くこの場を離れたかった。

死亡者たちを見ても、自分の感情が動かぬという事実に耐えられなかった。それどころか、軽い吐き気さえ催《もよお》していた。

三人は廊下に出た。老人はあいかわらずせかせかと先頭を歩いた。長峰と宍戸は、肩を並べてゆっくりと進んだ。リズムの合わぬ三つの靴音が、灰色の廊下に谺《こだま》した。

長峰が、うつむきながら言った。

「班長の方は、両親も協会信者です。あまり問題は起きないでしょう」

「葬式だけで済むかも知れませんね。たしかこの県にウチの霊園があったな」

長峰は驚いて宍戸の顔を見た。

「ええ、尾瀬にあるんです。ちょうど私もそのことを考えていたんです。両親を呼び寄せてこちらで葬式をやり、霊園に埋葬しようかと」

「墓地を買ってもらえれば、言うことなしだ」

「なるほど」

長峰はそこまで計算していなかった。さすが、この道二十年の宍戸である。そのしたたかさは普通ではない。

「だが、もう一人のシープは？　あの頭蓋骨の……」

宍戸が聞いた。

「あれはビギナーなんです。まだ三ヵ月ぐらいの。学生なのでちょっと厄介かも知れません」

「家族は協会に入ったのを知ってますか」

「いえ、まだでしょう。ちょうど試験休みで、旅行に出ていることになっていますから」

「じゃ、遺体を送り返してしまえばいい」

「え？」

「送り主は適当に書いておくんです」

「でも、〈ほほえみ商会〉のことはいつかは分かってしまうでしょう」

「大丈夫ですよ、会社はもうすぐ潰しますから。そうすれば、訴える相手がいなくなる」

「…………」

「どっちみち、もう半年で税務署が入る。その前に逃げるつもりでしたから」

長峰は圧倒された。

だが、冷静に考え直して見れば、そのことを思いつかなかった自分の方が甘いのだ。

〈多幸物産〉の傘下には、常時四百社前後の中小企業が全国で活動している。ホテル、観光会社、病院などの大型企業もあるが、中小の企業や商店は、平均二年毎に社名を変え、住所を移転している。税金を逃れ献金額を増やすためである。

〈ほほえみ商会〉が遺族に訴訟され、弁護士を雇ったり、何百万円も和解金を取られるより、さっさと解散し、行方不明になった方が早道だ。現実の法律など、〈神の法〉の前では何の価値もない。

若いシープたちの管理や教育では一目置かれている長峰だが、金銭的な処理では、宍戸は一枚も二枚も上である。

二人がロビーへの階段を上がって行くと、事務局の老人が苛々《いらいら》した様子で待っていた。

「怪我の二人は、215号の病室ですからね。責任者をはっきりさせて、手続きをお願いしますよ」

言い終ると、さっさと事務室の方へ戻って行った。老人の関心は、手続きと支払いをはっきりさせることだけだった。

二階フロアーのナース・ステーションを素通りして、長峰と宍戸は215号室を目指した。

「リーダー！」

ドアを開けると、二人部屋の片側のベッドに腰を下ろしていた青年が立ち上がった。左手を白い三角巾で吊っている。

思いつめたような眼差しで、長峰を見つめている。長峰は微笑を浮かべ、ゆっくりとうなずいた。青年の目に、どっと涙が溢《あふ》れた。

「分かっているよ……もう、大丈夫だ」

息のこもった深い声で、長峰は言った。

もう一つのベッドでは、頭部を包帯で覆った患者が、大きな寝息を立てて眠りこけていた。長峰の指導で会社を辞め、本格的な信仰生活に入った若い男である。

「関係者の方ですか？」

背後で声がした。長峰と宍戸がビクッとして振り向いた。白衣を着た若い医者が、年上の看護婦を従えて入ってきた。

「こちらの方は腕を折っていたのでギプスをはめました。問題は寝ている方の人なんです」

「重傷でしょうか」

長峰が尋ねた。

「頭の方は軽い外傷ですからたいしたことはありません。これがややこしいんですよ」

若い医者はそう言って、毛布の下の部分をめくった。二本の足がむきだしで現れた。片方の足が全体にひどくむくんで、どす黒く変色している。

「膝蓋骨《しつがいこつ》粉砕骨折、つまり膝の骨が、粉々に砕けています。それに、前十字靱帯《じんたい》断裂もあるようですね。今日、明日中にも手術をすべきですが、この病院でやってよいものかどうか、関係者の同意も必要でしてね。ひどく痛がっていましたので、麻酔を打って睡眠薬をのませているんですよ」

「手術で治るんでしょうか」

長峰が眉をひそめて言った。若い医者は首をすぼめた。

「難しい手術になりますね」

「つまり」

「おそらく治っても、補助手段なしで歩くのは困難でしょうね」

長峰と宍戸は顔を見合わせた。腕を吊った若者の顔から血の気が引いた。不自由な身体になるということは、彼らの間で特別な意味を持っていた。

「どうされますか」

医者は、長峰と宍戸の顔を交互に見た。

「家族に連絡して決めさせましょう」

宍戸が長峰の代りに答えた。

「そうですか、早めに結論を出してください。いつまでもこうしておくわけにはいきませんので」

「こっちは通いでいいんでしょうか」

長峰は、腕を吊った青年の方を見て言った。

「構わんでしょう、もう固定しましたから、二週間後にでもギプスをチェックしましょう」

背を向けながら言って、医者は病室を出ていった。青年の表情は、喜びに変わっていた。

「良かったね」

長峰は青年に声を掛けた。

「リーダー！」

「じゃ、このまま一緒に帰ろう」

「ええ……」

青年は、傍らに寝ている仲間に視線を移した。その顔に、一瞬さびしげな影が走った。

敬霊協会の教えでは、霊化、つまり死亡したものは、神の招待によって天国へ行けるが、身体が不自由になったり、不治の病に冒されたものは見捨てられることになる。外的な体の障害は、内的なものが悪霊によって蝕《むしば》まれた反映であると説明されていた。体の利かない者は、現世に天国を実現するという協会の目的に役立たないからである。

怪我人を放置して去るのは、長峰にとっても自然な感情ではなかった。しかし、そうした俗的な気分を断ち切らなくては、神の道を歩むことはできない。腕を折った青年は復帰できる。一人でも救われる人間がいたことを、是としなければいけないと心に言い聞かせた。

病室を出た三人は、廊下の中央にあるエレベーターへ向かった。エレベーターの前にナース・ステーションがある。

濃紺のトレンチコートを着た中年男が、ナース・ステーションのカウンターに肘を乗せ、看護婦と話をしていた。

長峰はいやな感じがした。

案の定、三人がエレベーターに行きつく前に、その男が両手を広げて前を塞《ふさ》いだ。

「待ちなさいよ、あんたら」

白髪の混ざった毬栗《いがぐり》頭の男の目には、有無を言わさぬ鋭い光が宿っていた。男は、トレンチコートの前を掻き分け、背広の内ポケットから警察手帳を出して見せた。

「高崎南署の者だ。あんたらの身分をおしえて欲しいね」

「あ、お世話になります。東京の〈ほほえみ商会〉の宍戸と申します。ウチの契約者たちがトラブルを起こしまして……」

宍戸がていねいに頭を下げた。

「なるほど」

刑事は、なめるように宍戸と長峰の風体を吟味した。それからカウンターの裏へ廻り、腰をかがめて何かを取り出した。根昆布の入ったビニール袋だった。

「どうして連絡先が印刷してないんだ」

責めるような口調で言った。

「いえ、他意はございません。デザインの問題だと考えておりましたので……」

宍戸が弁解した。

「冗談じゃないよ、こっちは朝からあんたらを捜してるんだ。手掛りになるものは何も見つからん。仏様のポケットから運転免許証を捜し出したが、いくら連絡してもラチがあかない。怪我をした連中は口を噤《つぐ》んだまま一言も吐かねえ。それに、若い女は逃げちまったそうじゃないか、一体なんなんだい、この連中は？」

刑事は、宍戸と長峰の目を覗き込み、精一杯凄味《すごみ》を利かせた。

「申し訳ありません。なにせ慣れない連中ばかりですので」

「契約書はあるんだろうな？」

「ええ、ここに」

宍戸は、抱えていた大型の茶封筒を差し出した。

「そっちの人は？」

刑事は長峰の方を顎でしゃくった。

「あ、これは臨時に頼んだ運転手です」

長峰は、面食らったようすでお辞儀した。

「とにかくおかしいことが多すぎるな。一緒に署に来てもらおうか。調書をとらなくちゃならんわな」

「そりゃもう……その前に病院の手続きと精算を……」

と宍戸が言いかけたところで、カウンターの奥から看護婦が刑事を呼んだ。電話が掛っているようだった。

刑事は再びカウンターの中へ入り、横柄な態度で受話器を受けとった。二、三言話しているうちに、刑事の表情が変わった。チラチラとこちらに視線を送っている。

話を終って戻ってきた刑事が、上目遣いに宍戸を見た。

「中根代議士の秘書と話をした。知っとるのかね、中根さんを」

「ええ、それなりに」

低姿勢だった宍戸が、急に胸を張り、意味ありげな口調で言った。刑事は、その雰囲気に圧倒されたようだった。

「そうか……じゃ、あんただけでいいから署に来てもらって書類を書いてもらおうか。なに、形式だけだからすぐ済むよ」

「ありがとうございます」

宍戸は、長峰の方を振り返り、笑みを浮かべてうなずいた。

〈切り抜けた！　成功だ！〉

長峰は心の中で叫んでいた。やはり神の加護があったのだ。事件は大事にならずに済むだろう。これでマスコミも、通常事故として扱ってくれる。

後は、自分が被害者の処理をすればいい。葬儀屋を手配し、一人は葬式の準備、もう一人は棺桶を被害者の実家に送りつける。足を折った若者の場合は、両親に電話を入れるだけでいい。あれほど子供を取り戻したがっていたのだから、飛んで来るに違いない。若者は、短くとも数ヵ月、事故の顛末《てんまつ》については口を閉ざしているだろう。

神は完璧だ。長峰は叫びたいような気分になった。

3

いつものことだが、同じ姿勢をとりつづけるのは楽なものではない。

牛島三郎は、ズームレンズ付きのミニカメラを、わずかに開いた窓枠に押しつけ、片膝を床につけたまま溜息をついた。

「ねえ、まだなの？」

いらついた女の声が牛島の背中に掛った。

姿勢を保ったまま、牛島は顔だけ後を振り向いた。

「もう少しだ、我慢してくれよ」

「三十分でいいっていったんじゃない」

女は、ピンクのカバーに覆われたハート形のダブルベッドの端に腰をかけ、煙草の煙を鼻の穴から吐き出した。まだ二十歳前だと思われる幼い顔を、どぎつい化粧で彩っている。黒いスーツに、やたらとフリルのついた緑色のブラウス、組んだ足には柄つきの黒いストッキングだ。イヤリング、ネックレス、ブレスレットは、一目で分かる鍍金《めっき》のゴールドだった。

「あたし、もうあきちゃったわよ」

女の協力が必要でなかったら、牛島は即座にこう言っただろう。

〈俺だってとうの昔にあきている。うんざりしながらやっているんだ。小娘のくせに、ガタガタ言うな〉

女は、欠伸《あくび》を嚙み殺しながら、リモコンでTVのスイッチを切った。

「ねえ、何を撮ろうとしてるの？　ひょっとしてオジさん、〈フライデー〉の人？」

「まあ、そんなとこさ」

牛島は言葉を濁した。

「相手は有名人？」

「ちょっと静かにしててくれよ、もうじき終るから」

牛島はファインダーを覗き込み、いつの間にかずれてしまったピントを調節した。レンズが捉えているのは、対面の連れ込みホテルの玄関口だった。牛島は、路地を挟んだ反対側のホテルの二階の部屋に陣取っていた。

牛島が追いかけているのは、中年の男女の不倫だった。町田市にある鉄工所の経営者の依頼で、その妻の不貞の現場を押さえるのが目的だ。二週間も妻の行動を監視し、相手の男の身分も割り出したが、やっと今日、決定的な場面に出くわしたのだ。渋谷にあるイタリアン・レストランで食事をした男女は、午後二時半前後に道玄坂を登って行き、百軒店《ひやつけんだな》の方角へ右折した。連れ込みホテルが並ぶ路地に入ると、男が早足になり、女は十メートルほど後を歩き出した。

一軒の和風のホテルの前までくると、男が素早く中へ消え、女が追いかけるように続いた。

尾行を続けていた牛島は、急いで道玄坂へ戻り、ウインドー・ショッピングをしていたイケイケ・タイプの女に声を掛けた。目的と条件を話し、協力を求めたのだ。この種のホテルに一人で入るのは不自然だったからだ。

牛島は腕時計を見た。午後四時十五分だ。五分前に、男が一人で出てくる姿を撮影した。フィルムには日付がプリントされている。もうすぐ女が出てくるだろう。その瞬間を写せば仕事は完了だ。

「ねえ、オジさん、この部屋で本当に何もしないつもりなの」

女が再び声を掛けた。

「ああ、約束は守るよ。五千円だけじゃ不満なら、コーヒーぐらい奢《おご》ってもいいよ」

「そうじゃなくてさ……あたしは構わないのよ」

路地を見下ろしていた牛島が、ゆっくり女の方へ振り向いた。女の顔を見つめ、言葉の意味を探ろうとした。

「やだなァ、そんな目で見ちゃ。あたし別にそういう商売じゃないのよ、ボーイ・フレンドだってちゃんといるんだから」

「そりゃ、そうだろう」

〈だったら、何が言いたいんだ〉

牛島は心の中で女を罵倒した。

「でもさあ、折角じゃない？　ちょっとお小遣いくれるなら、いいわよ」

牛島は女の顔を見直した。思ったより整った目鼻立ちをしており、ピンクの口紅を塗ったやや厚めの唇が扇情的だった。

「いくら欲しい」

「そうね……二万ぐらい」

言い方が遠慮がちだったので、牛島は笑いそうになった。

「何歳なんだ」

「……十九」

「ふーん……」

何気なく窓の方に視線を戻した途端、牛島はあっと息を飲んだ。あわててカメラを構え直した。

紫色のコートを着た女が、ホテルの玄関から出たばかりだ。シャッターを切った時は、すでに遅かった。女は背を向けて歩き出していた。しまった！……牛島が急いで望遠を拡大した。

次の瞬間、奇蹟が起こった。二、三歩進んだ女が立ち止り、尾行者でも確かめるみたいにゆっくりと振り向いたのだ。今度はシャッター・チャンスを逃がさなかった。二コマ分はしっかりと女の表情を捉えることができた。

女は再び後姿で歩き出した。牛島は、相手の姿がフレームから消えるまでシャッターを押し続けた。

ついにやった、一件落着だ……緊張感が一挙に体中から抜けた。牛島は深々と息を吸い込み、安堵《あんど》の声とともに吐きだした。

「うまくいったの？」

女の声が聞いた。

「ああ……大成功だ」

牛島は機嫌よく答えた。

「で、どうする」

「え」

「さっきの話」

「ああ、二万円だったな」

牛島は若い女のバストに視線を落とした。そして、ハート形のベッドの上でのたうちまわる裸身を想像した。急に胸のあたりが熱くなり、下半身が燃えるような気がした。

こんな気分になるのは久し振りだった。

「君がいいって言うんなら」

女が白い前歯を見せて、ニッと笑った。

「じゃ、先にシャワーへ入って。汗臭い体って、あたしヤなの……」

「分かったよ」

牛島は言われたとおりにした。

紺のスーツとYシャツを、バスルームの入口にあるキャビネットにかけ、丸めた下着を上着のポケットに突っこんだ。

化粧室を通り、奥のガラス戸を押した。天井も壁も浴槽もピンク色だった。丸裸の中年男に似合う風景ではなかったが、その違和感が、かえって牛島の欲情を刺激した。

浴槽は使わず、シャワーを浴びた。熱い湯を顔に浴びると、疲れが流されていくような気がした。

久し振りのアバンチュールだ。牛島は、女にはあまり執着がない方だった。月に一、二度、行きつけのスナックのママと情交を重ねてはいるが、新しい女と関係を持つのは珍しい。しかも、相手が二十歳以下というのは初めての経験だ。

嫌われないようにと、ボディ・シャンプーで体の隅々を洗ってから、牛島はシャワー室を出た。体を拭《ふ》いてから、素肌の上に白いタオル地のガウンを羽織った。

ベッドルームから、テレビの音が聞こえてくる。待ち切れず、スイッチを入れたのだろう。

牛島は、貝殻の額縁に入った楕円形の大鏡に向かい、すっかり分量の少なくなった髪をブラシでていねいに撫でつけながら、これ以上薄くならないで欲しいと思った。将棋の駒を逆さにしたみたいな五角形の輪郭、薄めの眉の下の小さな目、並の鼻、への字形の唇……特徴のない顔だが醜男というわけではない。鏡の中にいる自分は結構ガウンが似合っていた。難を言えば、多少背が低いということぐらいだ。

ひょっとして、自分はあの若い娘の好みかもしれないと思った。向こうが誘った以上、嫌いではないはずだ。牛島は、いつになく胸がときめいた。自分にはまだ、こんな気分になる若さが残っているのに驚いた。年を取るたびに、憂鬱な日々が増えると思い込んでいたのは、間違いだったのだろうか……。

牛島は、キャビネットを開け、背広のポケットに入れていたポケベルをつまみだし、スイッチをオフにした。いい時に、こんな音が鳴りだしたら台なしだ。

牛島の幸福は、鏡の前にいる間だけだった。

顔を上気させベッドルームに入った途端、ブラウン管の中で笑っているタモリ以外、人影がないことを発見した。

牛島の顔が、砂利でも食らったように歪んだ。

あわててキャビネットを開き、上着の内ポケットをまさぐった。

できすぎた話どおりに、バーバリの皮財布が消えていた。カメラを残してくれたのが、若い女のせめてもの好意だった。

4

盗られたのは、現金六万三千円と銀行のキャッシュカード、数枚のテレフォンカード、飲み屋やクライアントの名刺などだった。

キャッシュカードは、ホテルから銀行に電話を入れたので問題はなかった。休憩料も前払いだったので恥をかくのは免れた。

だが、警察に連絡するのはバカげている。本気で捜索するわけもないし、未成年相手にいかがわしい行為をしようとしたことがバレてしまう。

小銭入れが残されていたのが、不幸中の幸いだった。東横線渋谷駅から自由が丘までは百二十円で済む。誰にも何も知られずに、オフィスまで戻れるのは救いだった。にもかかわらず、混み始めた電車の吊革に摑まっている牛島は、ひどく打ちのめされていた。各駅停車でたった十分の乗車時間が、永遠の時のように思えた。電車が一駅停まるごとに、みじめさが倍加していくような気がした。

六万三千円は痛かったが、金の問題ではない。若い女に舐《な》められたのが、それほどくやしいわけでもない。柄にもなく妙な気を起こし、バカなことをした挙句、自分が救いようもない下らない人間に思えてくるのが辛かった。

長い間、そんな風に考えないように努めてきたが、現実的な事件で証明されてしまったような気がする。

いい年をしてなんたることか、自分はやはり、存在価値のない虫ケラ同然の人間なのか……牛島は悲痛な思いで己れに問いかけていた。胃が痛くなってきた。嫌なことがあるとすぐ現れる症状だ。

人生のつまずきはどこから始まったのだろう。

二流の私大を出て、いくつかの大手新聞社の就職試験を受けた。ジャーナリストになるのが夢だった。若い心は、〈社会正義の追究〉などという言葉に酔っていた。だが、試験の結果は軒並み不合格だった。

仕方なしに、拾ってくれた業界紙に勤めた。飽きたらずに、週刊誌のトップ屋に転業した。

それでもあまり芽が出ず、印刷屋、企画会社、代理店などを渡り歩いた。合計すれば、働いている時よりも、失業している時間の方が長かった。二十代後半で結婚し、一児を設けたが、三年目に離婚した。不安定な家庭生活に愛想をつかされ、三下り半をつきつけられたのだ。母子とも、今や音信不通の状態が続いている。

自分の人生は、なぜ、こうもまとまりがないのだろう。癖のある性格ではないのに、どこかで上司や同僚と衝突してしまう。ひょっとして、自分で気づかぬ大きな欠陥があるのだろうか？　それとも才能の欠如か？　ただ運が悪いだけなのか？

飽きっぽいのはいけないと思い、我慢して勤めたのが大手の興信所だった。だが、四年目に、取引きのあった総会屋系の事務所へ好条件で引き抜かれた。その事務所は、半年で倒産した。

独立して「探偵事務所」を開いたのが、二年半ほど前になる。何とかやってはいるが、仕事の内容には満足していない。昔のコネで、興信所や総会屋系の知人から小さい仕事を回してもらったり、飛び込みの仕事をこなしたりして経営をつないでいる。

最近では、不倫の調査がやたらと増えた。牛島の努力の結果、夫婦が血みどろの闘いを開始し、たいていは決別し、家庭はバラバラに崩壊する。だが、そのことにどれだけの意味があるのだろう。牛島は、今自分が何をやりたいのか、何を求めているのかも分からなくなっていた。既に四十六歳、このまま年を取り、野良犬のように死んでいくだけなのか……底知れぬ不安と恐怖、そして絶望が牛島を追いつめていた。

電車は自由が丘駅に着いた。

線路に沿って並んでいる広告板の一つに、黒地に白で描かれた〈自由ヶ丘探偵社〉の大文字を見た時、真っ暗だった牛島の胸の中で、ポッと灯火がついたような気がした。

俺はちょっと悲観的になりすぎている……牛島は気をとり直した。

好意を持ってくれるスナックのママもいるし、常連の飲み友達もいる。違法な仕事をしているわけじゃなし、オフィスを持って生活しているのだから贅沢《ぜいたく》はいえない。頑張っていりゃ、そのうち景気のいい話も飛びこんでくるだろう。

改札口を出ると駅前広場がある。

東京のシンガポール……飲み友達が、口癖のように言う形容詞がピッタリの街だ。どこもかしこも商店で埋め尽くされている。若者が多く、華やいだ気分がみなぎっている。こんな街では、ノイローゼになんかなっていられない。

広場の右側……東横線の線路に沿って、六十メートルほどの横長の雑居ビルがある。〈長屋〉と呼ばれる地上三階建てのこの建物は、昔は最も洒落たショッピング・エリアだった。今では周囲の新型ファッション・ビル群に圧倒され、居心地悪そうに控えている。それでも、地下街から三階まで、日用品、食料品、衣料、飲食、美容、電機器具など、生活必需品を扱う店が、市場のような雰囲気で軒を連ねている。入口は、通りを三十メートルほど歩いたビルの中央にある。牛島は、コンクリートの階段を三階まで上がり、踊り場の外に出た。通りを見下ろす廊下が、端から端まで一本調子で伸びている。この階は、軒並みスナックや一杯飲み屋が占拠しており、牛島の事務所は例外的である。他の店は夜だけ開店するので、客の秘密を扱う仕事場には最適であった。

まだ看板に光が入っていない店々の前を通り過ぎ、牛島は渋谷寄りの一番奥まで歩いた。

スチール製のドアに、〈自由ケ丘探偵社〉の看板が張りつけてある。牛島はドアを押した。正面に受付けの木製カウンターがあり、赤いカーディガンを着た肥満体の女が、煙草を吹かしながら坐っていた。探偵社のたった一人の社員、坂巻よねである。五十二歳、真っ黒に染めた髪にパーマをかけ、ひまわりの花みたいなセットをしている。ふぐのようなでっかい顔、ポリネシア人みたいな目が牛島をにらんでいた。

「遅いんですね、先生、電話ぐらいかけてくださいよ」

坂巻よねが、いつものぶっきら棒な調子で言った。

「悪かった、ちょっとゴタゴタがあってね」

「新規のお客様ですよ、もう三十分も待ってらっしゃるんですから」

よねが、顎で背後を指し示した。

「そりゃそりゃ」

牛島はあわててダスターコートを脱いだ。

カウンターの後に衝立《ついたて》があり、その奥が事務所になっている。四坪ぐらいのフロアーに、牛島のスチールデスクと書類棚、応接用のビニール張りのソファーがあるだけだ。

「お待たせしました。牛島でございます」

営業用の笑みを浮かべて、牛島は勢いよく部屋へ入っていった。

ソファーから立ち上がったのは、五十過ぎの痩せた男だった。白髪の混ざった前髪が窪んだ目を隠すほど伸びている。安物の革ジャンパーに、作業ズボンという出《い》で立《た》ちだ。男はペコリと頭を下げた。

「どうぞ」

牛島は相手に腰を下ろすよう促した。

男は言われたとおりにしたが、両手の指を忙しく絡ませるだけで、なかなか口を開かない。

牛島は急に気が滅入ってきた。相手は扱いにくいタイプの人間だし、景気のよい話にはなりそうもなかった。それに、やたらと空腹が気になりだした。

「お名前と職業をお伺いしましょうか」

多少つっけんどんな調子で聞いた。男は、びくっと体を震わせ、姿勢を正して言った。

「ハッ……松本安吉と申します。多摩川園で水回りの方の職人をやってます」

「で、ご用件は？」

「はい……それが……こちらでは、人さらいはやってもらえるんでしょうか？」

「はあ」

牛島は腰を抜かしそうになった。

「つまりです、その……武志、松本武志をですね、取り返してもらいてえんです」

「……………」

「武志はわたしの長男です。東日大学の一年生なんです、今年二十歳になるんです」

「誰から取り返すんです」

「それがよく分からねえんです」

「分からない？」

「団体みたいなものかも……宗教じゃねえかと思ってるんですが。五ヵ月前に家を出てったきり、プツンと途切れてしまって。大学も調べたんですが、どのクラスかよく分からねえんです。女房はもう、半狂乱になっちまって」

「新興宗教みたいなものですか」

「そうそう、それだと思っていろんな宗教の本部を訪ねたんですが、どこも何も知らんということで……あのう、お願いすれば、いくらぐらいになりますかね」

「ちょっと待ってください、そう簡単な話じゃありませんから……警察に届けてはどうです」

「駄目なんです、話は聞いてくれますが、まともには取り上げてくれません」

「うーん……」

牛島は腕組みをした。

前に一度、失踪人捜しの依頼を受けたが、とうとう見つからなかった。苦労が多く、やたら日数が掛った。契約は交わしたが、ついにクライアントは一銭も払ってくれなかった。

とにかく、いい話ではない。牛島は、断るにこしたことはないと判断した。だが、〈自信がないから〉と言ったのでは、探偵社の沽券《こけん》にかかわる。

「何せ、こうした事件には費用がかかりましてねえ」

牛島は、金額で相手を降ろそうと考えた。

「どの程度でしょう」

松本安吉は、心配そうな目で牛島の口元を見つめた。

坂巻よねが番茶を運んできたので、二人はしばらく沈黙した。

よねはジロリと牛島を見てから立ち去った。

「契約金が最低二十万、それに捜査経費として一日五万円は払っていただくことになります」

「何日ぐらい掛るものでしょうかね」

「さあ、ケース・バイ・ケースですからねえ。いずれにせよ、一週、二週で片がつくとは思いません」

「二十日ぐらい」

「それで済めば良い方ですよ」

「百万……」

松本安吉は、口の中で数字を嚙み締めるみたいに言った。

それから片手を艶のない髪の中へ突っ込み、窪んだ暗い目を天井に向けた。しばらくして、深々とした溜息をついた。

「とても、とても……」

首を振りながら、よろよろと立ち上がった。

黙ってお辞儀をし、うなだれたまま部屋を出て行った。

牛島は、ちょっと気の毒な気がしたが、厄介者を追い払った解放感の方が強かった。こうしたクライアントと付きあうと、自分まで運を失うような気がする。

再び、強烈な空腹を感じた。

牛島は、照れ臭そうにカウンターに近づいた。坂巻よねが、天井を見ながらセーラム・ライトを吹かしている。

「坂巻さん、すまんが明日まで一万円貸してくれないか、キャッシュカードをなくしちまってね」

よねは、ジロリと牛島に一瞥《いちべつ》をくれた。それから煙草の火を灰皿でもみ消し、ハンドバッグを膝に引き寄せた。赤い革製の小さな財布から、四つに折り畳んである一万円札をつまみ出した。

「ありがとう」

牛島は、手刀を切ってから札を摑んだ。

「先生」

「え」

「先生を見損いましたよ」

よねが妙なことを言い出した。

「なんだい」

「なぜさっきの人を助けてあげないんです」

「なぜって……あんな話じゃ採算取れないじゃないか」

「先生は採算とるために生きてるんですか」

「何言ってるんだ、あんた。仕事をやるやらないは俺が決めるんだよ」

「あれは仕事じゃありませんよ」

「え？」

「あの人は、先生に助けを求めにやって来たんですよ、それをあんな風に追い返すなんて」

「ちょっと待ってくれよ」

「あたしにも、あの人の息子と同じような年の子がいるんですよ。もし、行方不明になったり、変な宗教に入ったりしたら、気がおかしくなるくらい心配しますよ。そういう気持ち、先生には分からないんですか」

「それとこれとは」

「違いありませんよ。なんだか、がっかりしちゃいましたよ、あたしは」

「あんたにあれこれ言われる筋合いはないよ」

「筋合いとかの話じゃないでしょ。人情の問題ですよ。人情をなくしちゃ、人間おしまいですからね」

「説教なんかしないでくれ」

「しませんよ！ したって分かる人じゃなし」

よねのふぐみたいな顔が、興奮で真っ赤になっていた。よねは、カウンターの陰にしまっておいた茶色のダウンのコートを広げた。何とか両袖を通そうと、肥満体を激しくゆすりながら、ドアに向かった。

「時間ですから、失礼しますよっ」

捨て台詞《ぜりふ》のように言って、外へ出て行った。

〈勝手にしやがれ、クソ婆ァ〉

牛島は、叫びたくなるのをかろうじてこらえた。

5

味噌ラーメンの湯気が、牛島の小さな両目の睫《まつげ》を濡らした。

広い窓ガラスのすぐ外側を、街灯に照らされた通行人が行き来している。広場の向こうには、闇空の下に自由が丘駅が見え、明るい改札口からは、定期的に人の波がはき出されている。

　あれだけ腹が減っていたのに、今夜はちっとも食物の味がしない。それどころか、胃がムカムカする。牛島は、このラーメン屋の味が急に落ちたわけではないことを知っていた。

　何て気分の悪い日だ。

　若い女に騙され、さんざ惨めな思いをしたあげく、よねにまで批判されたのではたまらない。

　あまり頭にきたので、明日にでも首にしてやろうかとさえ考えた。しかし、その後のことを考えていくうちに、段々と気分がトーンダウンしていった。

　坂巻よねに代る人材など、すぐに見つかるわけはなかった。よねは、電話応対、書類整理、経理などそつなくこなした。その上、オフィスの掃除もきちんとやるし、時間も厳守する。なんと言っても、月十二万円という安月給に文句も言わない。

　気に食わないところと言えば、牛島に対する無愛想な態度と、ふぐのような顔、座布団より大きな尻ぐらいのものだ。どう考えても、長所の方がはるかに欠点を上回っていた。

そのよねが、今日に限ってなぜ牛島に突っ掛ってきたのか。

何度考えても、よねの言い分はお門違いだし、唐突すぎた。

牛島には〈人情〉が欠けている、と坂巻よねは言った。なぜ、そんな言葉が急に出てくるのか、牛島には理解できなかった。今時、〈人情〉というような観念が生きているのだろうか？　もしそうなら、自分には確かに足りない部分だろう。ひょっとして、俺の根本的欠陥だろうか？　そういえば、これまでの人生で、〈人助け〉などということはしたことがない。いつも自分のことばかり考えていたようだ。

別れた妻子のことについても、あまり情緒的なしがらみはないし、今では思い出すことも希《まれ》である。これはおかしなことなのだろうか？　坂巻よねは、あんな無愛想な顔をして、実は人情たっぷりの女なのだろうか……。

牛島は丼を両手で支え、底に残った味噌ラーメンの汁を一気に啜《すす》った。

コートのポケットからティッシュを取り出し、口のまわりの湿りを拭きとった時、牛島はハッと息を飲んだ。

窓のすぐ傍を、見覚えのある男が歩いている。手を伸ばせばつかめるような近さだ。牛島は、虚を突かれたようにその男を眺めていた。

男が視界から消えると、牛島は思わず立ち上がり、勘定を払うのも忘れて外へ飛び出した。自分が何をしようとしているのか分からなかった。

雑踏の中に男の後姿があった。革ジャンパーの襟の中に、頭が埋没するほどうなだれて歩いている。

「松本さん！」

牛島は走りながら叫んだ。

松本安吉が立ち止まり、ゆっくりと振り向いた。窪んだ目が、牛島を認めて驚きを示した。牛島が近づき、安吉の前に立った。

「百万は無理ですよ、わたしらの仕事じゃ……どう考えても……」

安吉は小さな声で言った。涙のかけらが目に浮いているように見えた。深い悲しみに浸っているが、それを他人には押しつけたくないという表情だった。

「心配かけて申し訳ありませんでした」

安吉は小さく頭を下げ、再び駅の方へ歩き出そうとした。

「待ってください。もう少し話をしましょうよ」

自分でも意外なくらい積極的な言葉が出た。

「でも……」

「食事は済まされましたか」

「そう思って歩きまわっていたんですが、食欲が湧かなくて……」

「じゃ、お酒は」

「全然やれないんです」

「コーヒーはどうです」

「はぁ……」

松本安吉は、戸惑い気味にうなずいた。

「じゃ、ここで待っててください。ラーメン代を払ってきますから」

牛島は、なぜか行動的になっていた。

二人は、駅前広場から細い路地に入った。〈しらかば通り〉と呼ばれるこの路の両側には、小型の飲食店や若者向けのブティックが建ち並んでいる。

牛島は、自分が何をしようとしているのか定かではなかった。〈バカなことをするなよ〉と理性が警告をしていたが、言いようのないうわずった気分が、どんどん理性を裏切っている。
四、五十メートル奥まで歩くと、右側に〈面〉という喫茶店があった。天井からはアンティークのランプが下がり、四方の壁やカウンターには、おかめ、ひょっとこ、狐、韓国の劇仮面、東南アジアやアフリカの木彫り面などが、所せましと飾られている。

「どうぞ」

牛島に勧められ、松本安吉は片隅のテーブルについた。珍しいのか、あきれたのか、安吉は目を丸くして周囲を、見回していた。

コーヒーを注文した牛島が口を開いた。

「息子さん、武志さんと言いましたね。写真か何かお持ちでしょうか」

「ええ、ここに……」

安吉は革ジャンパーの内ポケットから、白い郵便封筒を取り出した。封筒の中には、息子の履歴書と共に一枚の白黒写真が入っていた。

牛島は写真を手に取り、上から落ちてくるランプの光に当てた。

受験写真の類《たぐい》のものだった。学生服を着た太り気味の青年が写っている。一重瞼の小さな目、丸い鼻と分厚い唇、額から頬までニキビが広がっている。

「わたしには似ていませんが、実の子です。この下に妹が一人おりますが、父親としてはやっぱりこの子が……」

安吉は唇を噛んだ。

「東日大学の何学部ですか」

「工学部と言っていました。エレクトロニクスとか何とかいう……将来コンピューター技師になるって張り切ってました」

東日大学は私立の一流校である。工学部は特に有名だ。

「ずいぶん優秀な息子さんなんですねえ……」

安吉の頬に、チラリと微笑みが浮かんだ。

「親のわたしが言うのもなんですが、鳶《とんび》が鷹を生んだというやつですか、小さい時から学校でよくできましてねえ……なにせ、わたしら夫婦とも教育がねえもんですから、この子だけはと……」

「力を入れた」

「はぁ、そのとおりです。食うものも食わず、働いた分は全部この子に注ぎ込んで……東日大に現役合格した時は、もうわたしら嬉しくて、夫婦抱き合って泣きましたよ。そんでも足りなくて、わたしは外に飛び出し、多摩川の土手を走りまくりました。ま、気でもおかしくなったのか、叫んだり、泣いたりして……みっともねえって知りながら……」

松本安吉の顔はくしゃくしゃになっていた。涙がぽろぽろと膝の上に落ちている。

牛島の感情は、地震に襲われた掘立小屋みたいに揺れた。

「息子さんが……つまり、おかしくなったのはいつ頃からです」

安吉は、握り締めた拳の甲で涙を拭った。感情を吐き出すように溜息をついてから、真顔になって語り始めた。

「昨年の秋、九月頃だったと思います。武志は、素晴らしい場所に行ってきたと興奮していました。後で分かったんですが、新宿三丁目にある〈自我開発ビデオ・センター〉という所です。そこへ何日か通っていた様子なんですが、武志が選んだところなら間違いはないと安心していたんです。そのうち、ビデオを買いたい、印鑑を買いたい、研修会に出たいと、やたらと大きな金をせびるようになりましてね。こっちは学費だけでも精一杯なのに、あの子らしくもなくぬけぬけと要求するんです。おかしいなと思っているうち、十月に二度目の研修旅行がありました。今度は七日間でした。これを終って帰ってきた時、武志は性格が変わっていました。いや、性格ばかりでなく、顔つきまで変なんです。こう、目がすわって、瞳が動かない。大学を辞めると言い出した時は、腰が抜けましたよ」

安吉は、今でも信じられないという風に、何度も首を横に振った。

「こりゃただごとじゃないと思いましてね、その新宿の〈センター〉を見にいったんですよ。そこの連中は愛想はいいんですが、何だかよく分からんのです。女房は、テレビや雑誌で騒いでいる敬霊協会ってやつじゃないか、っていうんです。武志を問い詰めると、急に……信じられないことですが……」

安吉は周囲を見渡してから、急に声を落とした。

「武志の目が吊り上がってゆき、表情がピタッと止まってしまうんですよ。先生、そりゃ恐ろしい顔なんです。何て言うか、能面みたいな、つまり生きていた顔に仮面が張りついて……」

そこまで言うと安吉は絶句した。顔を動かさず、目の玉だけが忙しく動いている。

牛島の胸がドキリと鳴った。

喫茶店の壁を埋め尽くした数十の仮面が、薄暗い照明の中で耳をそばだてているように思えた。

カウンターの中にいる店主は、身動きもしないで立っている。客席はガランと無人だった。息がつまるような静寂が店内を支配していた。

「ここ、出ましょうか」

牛島が言った。

「はい」

安吉が答えるより早く立ち上がった。注文したコーヒーも飲まず、二人は外に出た。

牛島にとって奇妙な体験だった。よく通う喫茶店を、これほど不気味に感じたのは初めてである。

二人の間に重苦しい空気が澱《よど》んでいた。何か話すと、通行人の耳に入ってしまうような気がした。二人は押し黙ったまま駅の方向に歩き、会話を続ける場所を捜し求めた。

いつの間にか、牛島と安吉は、自由ヶ丘探偵社のドアの前にいた。

「戻ってしまいましたね」

牛島の言葉に、安吉が深くうなずいた。

牛島は鍵を開け、中へ入り、暖房をつけた。

奥の応接セットで、二人は夕方と同じように向かい合った。まるで映画の続きみたいな具合だった。牛島は夢を見ているような錯覚に陥《おちい》った。

こうなる運命だったのか……そう思うと、背筋がゾクッとした。

「武志が何と言ったと思います。私や妻を悪魔の使いだと罵《ののし》るんです。あの子のために半生を犠牲にしてきた私や妻をですよ」

松本安吉は、片手を髪の中へ突っ込んだ。夕方見た動作と同じだった。

「家出をしたのは」

「十月半ばでした」

「書き置きみたいなものは」

「ありませんでした。まるで神隠しみたいにパッと消えちまったんです」

「その後連絡みたいなものはありましたか」

安吉は、一枚の葉書を取り出した。

「これだけです、正月に来ました」

官製の年賀葉書だった。

御父母様
明けまして、おめでとうございます。私は今、現世に天国を実現すべく、懸命に努力を積み重ねております。
御父母様におかれては、息子の成功と松本家の繁栄のため、世俗的な期待を捨て去るように御努力ください。

松本武志

消印は群馬県とあったが、住所は書かれていない。読み終った牛島が、首を傾《かし》げて言った。

「変な文章ですね」

「何で群馬県なんかほっつき歩ってんだ、このバカ者ッ」

安吉は突然、拳でテーブルをたたきつけた。

それから、それ以上の怒りの爆発を抑えるかのように、握り締めた両手の拳を顔の前にかざした。額に青筋が浮き、唇を一文字に結んで歯を食いしばっていた。上半身がワナワナと震えている。

「何でウチにいらっしゃったんです」

牛島は話題を変えた。安吉の緊張がゆっくり解けていった。

「あれこれといろいろやってみたんです。どれもラチがあかなくて……電車でここを通る時、いつも目につくお宅の看板を思い出しました……最後の頼みの綱になるかと思って……」

「そうですか……」

牛島は腕組みをし、しばらく考え込んだ。

自分がこんな状況にいるのは、何かの必然のような気がしていた。人生には選ぶことのできない課題をつきつけられることもあるのだろうか。暖房の音だけが、沈黙の部屋で唸っていた。

やがて牛島が、ポツリと言った。

「頼みの綱になってみましょう」

「えっ」

「うまくいくかどうか分かりませんが、一応動いてみます」

「でも……」

「お金のことは心配いりません。結果が出てから相談しましょう」

松本安吉は、椅子から立ち上がるや、いきなり床にひざまずきひれ伏した。

「ありがとうございます、お願いいたします、力になってください」

牛島はあわてて安吉を抱き起こした。安吉が、牛島の手を握った。ごついざらざらした手だった。息子のために、冷たい土を掘り返し、床下の闇の中を這いずり回って働いてきた手だった。

牛島は、柄になく目頭が熱くなってきた。

ひょっとして、これが〈人情〉というやつなのだろうか、〈人助け〉というものなのだろうか。

長年忘れかけていた感情が、急に戻ってきたような気がし、牛島はうろたえていた。

6

中道葉子は、上の空で歩いていた。

バスに乗れば、洋和大学から高田馬場駅まで六、七分だが、もう三ヵ月も前から歩いて帰るのが癖になってしまった。学生ばかり、それも同学部の仲間たちで混み合うバスがうっとうしく感じられるのだ。

バスの中で、大声で交わされる会話の質にはげんなりさせられる。同年代の学生たちは、なぜあんなに軽薄で、しかも陽気でいられるのだろう。

去年四月に入学した時は、これから自分の人生に、とてつもなく重要で素晴らしいことが起きるだろうという期待で胸がふくらんだ。

秋田県の県立高校で、懸命に受験勉強をした結果、地元ではめったにないという法学部現役合格を果たしたからなおさらだった。高校始まって以来の才女と噂され、その評判に応えられたのも嬉しかった。

だが、授業が始まり三ヵ月もすると、自分が場違いな所にいるのではないかという疑問に悩まされるようになった。

教授たちの講義は、ただカリキュラムを消化しているだけという印象で、退屈で無個性なものが多かった。授業態度にも、情熱とか意欲が感じられず、休講も頻繁だった。

中道葉子は、将来の設計を明確にして法科を選んだわけではなかった。学びながら、自分の道を探し当てようと考えて入ったのだ。だが、そんなことを相談できる相手もいないし、システムもなかった。周囲の学生の何人かは、大学を無視し、個人で司法試験の勉強を始めていた。都会風というのか、その切り換えの早さには圧倒された。

葉子には、なぜか友達らしい者ができない。周囲の学生たちは気軽に声をかけ合い、グループを作ったり、サークル活動に参加したりと活動的だ。しかし、彼らの人間関係は表面的で、ひどく場当たり的に思えた。昨日親しくした人間が、今日は冷たい他人に変容するというようなことがしばしばあり、葉子はショックを受け続けた。

秋田の高校時代は、黙っていても自分の周囲に仲間が集まり、心地よいリーダーシップを楽しむことができた。

だが、ここでは、葉子を中心に交友が展開しないどころか、むしろ敬遠されがちだ。大乗りでわめき合うような冗談や会話にはついてゆけなかったし、東北のアクセントが気になって、生来の無口がよりひどくなった。〈中道葉子は性格が暗い〉と周囲が噂しているのを知り、ますます気が滅入った。

何よりも葉子のプライドを打ちのめしたのは、学業成績だった。高校で試験があっても、自分より上の点数をとられることは希だった。しかし、大学の二度の期末試験では、葉子は中位以下の成績しか残せなかったのである。驚いたことに、普段心の中で軽蔑している軽薄な男子学生や水商売の女のように厚化粧している女子大生たちの方が、はるかに良い点を取ってしまうのだ。この一年、葉子の頭の中は混乱し続けていた。授業には毎日出席していたが、数百人も入る広い教室の中で、いつまでも状況になじめぬまま孤独をだきしめていた。

葉子の混乱を増幅させる事件が、秋の初めに起こった。

その事件への情念的こだわりは、日が経つにつれて強くなってゆく。振り切ろうとするのだが、蜘蛛《くも》の巣の中でもがくように、逆に脱出を困難にする。

たいていは、午後の授業から集中力がなくなり、空白になった頭の中に彼が現れる。彼が笑顔で語りかけ、葉子が問いつめるような会話が堂々めぐりで開始される。大学の正門を出て高田馬場へ歩く道中、葉子の目には風景さえ映らなかった。駅前まで来て、警笛やら、激しい交通音で、ハッと我に返るのが毎日のパターンになってしまった。

今日は、警笛の代りに信号無視のオートバイが、葉子を現実に引き戻した。葉子の鞄が手から離れ、車道の真ん中にたたきつけられた。書類がバラバラに飛び出した。一秒タイミングがずれていたら、車道に横たわっていたのは葉子の方だったに違いない。

そのことに気づくと、心臓が縮み上がった。街頭の人々は、葉子の小さな悲劇を無視して信号を渡っていた。あわてて鞄を拾いあげ、埃まみれの風にヒラヒラしている書類やノートを拾い始めた。

どうしたんだろう、わたし……？　もっとしっかりしなくちゃ。両親や秋田の先生たち、そして中学や高校の仲間たちが期待しているのに、このままじゃ自分が駄目になってしまう。そうだ、弁護士になろう。思い切って、目標を決めてしまおう。大学なんか適当にして、また一人で頑張ろう。目的がないから、こんなことになってしまうんだわ……。

葉子はやけっぱちで自問自答していた。腰をかがめて鞄の中身を拾っていたが、いつの間にか路上はきれいに片づいてしまっていた。

「はい、どうぞ」

と女性の声がして、ノートや本の束が目の前に差し出された。

ハッと見上げると、優しい目をした若い女性が、笑顔で見つめている。化粧っ気のない、すがすがしい表情だ。

「ありがとう……」

葉子は書類を受け取りながら、女性の背後にいる二人の青年の姿に気がついた。

二人もおだやかな微笑みを浮かべている。平凡なジャンパーとコットン・ズボン、運動靴という飾り気のない姿だったが、目がキラキラ光っていた。

三人に見つめられ、葉子は、まぶしいような気分に包まれた。

「怪我はありませんでしたか」

「ええ……」

「良かったわ」

若い女性はわがことのように言った。葉子は、なぜかこの三人に懐かしさを感じた。仲の良い高校時代の同級生のような雰囲気が感じられた。大学の構内では出会わなかったタイプの若者たちだ。

「あなたたちは……」

葉子が思わず訊《き》いた。

「わたしたち、あそこで活動しているんです」

若い女性は、駅の入口近くを指で差した。同じような若者がさらに四人、肩から画板を下げて立っている。

「何かの募金ですか」

「いいえ、アンケートを取っているんです。青年の意識調査なんです。協力してくださる?」

「ええ、もちろん」

あまり押しつけがましい態度ではなかったので、葉子は好感をもって応じた。

この若者たちだったかどうか確かではないが、前にもいくどか同じ風景に接したことがある。以前は無関心だったが、急に興味をそそられた。

駅の入口で、若い女性は一枚のアンケート用紙と鉛筆を渡してくれた。ワープロ文字の用紙には、十六の質問項目が並び、答えを丸で囲むようになっていた。

最初の質問は、答案者の関心事について、とあり、いくつかの答えが用意されてい

た。〈政治、健康、ボランティア、人間関係、宗教、芸術、遺伝、因縁、恋愛、人生、占い、運勢、出世、商売〉

若い女性がささやくように言った。

「正直に書いてくださいね。悪用されるようなものじゃありませんから」

そのとおりだと葉子も同感した。しかし、どの答えもそれなりに該当するような気がして、葉子はしばらくじっと文字を見つめて考えていた。そのうち、〈人間関係〉と〈恋愛〉という文字が、ひときわ強く浮き出ているように思えた。不思議な気分だった。錯覚だろうかと疑りながら、鉛筆の先はその二つの項目を選んでいた。

他の質問は、重複するような項目が並んでいたり、答案者の現況や趣味を具体的に述べさせるようなものが多かった。最後には、氏名、住所、電話番号、身分などを書く項目があった。

葉子が書き終ると、若い女性が、〈担当者〉という欄に自分の名を入れた。

「小川早苗と申します。ありがとうございます、助かりました」

二、三歳年上と思われる小川早苗は、葉子に向かってていねいに頭を下げた。

あまり内容のあるアンケートだとは思えなかったが、活動している若者たちの清潔な姿に感動したので、久し振りに気分が晴れた。

新宿に寄り、大きな書店で司法試験関係の本を買い集めてきた。本当に弁護士になりたいかどうかは定かでなかったが、漠然と大学に通うよりは、具体的な課題を自分に課した方がすっきりするのではないかと思った。こんな気持ちになれたのも、危うくオートバイに撥《は》ねられそうになったからかもしれない。そして、その後の青年たちとの出会いで妙にやる気が出てきた。

もし将来、弁護士か裁判官にでもなったら、今日の出来ごとがきっかけということになる。

葉子は、アンケートの項目にあった〈因縁〉という文字を思い出した。

葉子は、JR阿佐ヶ谷駅から歩いて五分もかからぬ高級マンションの九階に住んでいる。建物は新しく、部屋は大型の1LDK、学生としては贅沢な環境だった。秋田の実家は、地元では名の通った呉服屋で、長女である葉子の東京暮しを不自由のないように配慮していた。

午後六時、帰宅した葉子は、外出着をピンクのセーターとグレーのスパッツに着替え、ドイツ製のシステム・キッチンで湯を沸かした。フォーションの紅茶を入れ、本を携えて横長のソファーに身を横たえた。

はめ込みのガラス窓には、光の粉をばらまいたような新宿の夜景が登場していた。

しばらく司法試験の入門書に目を通していたが、先程までの意気込みが次第に崩れてゆき、代りにいつもの空《むな》しさが忍び寄ってきた。自分がしようとしていることに、リアリティを感じられない。

「やっぱり駄目か……」

葉子は本を投げ出し、独り言を呟《つぶや》きながら立ち上がった。窓際のデスクに行き、椅子を引いて坐った。

デスクの上に青い革の定期入れが置いてある。その中から、一枚の名刺を取り出した。

彼のものだ。

一流商事会社のマークと肩書きが印刷されている。ゆっくりと裏返す。手書きでリオ・デ・ジャネイロの転勤先が書かれている。

葉子は、そのローマ字を見つめながら何度も首を横に振った……どうしても納得がゆかない。

彼は同郷の先輩だった。小学校、中学校、高校とも同じだった。五歳年上だったから、同時に在籍したのは小学校の時だけである。

市内では有名な秀才で、中学や高校の先生たちが、何かにつけて彼の名を引き合いに出した。

大学時代の彼が休暇で帰省している時など、市内の女子高校生たちが大騒ぎしていた。

葉子が高三になった春、彼は学校に請われ、受験対策の特別講演に来校したことがある。葉子が初めて彼を見たのは、その時である。

漠然とした憧れを感じたが、それ以上のものではなかった。葉子は、自分の受験に没頭していたからだ。

大学へ入り、葉子は状況の変化についてゆけず、彼の勤務先を捜し出し、アドバイスを求めた。それが九月だった。素晴らしい出会いだった。その後会ったのは十一月、彼は海外転勤になったことを葉子に告げ、三日後に日本を去った。

それだけなら、何の不思議もない。どうしても理解できぬのは、彼が十月に結婚式を挙げていたことである。葉子は、その事実をずっと後で知ったのだ。

「君が好きだよ」

と、彼は九月にも十一月にも葉子に向かって言った。十一月の別れの時、感情を抑制することができず、葉子は彼に身を任せた。初めての体験だった。彼は、葉子の胸の中へ五本の指を突っ込み、情念を掻き回したあげく消えてしまったのである。

　葉子はペンを握り、真っ白なレターペーパーを見つめていた。どうしても、第一行が思いつかなかった。こんなことを、もういく晩も続けている。自分が何を言いたいのかさえ分からなかった。

　深い溜息をつき、窓際に立った。これも毎晩繰り返している無意味な行事だった。

　電話のベルが鳴った。

　誰だろう。実家以外からの電話はほとんどない。また、母からだろうか？　ひょっとして、海外からのコール……いつもそんな風に思うのだが、現実であったことはない。

「もしもし、中道葉子さんいらっしゃるでしょうか」

　相手は女性だった。聞いたことのある声に思えたが、誰だか思い出せない。

「わたしですが、どなたでしょう」

「あっ、葉子さん。よかったわ、いらして。夜分ごめんなさいね、わたし小川です」

「えっ」

「小川早苗、ほら、夕方、高田馬場の駅前でお会いした」

「あぁ、アンケートの」

葉子の気持ちが、パッと明るくなった。

「ええそうです、その小川です」

「どうしたんです」

「いえ、偶然なんです。近くに用事があって来たんですけど、あなたが書いた住所が阿佐ヶ谷だったなって思いだしたんです」

「あら、そうでしたの」

葉子は、偶然という言葉に強い印象を受けた。

「それでね、できたらちょっとお訪ねしようかと思って。いえ、特別な意味はないんですよ。ただ、あなたみたいなきれいな方と、お知り合いになれればと思って。でもご都合悪ければまたでいいんですけれど」

駄目だとは言えないほど、明るい調子でポンポンと言葉が飛んできた。それに、きれいな方と言われて、葉子は悪い気がしなかった。葉子は小川のくったくのない表情を思い浮かべ、訪問をうけてもよいと思った。

「わたしの方は構いませんけど。今どちらに」

「それがもう、あなたのマンションの真下なんですよ。アンケート用紙を見直して、びっくりしちゃったんです」

「じゃ、お言葉に甘えて、ちょっとだけお訪ねしますね」

電話が切れると、葉子はあわててヤカンをガス台に乗せた。小川早苗の第一印象には好感がもてたし、今日はやっぱり〈特別な縁のある日〉だと思い直した。

湯が沸かぬうちに玄関のチャイムが鳴った。

「本当にごめんなさい、突然来ちゃったりして」

小川早苗はニコニコ顔で言った。本気で謝っている風には見えなかった。無造作に刈り上げた髪、どちらかと言えば丸顔、ベージュのヤッケを脱ぐと、男物の丸首セーターを着ていた。全体にボーイッシュで飾り気がない。

「うわー、おいしい、こんなの初めてだわ」

葉子が出した紅茶に、早苗はオーバーに反応した。

「それになんて素晴らしいお部屋……わたしなんかが坐っているのはおこがましいわね」

「そんなことないわ、あなたのライフ・スタイルもすてきそうじゃない」

「本当にそう思う？」

「ええ」

「まあ……」

「わたしたち、サークルやってるんです、〈野バラの会〉っていう名前なの」

「まあ……で、どんなことされてるの」

「何て言ったらいいかしら、つまり、人生の研究をしているんです」

葉子はびっくりして相手の目を見た。

「ちょっと抽象的なんだけど、命の意味とか、死後の世界とか、世界の本当の姿だとか、愛の本質だとか……そういう根本的な問題を、科学的分析、歴史的考察、インスピレーションや超能力など、あらゆる手段で追究するんです」

「すごいんですね」

「でも、わたしたちはまだ生徒なんです。立派な先生方がたくさんおられましてね、とても楽しく指導してくださるのよ」

「そうなんですか」

葉子は、呆気にとられていた。こんな話を今まで聞いたことがなかった。

「あなたは、自分がなぜ生きてるかお分かりになる」

早苗は葉子の目を覗き込んだ。

「いえ」

そんなことを本気で考えたことはなかった。

「じゃ、死んだらどうなるか推測できます？」

　葉子は首を振った。

「これから誰と結婚し、どういう生活を送ることになるか、見当がつきます？」

「全然」

　葉子は、お手上げといった風に笑みを浮かべて言った。

「でしょう？　一般の人々は、こんな大事なことが山ほどあるのに、何も考えないし、何も知らないで漠然と生きているんです。ところが、実を言えば、あなたが今生きているという理由や、あなたが将来どうなるかを知る方法があるんです」

「本当ですか」

「だって、わたしたちただ無意味に存在していると思う？」

「いえ……でも小川さんはそれが全部分かってるんですか」

「少しずつ分かりかけているんです。いろんなことを習っていますから。例えば、外観は内観の反映である、という真理もその一つです。要するに、心の状態は、顔や手足に現れるということです」

　葉子は、いつのまにか早苗の言動に惹《ひ》きつけられていた。

「ちょっと、右の手のひらを見せてくださる。ただの手相を見るわけじゃないんです」

葉子は、おずおずと手を差し出した。早苗の表情が真剣になってきた。何か恐ろしいことを言われはしないかと心配になってきた。

息づまるような数十秒が過ぎた。

「素晴らしい相です」

小川が笑みを浮かべて言った。しかし、その直後に短くつけ加えた。

「でも、難しい……」

「難しい？」

「あなたは今、転換期にあるんです。今までの人生が、これからガラリと変わろうとしている」

「なぜそんなことがお分かりになるの？」

「うまく変われば大成功ですし、失敗したらとんでもないことになるわ」

「どうしたらいいんです」

「わたしたちにはそこまで言えないんです。まだ未熟者ですから。あなた、恋愛で悩んでらっしゃるでしょう」

葉子は、一瞬心臓が止りそうになった。魔法でも見たように、早苗の顔を凝視した。

「この程度のことは初歩の初歩、ちょっと勉強すれば分かるんですよ。これ以上知りたければ、わたしより上の方とお会いになるといいわ」

「どこへ行けばお会いできるの」

葉子の問いに、小川早苗は再びニッコリ微笑んだ。

7

牛島三郎は、松本安吉が書いてくれた地図を頼りに、新宿三丁目にやって来た。

安吉の依頼を受けた翌朝、牛島は早くも後悔し始めていた。妙な成り行きで約束してしまったが、結果が重くなるのは分かりきっていた。

しかし、翻意《ほんい》したことで坂巻よねに見直され、熱烈な励ましを受けたので、いまさら引っ込みがつかなくなっていた。

〈自我開発ビデオ・センター〉は、新宿御苑に沿った道路の小型ビルの中にあった。四階の窓ガラスに、赤いペンキで名称が書かれている。一階にはガラス張りの旅行会社があり、その横に各階への入口があった。

エレベーターに乗るなり、牛島はコートのポケットからメモを取り出し、入口通路を通る時頭にたたきこんだビル名、番地、そして相手の部屋番号を書き込んだ。安吉が覚えていたのは、ビルの場所だけだった。

エレベーターの扉が開く寸前、牛島は変装用の太い黒縁の眼鏡をかけた。これをかけることで、素顔よりずっと生真面目な印象になる。

四階は二部屋に分かれていたが、片方のドアには、ネームプレートがなかった。空部屋になっているのか、自我開発ビデオ・センターが両方使っているかのどちらかだろうと判断した。

ネームプレートのあるドアをノックし、そっとノブを押した。

クリーム色のパネルで仕切られた二坪ほどのスペースに、受付けカウンターがあり、グリーンのハイネック・セーターを着た若い女が坐っていた。カウンターの上の造花を差し込んだ花瓶以外、装飾は全くない。

「いらっしゃいませ」

若い女は思い切り明るい声で言ったが、牛島の姿を認めた目には、かすかな警戒の色が浮かんでいた。

「どちら様でしょう」

女は、予約ノートをあわててめくった。

「いえ、飛びこみで来たんですけど」

「はあ」

「そのう……以前知り合った人に、こういうところで、いろいろと個人的相談にのっていただけると聞いたものですから……」

「どなたのご紹介でしょうか」

「いや、そういうことじゃなくて……ここじゃなかったですかねえ……何かパンフレットでもございますか」

牛島は、自分が何をいっているのか分からなくなっていたが、受付けの女も混乱している様子だった。いずれにしても、このようなアプローチは場違いであることが分かった。

「すみません、ちょっとお待ちいただけますか」

女は、急いで右手のドアを開け奥へ消えた。牛島は忍び足でカウンターに近づき、予約ノートを覗き込んだ。時間と来客予定者の名、年齢、そして担当者の名が数人分書かれている。来訪予定者の年齢は、すべて二十代前半だ。

「失礼します」

突然背後から声が掛り、牛島の胸がドキンと鳴った。振り向くと、半開きのドアからベージュのコートを着た長い髪の女がこちらを覗いていた。

「よろしいんでしょうか」

女が聞いた。

「え？　あ、どうぞどうぞ」

牛島がうろたえながら言った。

右手のドアが開いた。

髪を後頭部で束ねた細面の女が現れた。女はびっくりした様子で牛島を見、それから入口の女性客に視線を移した。急に笑顔になった。

「あ、中道葉子さん？」

「はい」

「お待ちしてましたのよ。どうぞ中へお入りになって」

やさしい口調だった。受付けの若い女が顔を出し、女性客を奥へ案内した。

「お待たせいたしました。何か、悩みごとがおありとか」

細面の女は、微笑みを浮かべながらも、牛島の風体を吟味しながら言った。

「ええ、いろいろ個人的な問題がありまして……」

牛島は女の視線を外し、うつむいて答えた。

「せっかく来ていただいたのに申し訳ございません。実は、ここは青年向けのサークルでございまして、お客様のご年齢の方々に対応するシステムにはなっておりません」

「そうでしたか、いや、ごめんなさい、勘違いしたみたいですね……どうも」

牛島は几帳面に頭を下げ、いかにも残念という姿勢で入口のドアに向かった。背中に、女の視線が注がれているのを感じた。ノブに手をかけた瞬間、

「ちょっとお待ちください」

振り向くと、女がカウンターの物入れから何かを取り出していた。

「今、思い出したんですが、中年の方々のご相談に応じるサークルもございます。もしよろしければ、そちらへご紹介いたしましょうか」

女の目は、マザー・テレサより柔和になっていた。

中道葉子は、パネルで仕切られた三坪ぐらいの小部屋に通された。同じような小部屋が他にも幾つかあるようだった。

テーブルが一つと向かい合った二脚の椅子、VTR付きのテレビモニターとヘッド

ホン、それが空間に存在するすべてだった。

中道葉子は、受付けの女性から渡された〈ゲスト・メモ〉の空欄を埋めていた。街頭アンケートと同じような項目の他に、ゲストの血液型、星座、貯金額、親の経済状況などを詳細に書きこむ欄があった。

昨夜は、小川早苗とすっかり意気投合してしまった。早苗は、葉子の悩みや疑問をことごとく理解してくれたし、自分も同じような問題を抱えた時期があったと共感を示してくれた。葉子は、東京に出て来て以来、初めて心の通ずる人間に出会ったという思いがした。

ある事実を除き、葉子はすべての問題を告白し、久しぶりに気分が壮快になった。素晴らしい若者たちが、共通の悩みを分かち合い、自分の向上のための研究会を開いていると聞かされ、葉子は強い興味を抱いた。それに、自分が転換期にいることを指摘され、どう進むべきかを指導してくれる人がいると言われたことが、この〈自我開発ビデオ・センター〉を訪ねる契機になった。

ちょうどゲスト・メモを書き終えた時、先ほど応対に出た細面の女性が、紅茶とケーキを盆にのせて入ってきた。

「さあ、どうぞ、召し上がってくださいね。リラックスされて結構ですよ。あなたのことは、小川早苗さんからちゃんとお聞きしてますよ。わたし、あなたの担当の大隅良江と申します」

髪を後で束ねた女性は、微笑を浮かべたまま会釈した。落ち着いた表情、柔和な声の調子、そして賢そうな黒目がちの瞳が印象的だった。

わずかに残っていた葉子の警戒心が、春の陽射しで溶けてゆく雪のように消えた。

「さて、あなたの抱えている問題というのは、こんなことじゃないかしら……」

大隅良江は、葉子がまだ何も説明しないうちに、葉子の遭遇している状況や疑問について滔々《とうとう》と語り出した。

その内容の正確さと言えば、まるで昨夜の早苗と葉子の会話を盗み聞きでもしたように要点を突いていた。早苗がどんな報告をしたにせよ、この大隅という女性は並外れた人物のように思えた。

「つまりですね、こうした混乱が起きるのは、あなたが世の中の根源的な原則についてあまり知識がないからなのです。失礼、もちろんあなたを非難しているわけではありませんよ。今の若い人たちは、最も大切なことを親や学校では教えてもらえないからなんです。これは、学業成績とは関係ありません。このサークルには、東大生だってずいぶん入ってるんですよ。でもどんなに優秀な学生でも、〈人間とは何か〉〈どこから命はやってきて、死後はどうなるのか〉〈本当の愛とは何なのか〉といった人生の大問題について、何も知らないし、また、学んだこともないんです。受験勉強とか就職とか、目先のことばかりに心を奪われて、根本原則を理解していないんですね。だから、現実社会の小さなトラブルに巻き込まれただけで、人生が目茶苦茶になってしまうんです」

葉子は、大隅良江の言うことがもっともだと感じた。生とか死とか、または愛というテーマを、漠然とは考えたことがあっても、系統的に学んだこともないし、考えたこともなかったのだ。こんな大切なことを知らずに生きてきたなんて、思えば大変なミスである。

「どうしたら、そういうことが学べるんでしょうか」

葉子は率直に尋ねた。大隅良江は笑顔でゆっくりうなずいてから言った。

「それを学ぶのが、私たちのグループの目的です。そうですね、まずビデオを見ていただきたいんですよ。ちょっとだけ失礼します」

大隅良江は椅子を引き席を立った。

大隅は、敬霊協会新宿支部のママ・リーダーであるが、昼はこのセンターの〈説得スタッフ〉を務めている。

フロアーに設置された四つの説得用小部屋の奥に、もう一つスタッフ用のオフィスがある。壁を埋め尽くしたスチール製の本棚には、五十本前後の講義ビデオや、二十数本の劇映画、ドキュメンタリービデオ、出版物、書類などが詰め込まれている。真ん中には大きな会議用テーブルがあり、衝立で仕切られた奥のスペースには、センター長のデスクが隠れていた。

会議用テーブルの周りでは、数人の若いスタッフが、書類やデータの整理をしたり、出版物の発送作業などをしていた。そのうちの一人は電話の受話器を持ちっきりで、同じ番号を回しては、相手が出ると切るという反復作業をくり返している。ある大学教授が、新聞に敬霊協会批判の記事を書いたので、自宅へ無言電話攻勢をかけているのだ。東京本部からの命令で、スタッフは四時間交代、朝も夜もぶっ通しで〈戒《いまし》めの鐘〉を鳴らさなければならない。

大隅良江は衝立の陰に入り、センター長と向かい合った。

センター長は、黒縁眼鏡をかけ、グレーのスーツを着た、一見銀行員風に見える中年男だった。全国で数百ヵ所あるビデオ・センターを渡り歩き、十年間で三千人以上の入教者を獲得したベテランである。

「かなり人間関係で悩んでいるみたいだね」

センター長は、勧誘部隊の小川早苗が作った報告書に目を通しながら、独り言のように呟いた。

「わたしの見たところ、かなり勉強好きの学生という感じですが」

大隅が感想を述べた。

「洋和大学に入れるくらいだから優秀なんだろう。宗教には興味を持っていないようだな」

「小川シスターはそう言っておりました」

「心情的に揺れているようだが、いきなり宗教的アプローチや情緒的アプローチをするのはまずいかもしれないね。秀才型の学生は疑り深いからね。やはり理論的アプローチの方が無難かもしれないね」

「じゃ、〈オーソドックス〉のNo.1から始めましょうか」

「そうだね。見終った反応で、もう一度検討しよう」

「わかりました」

大隅はていねいにお辞儀をした。ゲストに対する作戦は、すべてセンター長の指図に従うことになっている。

大隅は、本棚から一巻のビデオを選び出し、説得用小部屋に戻った。

大隅の姿を見た途端、不安そうな表情で坐っていた葉子の目が、急に期待で輝いた。

「まず、このテープを見ていただきたいの。根本原則の一部をご紹介するわ。後であなたの感想を聞かせてね。どうぞそのヘッドホンをかけてくださいな」

葉子は言われたとおり、旧式の重たいヘッドホンを頭に載せた。ビデオ操作を終った大隅は、葉子の目を見てニッコリうなずいた。

部屋の隅にあったテレビモニターが、パッと明るい白に変わった。数秒後、画面に〈宇宙の二極性〉というタイトルが浮き出た。次に登場したのは、太いフレームの眼鏡をかけた中年の婦人だった。背後には、白墨用黒板が映っていた。

「皆さん、私たちが日常生活で迷ったり、うろたえたりするのは、ものごとを考える軸というものが欠如しているからであります。ここでどうしても、〈宇宙の二極性〉ということを理解していただかなくてはなりません。すなわち、宇宙のありとあらゆるものは、互いに相対する二つの対極によって作られているのであります。例えば、人間は、肉体と精神という二極性によって形成されております。また、人間社会には男と女、動物や植物も雄と雌に分かれております。これを図に書きますと、こんな風になるのであります」

婦人は白墨を摑み、黒板に二つの円を描いた。円と円の一部がつながり、8の字のように見える。

上の円に善、下の円に悪の字を書き入れ、素早く消したかと思うと、今度は上に十、下に一を書き入れるという反復作用を繰り返した。

「陽と陰というものがしかり、また、幸福と不幸もしかりであります」

葉子は、最初は受験国語の反対語の講義を受けているような気がした。あまり退屈なので横を見ると、いつの間にか大隅良江の姿はなかった。

ヘッドホンからは、講師の情熱的で甲高い声がとぎれることなく発射され、いやでも脳の中へ言葉が植えつけられるような感じがした。途中でヘッドホンを外そうかと思ったが、画面から熱心に話しかける相手の表情を見ると、つい決意が鈍った。そのうち、もっと何か大事なことを言うかもしれないという期待もあった。

「真実と虚偽も二極であります。こうした二極は、実はあなた方の心の中に同居しているものであります」

葉子は、急にクローズアップになった講師の目を見た。

「あなた方の心の中に嘘や汚れがあれば、それは形として顔や体に現れてくるものであります。これは人間の外観と内観という二極性であります。また、罪と罰という二極性にも関連するわけであります。あなたが罪を犯していれば、それは必ず外観に反映され、病気や障害が出るのが原則になるわけですね」

葉子の片手の指が、無意識に頬を触っていた。

「やる気が起こらない、気持ちが沈む、といった症状には、必ずあなたの心や過去の行為が関係づけられています。それは、善霊と悪霊、この二つの霊の二極性のバランスが崩れているということを意味するわけであります。もっと砕いて言えば、あなたの心の中に占める悪霊の量が善霊よりも増加しているということであります。これはまた、科学的にも実証される法則であることを認めざるを得ないのです」

講師は、二極性のある言葉を次々と取り上げ、現実社会や生活との関連について説明した。一時間二十分、講師は異常なほど力のこもった調子を維持し続けた。

ビデオが消えた時、中道葉子はぐったりと疲れていた。〈二極性〉〈善霊と悪霊〉〈外観と内観〉などという新しい言葉が、頭の中でガンガン響き渡っていた。

「ご苦労さま、お疲れになったでしょ？」

大隅良江が、タイミング良く現れた。湯気のたった日本茶をテーブルの上に置いた。喉が渇ききっていた葉子には、最高のもてなしに思えた。

「いかがでした、ビデオ見て」

「ええ……ちょっと疲れました」

葉子は正直に答えた。

「そうでしょうね、初めての時は誰でもくたびれるんですよ」

大隅が同情的に言ったので、葉子は好感をもった。

「二極性というのは分かるような気がするんですが、何もかもがそんな風にきれいに分かれるっていうのは、ちょっとわたしには」

「あなたの言いたいことは分かるわ。わたしも最初はそう感じましたから。でも、これは、この研究のほんの一部分で、全体との関連でやっと本当のことだと証明されるんですよ」

「もっとあるんですか」

「もちろんですよ、二極性理論は、全体の一節にしかすぎないんです。段階を追って進むほど、驚くような真実が明らかになっていくんです。少くとも十本以上のビデオを観なくては、全体像が摑めないんですよ」

葉子は溜息をついた。自分にそんな根気があるかどうか確かではなかった。大隅は、そんな葉子の様子を見ながら言った。

「あなたは迷っていますね。つまりちょうど転換期にきているからなんですよ。これからどんどん自己を向上させるか、今の状態をだらだら伸ばして、結局平凡以下の人生へ落ちてゆくかの境界線にいるんです」

葉子は、自分を見透かされたような気がして、息苦しくなった。

「向上するには、積極性と努力が必要です。でも、そのサイクルに入ってしまえば、苦しさよりも喜びが多くなるんです。なぜかと言うと、あなたは、自分ばかりでなく、自分の先祖や子孫を救うために生まれてきた人格だということに気がつくことになるからです」

葉子は驚いて大隅の顔を見直した。

「これは、俗には因縁というような言葉で説明され、迷信やなんかとゴッチャにされていますね。でも、わたしたちの科学的な研究では、遺伝子の関係として説明されるんです。世の中のできごとには、過去から未来につながる必然性というのがあるんです。あなたがこの世に生まれたのは、別にあなたが選んだからじゃないのは分かるでしょ。例えばこんな事実があるんですよ。あの〈典子ちゃん事件〉ご存知でしょう」

「ええ……」

典子ちゃん事件は三年前に起こり、マスコミを騒がせた有名な事件である。四歳になる女の子が誘拐され、後に死体となって発見された。数日後、同じ町に住んでいた犯人が逮捕された。

「実はいろいろ調べて分かったんですが、犯人の七代前の祖先は、典子ちゃんの先祖に殺されたという事実があるんですよ。ですから、こうした結果は、起こるべくして起こっているんですよ。もし、典子ちゃんの両親が先祖のことを知っていたら、この悲劇は防げたかもしれないんです。こうしたことは誰にでもあることですが、その家系の中で最も敏感な人が研究し、不幸を防がなくてはいけないんです」

葉子は、両親や兄弟の顔を浮かべていた。

「あなたが今ここにいるというのも、偶然じゃないんです。あなたは、宇宙や人生の真実、それからあなたの家系の過去や将来を知るための道、その入口に立っているんです。あなたの決意次第で、すべてのことがガラリと変わってしまうわけですよね」

「わたしにそんなことができるでしょうか」

「できますとも、決意しだいですよ。もう二、三本もビデオをご覧になれば、自分が正しい選択をしたことに確信をもてますわ。ただ、これ以上進むには、ちょっとだけ会費がかかりますけど……」

「いくらぐらいでしょうか」

「ご心配なく。たったの五千円ですよ。人生を学ぶには安すぎますかしら」

大隅良江が、茶目っけのある笑みを浮かべた。葉子は、続けるにせよ、辞めるにせよ、五千円は高くないと感じた。

「あの、個人的な問題も解決できるのでしょうか」

「もちろんですわ、あなたの抱えているトラブルも、わたしには見えています。でも、それはまだ触れないでおきましょうね。その前に、勉強していただくことがいくつかありますから」

8

〈自我開発ビデオ・センター〉の名は、牛島が区役所や税務署を調べても出てこなかった。以前勤めていた大手のデータ・バンクにも問い合わせてみたが、当然登録されていない。まさに、幽霊団体だった。ビルの持ち主に電話し、借家人の名前だけは聞き出したが、単なる名義上の人物だった。松本安吉がお手上げになるのも仕方がない。

とりあえず、センターの女から紹介された場所を訪ねることにした。

渡された紙には、〈創命俱楽部〉とあった。場所は吉祥寺である。

牛島は、JR吉祥寺駅で降りた。住所を調べると、駅に近い大通りのビルだった。外装が白いタイルの九階建てで、四階までがオフィス、その上は住居用のマンションになっている。

エレベーターで四階まで上がった。廊下の一番奥のドアに、〈創命俱楽部〉のネーム・プレートを見つけた。

そっとドアを開けた。チャイムが鳴る。

クリニックの待合室みたいなスペースがあり、ビニール張りのベンチに、老婆が一人坐っていた。牛島には目もくれない。両手に掛けた数珠《じゅず》をもみ合わせながら、一心になにごとか呟いている。

内ドアが開き、中年の女が顔を出した。縁なし眼鏡をかけ、地味なスーツを着ている。

「いらっしゃいませ。どちら様でございましょうか？」

笑顔だが、目に警戒心が浮かんでいる。

自我開発ビデオ・センターで見た表情と同じだ。

「佐藤正雄と申します」

牛島は、いつも使う偽名を名乗った。

「新宿三丁目のビデオ・センターからご紹介を受けたものですから」

「はぁ……。ちょっとお待ちくださいませ」

老婆は相変わらず数珠を鳴らしていた。

しばらくして、牛島は中へ招き入れられた。

パネルで仕切られた小部屋に通され、身上書のようなものを書かされた。月給、貯金額、所有不動産、保有株式数などという項目があるのには驚いた。牛島は、どの欄にもデタラメを書き込んだ。

パネルの小部屋は他にもいくつかあるらしく、ボソボソとこもった会話が聞こえてくる。

適当に欄を埋め終った途端、計ったかのように一人の男が入ってきた。薄い髪をすだれ状に撫でつけ、面長の顔にやたら大きい鼻が目立つ。木炭のような眉の下の目が笑っている。

「いやいや、ご苦労様でしたァー」

やけにゆっくり喋る男だった。

「わたくし、大河原と申しましてな、ご相談係を務めておりまするゥー」

言葉は間のびしているが、身上書を読みとる目の動きは素早かった。

「なるほどお母様が心臓病でいらっしゃる。そしてあなたは胃の調子が悪い。なるほど、なるほど……で、ご職業は？」

「無職です……。なかなか良い職にありつけませんので」

「それはそれはお気の毒に。しかし、貯金が三千万円に、不動産が三億円相当？」

「アパートを持っておりますから」

「なるほどなるほど」

妙に感心した後、大河原はじっと牛島の目を覗き込んだ。威圧的な視線だった。

「実はですね……」

今までと話し方がガラリと変わった。ひそやかだが、低く野太い声になった。

「この団体は、神学的見地から、苦悩する人々との因果関係を見抜き、悪いものを取り払う慈善事業を行っているんです」

「宗教ですか」

「いえ、宗教のずっと先にあるものです」

「はぁ……」

「この家系図の欄ですが、あなたは祖父母様までしか書き入れておりませんね」

「ええ、その前の事は聞いた事もありませんから」

「それが問題なのですよ」

「え……」

「ちょっとお待ちください」

　男は身上書を摑み部屋を出て行った。

　パネル越しに、隣の部屋からすすり泣きが聞こえてきた。不気味な雰囲気だ。

「分かりました。みごとに分かりましたァー」

　大河原が、宝クジでも当てたような顔つきで戻ってきた。

　空欄だった家系図には、祖父母以前の先祖の名前が書かれていた。デタラメである事に間違いなかった。牛島は偽名を書き込んでいたし、郷里の母親は元気そのものである。

「ご立派な家系ですよ。七代前は越後の庄屋さんだったんですねェー」

　牛島は、祖父母の出身地は四国だと聞いていた。

「ところがですね、その方の息子さん、次男の源次郎さんですねぇ、この人に不祥事がありました。つまり、言いにくいことですが、母殺しという大罪を犯したわけです。その亡くなった母の怨念というものが、因果となって、あなたのお母様にふりかかっているわけですすねぇ。誠に理不尽というか、恐ろしい事で……」

牛島は、水の入ったバケツがあったら、大河原の頭からぶちかましてやりたい衝動に駆られた。しかし、この男と喧嘩するために来たのではない事を思いだし、溜息と一緒に怒りを吐き出した。

「じゃ、どうしたらいいんです」

「そこでです。この因果にまつわる悪霊を何としてでも追い払わねばなりません。当団体で扱っておりますす数珠をお求め頂き、経文を朝、昼、晩、一ヵ月ほど唱えて頂ければ、お母様の病は嘘のように消え去ります。これは、はっきりとお約束できます」

「その数珠はおいくらなんです？」

「そうですなぁ、いろいろありますが、四十万ぐらいのものが適当かと思いますが」

「四十万ですか……」

牛島は考え込むふりをした。

「無理なら、多少安いのもあります。今、お手元においくらお持ちです」

「数千円しかありません」

「キャッシュカードは？」

「あります」

「なら、この時間でも大丈夫です。善は急げと言いますしィー」

「やっぱりやめます」

「やめる？　あなたのお母様のことですよ、病気が悪くなってもいいんですか！」

大河原は気が動転した様子だった。

「金の問題じゃないんです。本当に治るなら何千万円出しても構いません。ただ私はこういうおまじないみたいなことが嫌いなんです」

「おまじないじゃありません。霊のお告げなんです。あなた、これに逆らったら大変なことになりますよ」

「構いませんよ、私は」

牛島は挑戦的な目つきで大河原を睨《にら》んだ。複雑な表情で牛島の視線を受けていた大河原が、しばらくしてポツリと言った。

「しばらくお待ちください」

大河原は、再び部屋を出て行った。今度は何が飛び出すのだろう。牛島は、飾りもの一つない四方のパネル壁を見渡した。

大河原の案内で、階段を一階分上がった。五階から上はマンションになっているはずだ。

「会わせたいお方がいます」

と、大河原は言った。暴力団にでも囲まれるのではないか、という懸念が一瞬心をよぎった。逃げ出そうかとも思ったが、考え直した。こうなったらとことん付き合ってやれと開き直った。経験は貴重な情報だ。

五階の廊下には、四つのドアが並んでいた。

右から二番目のドアの前で、大河原は短く三度ブザーを鳴らした。合図のような気配だった。

自動錠が、カチリと音を立てた。

大河原がノブを押し、牛島を招き入れた。マンションにしては広い玄関で、〈因果応報〉と墨で書かれた大きな額が飾られていた。

靴を脱ぐと、ガラス格子の内扉があり、リビングの一部が見えた。豪華な応接ソファーに坐り、数人の男女が談笑している。その中に派手なジャケットを着た体格の良い若者がいた。どこかで見た顔だと思った。

牛島たちは、リビングには入らず、廊下をまっすぐ奥へ向かった。

二、三歩進んだところで、牛島は若者が誰であるかを思いだした。有名な若手の野球選手だった。打撃が期待されたのに、昨シーズンは大不振だった。

奥の扉を大河原が開いた。薄暗い部屋だ。床一杯に真っ白な分厚い絨毯が敷かれている。

足を踏み入れた牛島がギョッと立ちすくんだ。

壁の三方は、紫色のビロード・カーテンで塞がれ、一番奥に祭壇があった。経文の書かれた金箔の掛け軸の前に、黄金の阿弥陀仏が一体、両側から射してくる灯明の光を受けて輝いている。祭壇に向かって正坐している一人の女の後姿があった。真っ黒な長袖のワンピースを着ている。ひだのあるスカートの部分が、白い絨毯の上で黒い円模様を描いていた。

大河原が牛島に、坐れと顎で合図した。牛島は神妙な面持ちで言われたとおりに行動した。

女は、何やら祈っている様子だった。パーマをかけた黒髪がこまかく揺れている。

しばらくして、女は膝をずらし、こちらへ向き直った。胸元で、粒の大きい真珠のネックレスがキラキラと輝いた。牛島の体が一瞬緊張で硬直した。

女の顔は異常に白く、最初は能面をかぶっているのかと錯覚した。よく見ると、冷たい感じだが、整った顔立ちだ。吊り上がった一重瞼の目がきつい。

「阿川礼子先生です」

大河原が厳かな口調で言い、深々と頭を下げた。

女がじっと凝視するので、牛島はバツの悪さを感じ目を伏せた。

しばらくして、女が言った。凛《りん》とした声だった。

「あなた……嘘をつきましたね」

牛島がハッと顔を上げた。胸がドキン、ドキンと続けて鳴った。

「私には何もかも見えます」

阿川礼子の厳しい視線が、牛島の胸の中に入り込んでくるような気がした。

「問題は一つだけです。あなたの体、胃の中に悪いものがあります」

牛島は気味が悪くなった。慢性胃炎は事実だった。

「手遅れかもしれません。治りたいですか」

「ええ」

牛島は仕方なしに答えた。

「神仏が力を貸せるのは九五パーセントです。残りの五パーセントはあなたの責任です」

阿川礼子は妙なことを言い出した。

「神仏に五パーセント貢献しなければなりません。石塔を求めてください。韓国の霊山から切り出された大理石の塔です」

牛島は眉を曇らせた。

「石塔はいくらでした」

阿川礼子が、大河原に聞いた。わざとらしいしぐさだった。

「五百万円でございます」

大河原が答えた。

「命と引き換えなら安いものです。求める気がありますか?」

牛島はしばらく黙っていた。

「ぜひそうされた方がいい」

大河原が牛島をせかした。

「お断りします」

牛島が言った。阿川礼子は、大河原と顔を見合わせた。やがて深い溜息をついた。

「しょうがない方ですねぇ」

と言いながら、胸元から一枚の名刺を取り出した。

「私の言葉を信じないなら、あとは医学的に処置するしかないでしょう。あなたの病気は悪性です。これを治せるのは、この病院だけです。私の名でご紹介します」

9

ガサガサと人が動く気配で、尾崎加代は目を覚ました。永遠に寝てしまいたいほど眠かったが、勝手なことは許されない。

寝袋のチャックを外し、新しいカシオの腕時計を見た。車が転覆した際、前の腕時計を壊してしまった。信仰が足りないからだとさんざん叱責を受けた後、スーパー・マーケットで千二百円の製品を買うことが許された。

針は午前六時を指していた。加代は、寝袋から脱け出した。

ヤッケを羽織り、洗面道具を持って外へ出た。空はまだ薄暗い。枯葉がカラカラと音を立てて舞い上がっていた。冷たい突風が頬を切り、一瞬のうちに加代の眠気を吹き飛ばした。ハイエースは、黒々とした杉山の麓にある古寺の境内のそばに駐車していた。少し離れた公道沿いに、数軒の農家の屋根が見える。

寺門の入口横にある水道のまわりでは、シープたちが洗面をしたり、歯を磨いたりしていた。

新しく編成されたチームだった。

顔馴染みのメンバーは、腕にギプスをはめている青年だけだ。本来は帰京するはずだったが、客の同情が集まるということで訪問販売を続けることになった。その青年は、片手で顔を洗っていた。加代と目が合うと、ニッコリと笑顔を見せた。

シニア・リーダーの長峰から、事故に関しては一切語るなと釘を刺されていた。

加代は、腕を折った青年にはなるべく近寄るまいと決意した。

「さあ、朝の礼拝を始めます」

新しい班長が言った。霊化した前班長よりも厳しそうな人物だった。シープたちは整列した。

「先ず、出陣の聖歌から始めます。心をこめて用意、一、二、三！」

　空が裂けても　大地が揺れても
　恐くはないぞ　我ら進む！
　悪魔が踊る　汚れた世界
　清めるため　我ら進む！
　富を奪い返し、神に捧げよ、

聖なる父、われらがメシヤに、
すべてを捧げよ、ワン、ツー、スリーッ！

マーチ風のリズムに全員が唱和した。聖歌はたくさんあるが、この歌を歌うと加代は元気が出る。睡眠不足と疲労で朦朧《もうろう》とした脳に鞭《むち》が入るのだ。

「では、〈誓いの言葉〉を唱えてもらいます、最初はこちらから」

班長の指名を受けたシープが、胸を張って宣誓した。

「今日は再編第五班の最初の出陣です。聖なるお父様の現世天国実現のため、三万点は貢献する覚悟です！　全身全霊を賭け、達成を誓います！」

三万点とは三万円を意味する。一個二千五百円の海産物入りの袋を、十二個売り切るという計算だ。休日はないので、一ヵ月の目標は百万円近くなる。だが現実には、一個も売れない日もあり、よほどの運がなければ、売り切ることは希である。

加代の番が来た。

「聖なるお父様を胸に抱きしめ、寒さにめげず、苦しさに負けず、できる限りの力でおつまみ袋を売りさばきます」

「それじゃ駄目だ！」

班長がきつい口調で言った。

「きちんと数字で目標を言いなさい。君はもうベテランじゃないか。三ヵ月後には、〈恵福〉を与えられる予定になってるんだぞ。そんな弱気でどうする！」

全員の視線が、一斉に加代に注がれた。加代は、心臓が破裂するかと思った。熱い血がカッと頭にのぼり、目まいを感じた。

〈恵福〉とは、敬霊協会最大の儀式である〈集団結婚式〉に参加できるということである。

参加資格者は、協会に対する貢献度が高く、実績があり、信仰心の深い者に限られる。世界中の信者の中から選ばれ、教主の振り当てた人物と結婚を許される。この儀式を通過した者は、協会幹部となり、教祖の家族の一員として永遠の幸福を約束されるのである。

加代には思いもよらぬ待遇だった。どんなに努力しても、そのような光栄を受けるのは、二年も三年も先のことだと考えていたからだ。

「三万点を挙げるため、命がけで努力します」

加代は夢見心地で叫んだ。

「よし！　それでは五分間祈禱に入ります」

班長の命令で、各々が両手を合わせ、口の中でぶつぶつと言葉を刻み始めた。真剣さが勢いを増し、大声になる者もいた。

〈ありがとうございます。神様。ありがとうございます、聖なるお父様。わたしはあなたに命を捧げます……〉

加代は、感動のあまり他の文脈が思い浮かばず、両手をぶるぶる震わせ、ただただ感謝の言葉を繰り返した。

根《こん》をつめた祈りの後は朝食だ。

班長が用意したのは、マーガリンをぬった食パン二切れとウーロン茶だけだった。毎度のことで慣れてはいるが、加代は時々感謝の気持ちを忘れ、ただ自動的に口に運んでしまうことがある。しかし、今朝だけは、食物の味が格別のような気がした。心の持ち方一つでこれだけ違うのだと、いまさらながら驚き、過去の自分を反省したい気持ちになった。

食事が終ると、コピーされた地図がシープたちに配られた。海産物販売の区割りと、各々の待ち合せ場所が標《しる》されている。今日は、高崎市郊外の南部がターゲットである。

訪問販売シープは計六人、女は二人だけだった。男は紺色のハッピを着、女はモンぺにはき替えた。

「さ、一応訓練は受けたと思いますが、今日は初日なので、口上の復習をしましょう。まず先輩格の尾崎さん、手本を見せてください」

班長は加代を指名した。加代が進み出て、大きな深呼吸をした後、マニュアルを披露した。

「コンニチハーッ！　ニッコリ、ニコニコ、〈ほほえみ物産〉の尾崎加代でーす！北海道産のおいしい海産物を皆様に味見してもらってまーす。はい、根昆布の味付きです、試してくださいませー！」

と、プラスチックのタッパーを差し出す動作をつけ加えた。

「はい、よくできました。今、尾崎さんのやったように、明るく元気な声を出しましょう。お客さんとの会話も大事ですよ。同情を引くために、〈学費を稼ぐため〉とか〈お父さんの病院代が必要だから〉というのも効果的です。なかには、悪霊に取りつかれた家があります。敬霊協会だろう、なんて因縁をつけられる場合もあります。そんな時はさっさと立ち去ることです。それでは皆で、一緒に練習しましょう。一、二の三！」

全員が笑顔を作り、大声で合唱した。一人一人の表情をチェックしていた班長が、こまごまと注意を与えた。

「午前七時です。出発準備！」

シープたちは、ハイエースに戻った。車の中は、全シートが倒され、その上にベニヤ板が敷かれている。シープたちが移動するのも寝るのも、ベニヤの上である。そのベニヤを外し、下に詰め込まれている海産物のビニール袋を取り出し、おのおののリュックに詰める。内部の様子が分からぬように、フロント以外の車の窓は、すべて黒色ガラスがはめ込まれていた。厳密に言えば、違法改造車であり、定員オーバーでもある。

ベニヤの上に膝を抱えて坐る六人を乗せ、改造ハイエースは目的地へ向かった。途中、一人ずつ降ろされ、割り当ての地域で活動を開始することになる。

10

相手が誰であれ、面と向かって〈おまえは病気だ〉などと断定されるのは気分が良いものではない。まして、多少の自覚症状があればなおさらのことだ。

牛島三郎は、霊能師らしい阿川礼子という女から、胃に悪性のものがあると言われた。もちろん信じはしなかったが、世の中にはまぐれ当たりということもある。それに、わざわざ病院を紹介したところをみると、何かいわくがありそうだった。

翌日の朝、多少の不安と好奇心がごちゃまぜになりながら、紹介された病院を訪ねた。

〈天精病院〉は、JR池袋駅の西口から十分ぐらい歩いた商店街の外れにあった。四階建ての小規模な総合病院である。古びた四角い建物で、灰色の外壁は染みだらけだ。

診療開始時間だというのに、受付けロビーにはあまり人がいなかった。牛島は奇妙な感じに捉われていた。どうやらそれは、ここで働く医師や看護婦、従業員の共通した雰囲気によるものらしい。態度はバカていねいで、笑顔も見せるのだが、どの人間にも存在感が欠けている。仮面をかぶったロボットが、口をきいたり、歩いたりしているような印象なのだ。

内科の受付けに紹介状を出すと、いきなりレントゲン室へ行けという。胃の検査が当然予測されたので、前夜より食事を控えていたが、それにしても診断抜きというのには面食らった。バリュームを飲まされ、胃の写真を撮った後、内科の待合室へ廻された。

ベンチには、老人ばかりの患者が五人ほど坐っていた。どの顔も、深刻で暗かった。すでに死刑の判決を受けたような表情だ。牛島は、憂鬱な気分になってきた。

一時間ほど待つと、看護婦が診療室のドアから顔を出した。

「佐藤正雄さーん、佐藤さーん」

二度呼ばれて、牛島は自分のことだと気づいた。あわてて立ち上がった。

「院長先生の面接です。こちらへ」

看護婦に招かれて、牛島は診療室へ入った。

狭い小部屋の奥で、鶴みたいに痩せこけた白衣の中年男が、レントゲン写真をシャーカステンに張りつけている最中だった。

「どうぞ、坐って」

院長は、レントゲン写真を見ながら横向きで言った。牛島は丸椅子に腰を掛け、次の言葉を待った。数秒間、ぎこちない沈黙の間があった。

院長がこちらを振り向いた。

五十前後だろうか、分量は少いが、やけに黒光りする髪をオールバックに撫でつけている。針金みたいな細顔で、顎が鋭く尖っている。

異常に大きく開いた耳、吊り上がった目、薄い唇——謝肉祭《カーニバル》に登場するおどけた悪魔を想わせる。

「佐藤さん、誰か身内の方いますか？」

院長が、事務的な口調で訊いた。顔には表情が全くない。

「いいえ、独身ですから」

「それは困ったな……」

「どうしてです」

「うーん……」

舌で上唇をなめながら、牛島を見ている。

院長は答えない。

「何か悪いことですか」

沈黙が続くと、不安がそれだけ大きくなる。ゾクッと背筋が寒くなった。

「構いません。言ってください」

「そうですか……」

院長は、レントゲン写真を指差した。バリュームを流し込まれた胃の一部に、やたらと皺が集中している。院長が抑揚のない声で言った。

「スキルス癌《がん》です」

牛島の心臓が一瞬止った。いきなり後頭部をハンマーで殴られたみたいだった。

「どのくらい悪いんでしょう」

やっと言えたのは、これだけだった。

「寿命にして、六ヵ月ということでしょう」

牛島は、霊能師の阿川礼子の顔を思い出した。ああいう人種には、本当に霊感が備わっているのだろうか。それにしても、予期せぬ事態だ。胃が急激に痛みだした。

「どうされます」

院長が訊いた。

「どうするって……どうすればいいんでしょう、手術できるんですか」

「はっきり言って、無駄ですね」

「じゃ……」

「あなた次第ですが、アメリカで採用されたばかりの特別なコバルト療法があります。日本ではまだ、ウチだけしか使っていません」

「それで治るんですか」

「通常の治療なら百パーセント駄目ですが、この方法ですと五〇パーセントは生き残れる可能性があります。まあ、賭けになりますが」

「それをやるのは大ごとなんでしょうか？」

「技術的にはさほどじゃありませんが、何せ、特許料が高いもので……」

「お金の問題ですか」

牛島は真剣に聞いた。

「ええ。ですから、積極的にはお勧めできないんです」

「いくらかかるんです」

「そうですねえ……最低三千万は必要です」

牛島の口がポカンと開いた。そんな治療費があるのだろうか。だが、命と引きかえならば、金は問題にならない。でも、どうやって工面したらよいのだ。

院長の顔が、本物の悪魔に見える。

「少し考えさせてください」

「急がないと駄目です。同じケースの患者が順番待ちですから、間に合わなくなります」

牛島は、ベンチの五人の老人たちの姿を思い浮かべた。

「明日ご返事するのでは」

院長は、初めて牛島から目をそらし、ちょっと考える風なしぐさをした。

「そうですねえ……いいでしょう。でも、それ以後は駄目です。明日、入院費と治療費を納めてください、前払いシステムですから」

院長は、あいかわらず抑揚のない口調で言った。

牛島には、スキルス癌の宣告をどう受けとめて良いか分からなかった。なぜか、リアリティを感じなかった。だが事実だとすれば、恐怖である。しかも、否定する根拠は何も持っていない。

最近、同じ年頃の知人が胃癌で他界した。半年前に会った時、一緒に酒場でワイワイ騒いでいた。今でも、その男が存在しないなんて信じられない。死は、牛島にとってそれほど現実味のないものなのだ。

三千万円出せば助かるかも知れない、と医者は言った。あの悪魔野郎はデタラメを言ったのだろうか。公認の総合病院で、そんなことが通るのか？

牛島は、池袋駅から山手線に乗り、渋谷へ向かった。

どこに行くべきか、何をすべきかも分からなくなった。同じ言葉が、頭の中で空回りしていた。時間の感覚もなくなっていた。胃が焼けるように熱い。

渋谷から自由が丘への乗り換えも無意識にやっていた。気がついたら、探偵事務所のドアを押していた。

「まあ、どうしたんです、幽霊みたいな顔しちゃって」

坂巻よねが、セーラム・ライトを灰皿でもみ消しながら立ち上がった。

牛島は、コートをよねに渡し、黙ってデスクに向かった。

回転椅子に腰を落とし、低い天井を見ながら大きな溜息をついた。うまい話はなくとも、普通にここで坐っていられたら、どんなに幸せだろうと思った。

よねが番茶を運んできた。

「先生、失恋でもしたんですか」

ふぐのような顔に微笑が浮かんでいる。今は、よねの顔がモナリザよりもやさしく見えた。何と言っても、親身になってくれるのはよねだけである。

「坂巻さん、俺は死ぬかもしれないよ……」

牛島がポツリと言った。

「何ですって！」

よねは大声を上げた。

牛島は、ことの顚末を説明した。

「そりゃおかしいですよ」

聞き終ったよねが、断言するような口調で言った。ぶよっとした顔が、いつになく引き締っている。

「写真に影があったとしても、悪性かどうかは、細胞検査しないと分からないものです。それはインチキ病院ですよ」

牛島は驚いてよねの顔を見た。

「よございます。あたしの甥《おい》に医者がいます。祐天寺の病院に勤めていますから、調べさせましょう。まぁまぁ何てことでしょうねぇ」

と言いながら、よねは早速電話のダイヤルを回し始めた。よねがこれほど頼もしく見えたことはなかった。それにしても、別の病院で調べ直すという単純な行動を、どうして思いつかなかったのだろう。そもそも、天精病院を疑ったからこそ行ったのではないか。

人間というものは、いきなり弱味を突かれると、正常な論理を組み立てられなくなるのだろうか。

バリュームを、二日続けて昼食代りにするとは、何たる幸運だろう。

坂巻よねの甥が勤める病院の内科診療室の前で、牛島は神妙な顔つきで結果を待っていた。

天精病院の時よりも、かえって心理的に追いつめられていた。よねの言うとおり、あの病院がインチキであってほしい。

しかし、〈嘘から出た真《まこと》〉という諺《ことわざ》もある。ここでクロと判定されたら万事休すだ。

恐怖が牛島を包み込んでいた。

名前を呼ばれた時も、足が地についているような気がしなかった。

年配の医者が写真を点検していた。よねの甥が、神経質そうな表情でサポートしていた。小声で二人が話していた。

〈駄目かな〉と牛島は弱気になった。男らしく覚悟しようと身構えた。これ以上生きたからといって、何がどうなるというのだ。

年配の医者が、牛島を見た。

「自覚症状はありますか」

牛島は緊張した。

「はあ、時々痛んだりムカついたり……」

「そうですか……神経質なのかな」

「はあ？」

「胃には異常ありませんがね」

医者はさり気なく言った。よねの甥が、初めて笑顔を見せ、うなずいて見せた。

「本当ですか……」

牛島は、狐につままれたような顔で言った。

「きれいなもんですよ、ま、半年に一度はドックで健診されてはどうですか。もう、そんなお年ですからね」

牛島の頭に徐々に血が上ってきた。天精病院の院長の顔が目に浮かんできた。抑えきれない激情が、体内を駆けめぐった。

「畜生ーッ！」

牛島は、もの凄い怒鳴り声を上げた。

年配の医師が椅子から転げそうになり、よねの甥があわてて背中を支えた。看護婦が飛び込んで来た。

「すみません、すみません……どうも、本当にありがとうございました」

牛島は米つきバッタのように何度も頭を下げると、脱兎のように診療室を飛び出した。

このまま走っていって、あの悪魔野郎の首を締めてやろうと思った。

しかし、祐天寺の駅まで息がもたなかった。

ぜいぜい呼吸しながら、今日やるのは止めようと考え直した。

喉が渇いたので、スタンド・コーヒーの店に入った。

五角形の顔が三角になるほど心配させやがって。そのうちに必ず復讐してやる！

熱いコーヒーを喉に流し込むと、無事に生きていられることの喜びが湧いてきた。

それにしても、問題を整理して考え直さねばならない。

新宿三丁目の〈自我開発ビデオ・センター〉の正体をつき止めるため、〈創命倶楽部〉に行った。そこで霊能師から〈天精病院〉を紹介されたのである。どう見ても、この三者は繋がっているに違いない。最初の団体が正体不明なのだから、順番としては、創命倶楽部から調べるべきだ。

宗教団体らしかったが、まともに登録されているだろうか。牛島は、宗教関係に関してはほとんど知識も関心もなかった。

コーヒーを飲み終ってから、喫茶店の隅にある公衆電話に近づいた。ポケットから、手帳を取り出し、ダイヤルを廻した。

相手は有名週刊誌〈ザ・ファクト〉の編集部である。牛島が八年前に働いていた職場だった。

若い男が電話口へ出たので、昔の編集部員の名を告げた。

「あ、編集長ですか、ちょっとお待ちください」

牛島はショックを受けた。契約のトップ屋として、社員編集者とコンビを組み、特集を担当していた。その相棒がもう編集長になっている。やはり正式社員だとコースが違う。牛島はちょっぴり劣等感を抱いた。

「しばらくだね、どうしてんの？」

懐かしい声が聞こえてきた。

「ああ、相変わらずぶらぶらさ。それにしても出世したもんだね」

「いやぁ、何もしてないから上に上がるだけだよ」

結構正直な言葉だった。才覚はないが、ミスは少く、人付き合いの良い人物だった。

「何か急用かい」

「ああ、ちょっと妙なことを聞くんだがね、ひょっとして〈創命倶楽部〉って団体知らないか」

「知ってるよ。〈創命教〉ってやつだ。敬霊協会のダミーだよ」

あまりあっさり答が出たので、牛島は拍子抜けした。

「えっ、だって阿弥陀仏が飾ってあったぜ。敬霊協会ってのは、キリスト教系じゃなかったのか？」

「何教系もあったもんじゃないよ。奴らは金さえ儲《もう》かりゃ何でもいいんだ。ホテル、駐車場、病院、何でもありだ」

「病院——天精病院もそうか！」

「そうだよ、おい、水臭いじゃないか、ウチの週刊誌読んでないのか、秋にその病院のスクープやったばかりだぞ」

「そうか、やっぱり。で、医者も信者なのか」

「連中の組織は大学の医学部まで入り込んでるからね、洗脳された学生が医者になり、あっちこっちでインチキ・クリニックを開いてるんだ」

「糞ッ！」

「どうしたんだ」

「いや、何でもない。知り合いに引っ掛った奴がいてな」

「その人にインタビューできるか？」

「無理だね、内気な男だから……」

「そうか、単純で内気なのが鴨になりやすいんだよ」

牛島は地団駄踏んだ。ぐっとこらえて訊いた。

「もう一つ、自我開発ビデオ・センターってのはどうだ」

「おい、おい、本当に何も知らないのか。元トップ屋も台なしだな。ありゃ、若者を引っ掛けるための窓口だ。信者を作るための偽装組織なんだ」

「なるほど、助かったよ、ありがとう」

「とんでもない、何かあったらいつでも連絡してくれよ」

「ああ、頼むよ。じゃ、元気でな」

電話を切って、牛島はホッと一息ついた。

苦労を重ねて分からなかったことが、電話一本ですべて明らかになってしまった。

情報は溢れていても、チャンネルを間違えれば何も得られない時代だ。

それにしても、すべての元凶は敬霊協会だ。牛島は、敵がはっきり見えて気分がすっきりした。長い間、敵がいなかった。それが自分を駄目にしてきたのかもしれない。

11

「何やってるんだ！　ベテランの君がそんなことじゃ、他の連中の志気に影響する。手本を示すために君を配置してるんだぞ」

電話の向こうで、シニア・リーダーの長峰国彦が怒鳴っていた。尾崎加代は雷に打たれたように身をすくめた。午後六時、前橋市郊外にあるコンビニの外で、加代は公衆電話の受話器を、冷え切った手で握りしめていた。

訪問販売のシープは、二時間毎に新宿支部に電話を入れ、それまでの売り上げを報告しなければならない。加代は集団結婚式で恵福を受けると聞かされ、午前中は元気一杯で歩き廻った。しかし、売れたのはただ一袋だけだった。昼から懸命にほっつき歩いても、二袋が精一杯だった。最近は毎日がこんな具合なのだ。

以前は面白いように売れたのが、この一年ぐらいでめっきり客の反応が悪くなった。邪悪なマスコミが、敬霊協会を目の敵にしているからだと幹部に説明されたことがある。加代にはその意味が分からなかった。

協会の出版物以外、新聞も雑誌も読むことは禁じられている。もちろんテレビを見ることも許されない。三年間もそんな状態におかれているので、世の中の変化を知る術はなかった。

とにかく、今日は五回電話し、五回とも怒鳴られた。

「君は本当に祈りながら歩いているのか？　聖なるお父様の姿を胸に抱きながら、お客様に接しているのか」

容赦のない長峰の言葉が、矢のように加代の耳に撃ち込まれる。

「すみません……ごめんなさい……」

加代は、それ以上言葉を発することができなかった。悲しさと悔しさ、情なさで胸が一杯になり、嗚咽《おえつ》が喉を突いて出た。

電話の声が一瞬中断した。やがて、

「泣かなくていいよ……気持ちは分かるんだ」

ガラリと長峰の口調が変わっていた。やさしい、同情あふれる声だった。急に慰められて、加代の感情は高ぶった。

加代は長峰によって伝道された。

短大を出て就職した年に、新宿駅頭で、難民カンパを指揮している長峰に出会ったのがきっかけである。会社勤めが単調で空疎な毎日だったので、何か意味あることをしたいと思っていた時だった。長峰から、素晴らしいボランティア団体があると聞かされ、その後は一直線でこの道へ入りこんでしまった。

両親や兄妹が大騒ぎで加代を捜しているのは知っているが、信仰に入ってしまった以上家には帰れない。

「班長から聞いただろ、恵福のこと」

「ええ……」

加代はしゃくり上げながら答えた。

「結婚の相手はどんな人だと思う？」

加代の胸がドキンと鳴った。そうだ、〈恵福〉を受けるということは、結婚を意味するのだ。大変な栄誉を受けるという興奮に包まれ、相手のことなどあまり考えてはいなかった。もちろん、カップルを決めるのは聖なるお父様だ。誰に当たろうと、素直に受け入れ感謝しなければならない。だが……相手のことを思うと、やはり恐怖があった。ある先輩の女性は、韓国人男性と組み合わされ、釜山に行ったままだ。また別の女性は、黒人と結婚し、アフリカで活動しているという。もし自分が、外国人を指定されたらついてゆけるだろうか……。

加代は、疑いを持ってはいけないと知りつつ、背筋が寒くなるような気がした。いや、外国人どころか、男性というものをまだ知らないのだ。協会では、男性シープとの恋愛はもちろん、特別な感情を抱くこともご法度だ。日常生活で、男女は体のどの部分も触れぬよう指導されている。

聖なるお父様は、〈性は聖なるもの〉と教えている。生活は言葉も動作も清潔でいなければばならない。恵福を受けるその日まで、男は童貞、女は純潔を守らなければならない。加代には、その日が本当に来るのだという実感が湧かなかった。

「教えてあげようか」

長峰の言葉に、加代はビクッと肩をすぼめた。

「もう決ってるんですか」

「うん……ぼくだよ」

加代は危うく受話器を落とすところだった。

「驚いた?」

「ええ……」

相手は日本人、しかもよく知っている先輩の長峰だ。何という幸運だろう! 聖なるお父様は、わたしの気持ちまで分かってくださるのだ——加代は感動で身震いした。

「どう？」

「ありがとうございます……でも、どうして」

「疑問を持つのは罪になる」

「そうですね」

「式は三ヵ月後、ソウルでやる。日本からは三千組参加するはずだ。女優の桜丘京子さんやオリンピック選手の林美枝さんも一緒だよ」

加代は頭がボーッとした。そんな有名人と一緒に式を挙げることになるのだ。

ブラザーが、桜丘京子は高価な霊験大理石壺をいくつも売りさばいたという話をしていたが、やはり事実だったのだ。

「でもソウルへ行くには、一人百万円の参加費を用意しなければならない。分かってるね」

「はい……」

「さ、元気を出して、残りの品を売りつくそう。信仰が強ければ奇蹟が起きるよ、じゃ」

電話の切れる音がした。

加代はしばらく、呆然と立ち尽くしていた。

残りの時間内に、一つでも多くおつまみ用の海産物を売りさばかねばならない。

住宅地をしらみつぶしに廻り、玄関のドアホーンを押し続けた。ドアの前に立つたびに、心の中で祈りの文句を唱えた。今度こそは聖なるお父様が力を貸してくれると信じ、ドキドキしながら相手の反応を待った。

「どちらさん？」

「ニコニコニッコリ、北海道のほほえみ商会から——」

言い終らぬうちに、相手はドアを閉めた。

今夜は一様にこのパターンが続いた。

ドアを閉められる時の屈辱感と無念さはたとえようがない。しかし、これに耐えてこそ神の子になれるのだ。

加代は、マイクロ部隊のテーマソング〈ネバー・ギブアップ〉を何度も口ずさみ、滅入りそうになる自分を励ました。

空腹が気になる。昼は菓子パン一個とコーヒー牛乳だけだった。おなかが空いていなけりゃもっと元気を出せるのにと思った。

二時間歩き続けて、結果は無惨だった。

八時に集合地点のドーム型競輪場へ辿りつくまで、一袋も売れなかったのである。ハイエースの助手席には、班長が買ってきたホカホカ弁当の箱が積んであった。一瞬でも早く、温かい米粒を口に運びたかった。

報告書を書き、封筒に三袋分の売り上げ現金を入れて班長に手渡した。

班長が報告書を読み、現金袋の中を覗いた。

加代は怖じ気づいていた。心臓が音をたてて脈打っていた。何か言われるに違いない。

現金を数え終った班長が、ジロリと加代を睨んだ。もう駄目だ、と思った。

「皆、ここへ集まってください」

班長の掛け声で、荷物の整理をしていたシープたちが寄ってきた。

「今日、四袋以上売れた人は手を挙げて」

加代以外のシープはすべて挙手した。

「これはどういうことです、尾崎さん」

加代は頭を垂れた。

「恥ずかしくないんですか？　あなたはひょっとして、聖なるお父様をからかっているんじゃないの」

「そんなことは」

「弁解は悪霊の仕業です。君は何袋売ったの」

班長は手にギプスをはめた青年に向かって聞いた。

「九袋です」

「どうです、彼は怪我をしているのに九袋も売った。何の故障もないベテランの尾崎さんはたったの三袋だ。お金で言えば、七千五百円にしかならない。尾崎さん、現世天国を建設しようとされてる聖なるお父様が喜ぶと思いますか」

「いいえ……すみません」

班長は再びギプスの青年の方を見た。

「どうやって売りさばいたの」

「できるだけ明るくふるまいました」

「それだけ？」

「手が不自由で辛いという点も演技で強調しました」

「そうだ、それが効果的だったんだ。相手の気持ちにアピールする。売るためには手段を選ばない。たとえ騙しても、客からお金を引き出す。これは法的に問題があっても、天の法では許されるのです。そのことはメシヤの御言葉集に書かれていますね、どう表現されてますか、尾崎さん」

「小さな悪は、大きな善のためなら許される」

加代は小声で答えた。

「分かってるじゃありませんか。この世のものは、本来すべてが神様の物なのです。だから、どんな人から何を取っても、それは悪い行為ではなく、神様にお返しするだけのことです。これを何と言いますか、尾崎さん」

「万物返還《ばんぶつへんかん》の教理……」

「そうですよ。分かっているのに、あなたは努力しない。どこかで神様を疑っているからじゃないですか」

「そんなことありません。わたし一生懸命」

必死に訴える加代を、班長はぴしゃりと遮《さえぎ》った。

「言い訳は無用です！　結果です、結果を出さないで弁解するのは、悪霊がついているからです」

「すみません……」

「あなたは今夜夕食抜きです。N・タウン作戦に入りなさい」

恐れていた事態になった。N・タウンとはナイト・タウン——つまり夜の街を意味する。飲み屋やバーを訪ね歩き、おつまみ袋を売って来いという意味である。売れ行きの悪いシープに対する罰則でもあった。

酔っ払いが喚いたり、ホステスが客とじゃれついているネオンの道を、加代はフラフラになって歩いていた。

班長は、演技力が足りないと言い、加代の左手を三角巾で吊った。客の同情をかうためである。

空腹はピークを過ぎ、疲労が加代の足取りを危ないものにしていた。なぜ協会は、金のことばかり言うのだろう。半年掛りでためた定期預金も差し出したし、協会系企業の宝石も母にねだって買ってもらった。高い壺も何個か知人に売りつけ、表彰もされた。訪問販売も熱心にやってきたのに、まだまだ足りないと言われる。

加代は、ふと長峰国彦が言ったことを思い出し、気が重くなった。二ヵ月後、ソウルの集団結婚式に参加するため、百万円を用意しなければならない。

自分で金を作る手段など思い浮かばない。最後はどうしても親に頼むしか仕方ないだろう。一年半ぐらい前、両親に協会のことを知られてしまった。久しぶりに帰宅した加代に向かって、父母は大声で喚き立てた。悪霊に支配されたジャーナリストや大学教授の書いた本を並べ、協会の悪口を言いたい放題だった。加代がどんなに説明しようと思っても、聞く耳を持たない。両親の魂を救いたいのだという加代の気持ちを理解しようとしなかった。閉じ込められそうになるところを、かろうじて逃げ出した。それ以来、音信不通である。ブラザーの話では、両親が捜し廻っているとのことである。それを考えると心が痛むが、自分はすでに私的存在ではなく、公的存在である。家族の問題とは比較にならぬほど大きな目的のために献身しているのだ。

しかし、百万円は作らねばならぬ。娘の大切な結婚なら、折れてくれるだろうか。そうだ、長いていねいな手紙を書こう。頭の悪い両親ではないから、きっと理解してくれるだろう。間違ったことをしてるわけではないから、堂々と胸を張って主張すればよい。

加代は急に元気が蘇《よみがえ》ってきた。

自分はまだまだ駄目だ。辛さは試練だ。自分が苦しめば苦しむほど、聖なるお父様の喜びは大きくなる——婚約者の長峰先輩がいつか教えてくれた言葉だ。そうだ、あの人に従おう。幸福はもう目の前まで近づいている。

12

自我開発ビデオ・センターが、敬霊協会の団体である以上、松本安吉の息子・武志が、協会の餌食になったことは間違いない。

そのことを安吉に電話で報告すると、かなりのショックを受けたようだった。すぐに仲間の職人たちを連れて、協会本部に殴り込みをかけると言う。

なだめすかして、やっと任せてもらうことにした。

とは言え、この数日の体験は、敬霊協会がペテン組織だということを思い知っただけだ。

個人的には、天精病院を真っ先に血祭りにあげてやりたかったが、武志との直接的関連は薄い。

まず原点に戻って再出発するのが、探偵業の常道である。

夕方六時過ぎになると、新宿御苑沿いの通りは、往来する車が増えてくる。張り込みにはその方が好都合だ。牛島は電柱の陰に身を寄せ、五十メートルほど先のビルの入口を見つめていた。

四階にある自我開発ビデオ・センターの窓は、煌々《こうこう》と灯りが点っている。

今日は、リバーシブルのコートを裏返しに着て、ベージュ色を表に出していた。眼鏡もかけず、先日訪ねた時の姿とはガラリと印象を変えていた。

見張っているビルの玄関には、ちらほらと人の出入りがある。出てくる人間のどれが敬霊協会のメンバーであるか識別するのは不可能だった。

牛島はターゲットを、ただ一人に絞っていた。牛島に創命倶楽部を紹介し、結果的にさんざんな目にあわせてくれた女である。

どの瞬間も見逃せないというのは疲れるものだ。事務所に定時があるなら、電気の消えた時から注意を集中すればよい。しかし、スタッフは交替制かもしれないし、いつが終了時間かも分からなかった。狙いの女が、今日も事務所にいるかどうかも定かではない。だが、徒労に終ろうとも、こうした忍耐を積み重ねてゆくのが探偵業の基本なのだ。

牛島の顔に、オヤ！　という表情が浮かんだ。

ベージュのコートを着た若い女が、玄関から出てきた。パーマのかかった長い黒髪が、風にゆらいでいる。だが、歩き方がおかしい。まるで魂を抜かれたかのように、ふわふわと動いている。

見覚えがあるような気がした。

女はこちら向きに歩き出した。顔がはっきり見えた時、牛島は思い出した。ビデオ・センターを訪ねた時、牛島の後から入ってきた女だ。事務所の女が、〈ナカミチ・ヨウコ〉と呼んでいた。

どこかで聞いたような名前なので覚えていた。

〈こんな所に通うのは止せ〉

できるなら、そう忠告してやりたかった。

だが、他人の節介をやいてる余裕はない。探偵が感情に溺《おぼ》れたり、衝動的にふるまうことは禁物である。

それから十五分、ヤッケを着た四人の若者が出てきて、玄関口の辺りにたむろした。どうやら、中から出てくる誰かを待っているようだった。

彼らが待っていたのは、牛島のターゲットと同一人物だった。

髪を後頭部で束ねた女が登場した。若者たちが道を開けると、女は無表情で先頭に立ち、新宿駅の方角へ歩き出した。

牛島が予想した展開ではなかった。女は一人だけで行動するだろうと、勝手に決め込んでいたからだ。

五人揃ってどこへ行くのだろう。夕飯でも食いに行くのか……？　牛島は、彼らを追い始めた。車の往来は激しいが、人通りは少かった。五人の進む速度は異常に早かった。女を先頭に二人ずつ並んだ若者たちは、軍隊のように歩調を合わせている。牛島は、五十メートルほど間隔をあけて尾行を開始した。

顔を下向きにし、上眼遣いで相手を見つめる。急に振り返られた時、視線をさりげなく落とすためである。

明治通りまで来ると、歩行者の数がどっと増えた。五人は、信号待ちの群衆の中へ紛れた。牛島が全速力で走る。青信号に変わり、人々が歩き出した時、牛島は彼らに追いついた。

これだけ人がいれば、接近しても気づかれない。いや、近くにいなければ、見失う危険がある。

五人は、甲州街道を一直線に進んでいった。互いに話し合うでもなく、真っ直ぐ前を向いて黙々と歩いていく。

新宿駅南口に向かうことはほぼ確実になった。

あとは何線に乗るかが問題だ。

駅の構内に入ると、彼らはＪＲや私鉄の切符売り場を無視し、左側の階段をどんどん降りてゆく。行きつく先は、都営地下鉄線だった。

牛島は彼らと同じ一四〇円の切符を買い、後を追って改札を通過した。調布方面へ向かうホームでは、隣の乗り口の列に並んだ。

電車が来た。牛島は彼らが乗り込むのを見届けてから、車内に入り、ドアの近くに立った。一四〇円の切符ならば、下車駅は遠くないはずである。いつでも降りられる準備をしておかねばならない。ラッシュ・アワーで車内は混んでいた。厚着をした人々に挟まれて、身動きができない。背の高くない牛島は、爪先立ちになり、隣の乗車口近くにいる五人組を確認した。後は停車する度にチェックすればいい。

電車は二つの駅を飛ばし、笹塚駅で停まった。新宿を出て約五分の速さである。他の乗客にまじって五人組の頭が出口の方へ動いている。

牛島は、肩で人々を押し分けながらホームへ出た。降りる客も結構多い。

改札口を出ると、五人はにぎやかな通りを右へ進んで行った。人通りの多い時間帯で、尾行を気づかれる心配は少かった。彼らにしたって尾《つ》けられているとは思っていないだろう。

五人は相変わらず整然と歩き、二つ目の角を右へ曲がった。六メートル幅の通りで、表通りとはガラッと変わって薄暗い。人通りもまばらだ。マンション、アパート、個人住宅、雑居ビルなどが雑然と並び、所々で小さな商店の看板に灯が入っている。

五人組は七十メートルほど歩くと、左手の三階建てのビルに吸い込まれた。グレーのモルタルを吹きつけた安物のマンションだ。玄関の手前に数台分の駐車場があり、白いハイエースが一台停まっている。

牛島はゆっくりと建物の前を横切り、横目で玄関の様子をうかがった。

表札が二つ並んでいた。一つには、金色の丸いマークの下に、「新宿支部」とあり、もう一つには〈野バラの会〉と書かれていた。

五十メートルほど通り過ぎてから、牛島は後を振り向いた。誰も牛島に注目している者がいないのを確認し、もう一度建物の方へ戻ってきた。

今度は建物全体を側面から観察した。

十五、六部屋はあるだろう。建物の両側は塀が密着しており、人の通れるスペースはない。突然、七、八人の若者の団体が前方に現れた。皆ヤッケか分厚いジャンパーを着ている。二列縦隊で、足並み揃えて近づいてきた。

すれ違った牛島に目もくれず、真っ直ぐ前を見て歩いてゆく。振り返ると、同じ建物の中へ消えていった。

「なるほど、寮か」

牛島は呟いた。松本安吉の息子・武志がこの中にいたとしても、少しも不思議ではなかった。

牛島は、新宿支部の裏側の通りへ廻ってみた。この道路は別の家並がふさいでおり、支部からの抜け道がないことが分かった。つまり、出入りは正面玄関だけということである。

元の通りへ戻ると、新宿支部の建物の斜め向かい側に、ずっと上等な大型マンションがあるのに気がついた。先程は、新宿支部ばかりに気を取られていたので、反対側の風景は見落としていたのである。暗闇をすかして見ると、六階建てのマンションの左側には、黒い鉄製の非常階段がへばりついていた。

牛島はしばらく考えた末、マンションの玄関に向かい、重いガラスのドアを押した。十坪ほどのタイル壁のホールの両側には、企業名の書かれたドアがあり、突き当たりにはエレベーターがあった。

エレベーターで最上階まで上がった。廊下の突き当たりまで歩き、ドアを押した。さっと冷たい風が吹き込んでくる。牛島は非常階段の手摺《てす》りに摑まり、身を乗り出して眼下の道路を見た。斜め下に、新宿支部の玄関が見えた。

また、数人のヤッケ姿の若者たちが建物の中へ入ってゆくところだった。今度は後方を観察した。このビルは、裏側の通りにも面していた。非常階段の一番下には、ゴミ用のポリバケツが並ぶ細長いスペースがあり、裏通りに抜ける路地になっていた。

牛島の頬に、ゆっくりと笑みが浮かんだ。

午後九時、新宿支部の人の出入りは全くなくなっていた。道路の反対側の電柱のそばに立ち、牛島は突入のタイミングを計っていた。玄関を入ったすぐ右横にオフィスがあるらしく、さきほどまでは人影が忙しく動いていたが、入る者より出る者が多く、勘定からすれば、今残っている人間の数は二、三人程度だろうと思われた。

「よし、やるか」

牛島は自分に言い聞かせた。

オフィスのドアが突然開き、誰かが急ぎ足で出てきた。髪を後頭部で束ねたビデオ・センターの女だった。女は外には注意もくれず、左奥に消えた。

牛島はホッと息をついた。あの女だけは要注意だった。しかし、彼女が消えた以上、牛島の顔を知る者はいない。

牛島は玄関前の駐車場に近づき、ハイエースの前輪のところでしゃがみ込んだ。コートのポケットから登山用ナイフを取り出した。

人通りのないのを確かめて刃の先をタイヤの内側に突き刺し、一気に体重をのせて押した。シューッという空気の音と共に、タイヤが収縮した。車体がわずかに傾いた。第一作業終了である。

牛島は玄関のガラス戸を押し、右手のオフィスのドアをノックした。返事がなかった。その沈黙は、内部の人間の戸惑いを感じさせた。内輪の者は、たたく回数でも決っているのだろうか。

仕方なしにドアを押した。

スチール製のデスクが並ぶ事務所にいたのは、たった一人だった。牛島には予想外だったが、願ってもない状況だ。

髪を七・三に分けた青年が、目を見開いたまま立ち上がった。よほどの異常事態なのか、幽霊でも見たような顔つきである。牛島はかまわず青年に近づいた。

「どちらさまでしょう……」

声が震えていた。

「松本武志の親戚の者です」

「どういうご用件でしょうか」

「会いたいんです。いるんでしょうか」

「それは――」

青年は、判断しかねているように見えた。

牛島は、三つのケースを想定していた。第一のケースは、向こうが武志に会わせてくれた場合、強引に説得して連れ帰る。第二は、オフィスの人間を徹底的に脅迫し、松本武志の居場所を突き止める。目の前で警察へ電話し、騒ぎを起こすのも手である。そして第三は、奥の手である。

今、相手は気の弱そうな青年一人だ。いきなり登山ナイフをチラつかせるのも効果的だと思った。だが、もう少し様子を見よう。武志がここにいるかどうかを探るのが先だ。

「実は、お金を届けて欲しいと頼まれましてね」

牛島が笑顔で言った。

「ああ、それなら」

青年の顔から、急に緊張が消えた。青年は名簿表を取り出した。

「いるんですね？」

「それは僕にはお答えできません」

と言いながら名簿に目を走らせている。牛島が、それを引ったくってやろうと決意した瞬間だった。

ガチャッと背後でドアのノブが廻る音がした。牛島が驚いて振り返った。しまった、と心の中で叫んだ。

ドアのそばに立っていたのは、ビデオ・センターの女だった。鋭い目で牛島を睨んでいた。

牛島は目をそらし、横を向いた。前に会った時は、髪型を変え眼鏡をかけ、コートも紺だった。この女は見抜くだろうか……。

「大隅さん、この方、松本武志さんにお金を届けにこられたそうです」

青年は、〈助かった!〉という調子で報告した。

女はしばらく口を開かなかった。あいかわらず牛島を凝視している。牛島は耐えられなくなった。

「いるんですか、いないんですか」

「そんな人いません。お帰りください」

女が毅然とした態度で言った。

いきなり、数人の若者を従えた背の高い男が入ってきた。丸型のメタル・フレームをかけたその男は、牛島を見下すように眺めてから女に聞いた。

「どういうことなんだ」

「シニア・リーダー。この人、怪しいですよ」

シニア・リーダーと呼ばれた男は、もう一度牛島の容姿を吟味した。

「アポイントのない方は受けつけません。用事があれば、前もって連絡いただくことになってます」

牛島は、六、七人の人間に取り囲まれていた。この状態では打つ手はない。第一と第二の作戦は失敗である。

「分かりました。じゃ、明日の午前中、父親と弁護士を連れて来ます。いいですね、アポイントは取りましたよ」

牛島は勝手に宣言すると、さっさと部屋を出て行った。背中に、複数の視線が注がれているのを感じていた。


気温は零度を下廻っているに違いない。おまけに高い所にいるので風が強い。じっと立っていたら、そのままつららになってしまいそうだった。

牛島は、新宿支部のはす向かいにあるマンションの非常階段の踊り場で、五分置きに高校時代に覚えた空手の型を練習していた。激しく動き廻ることで、冷え切った心身にカツを入れていた。

松本武志が、現在新宿支部の建物の中にいるという確証は、まだつかめていない。だが、いるとすれば、この一、二時間で明らかになるはずである。明日の午前中に武志の家族が来ると分かれば、連中は今夜中に武志を移動させるはずだ。逆に、いなければ、彼らは何もしないだろう。

勝負は五分五分だ。

牛島は、監視位置を四階の踊り場に変えていた。六階からでは、人の頭しか見えず、人物の特定が難しいからである。

牛島は十数回目の空手練習を終え、手摺りにかけておいたコートを着た。ポケットに手を突っ込み、指先で双眼鏡の感触を確かめる。

双眼鏡、テープレコーダー、コンパクト・カメラは、探偵稼業の三種の神器である。いずれも精能のよい超小型機器で、仕事で外へ出る時は必ず携帯する。

腕時計を見た。午後十時半だ。牛島が新宿支部に突入してから、もう二時間も経つ。

「今日は空振りか……」

と呟いた途端、新宿支部の玄関付近で動きがあった。ヤッケを着た三人の青年が、周囲を窺《うかが》うような動作で外へ出てきた。

牛島は素早く双眼鏡を目に当てた。安吉に借りた写真を何度も見て、松本武志の顔は頭にたたき込んである。双眼鏡でクローズ・アップになった三人の中に、武志はいなかった。

それにしても、三人の動きがおかしい。

一人は左へ、もう一人は反対方向へ進み、三人目は駐車場の前に立っている。左右に分かれた二人は、注意深く周辺を見渡しながら歩いている。駐車している車があると、中を覗き込み、人の有無を確かめたりしている。

「しめた、賭けは勝ちだ」

牛島は心の中で叫んだ。連中は牛島を警戒しているのだ。

左右に分かれた青年たちは、おのおの五、六十メートルほど進むと、頭上に両腕をかざし、ＯＫの丸を作って合図した。合図を受けた中央の青年は、今度は玄関の中へ向かって同じ動作をして見せた。牛島の胸は高鳴った。いよいよ来るぞ、と双眼鏡の焦点を玄関に合わせた。

ガラス戸が開き、二人の青年が出てきた。二人目の顔が見えた時、牛島は思わず口笛を吹きそうになった。武志は、紺色のヤッケの上からリュックを背負っていた。ニキビ面に不安そうな表情を浮かべている。

先に出てきた青年が、白いハイエースの運転席のドアを開いた。駐車場に立っていた青年に指示され、武志は後部座席にもぐり込んだ。エンジンが掛り、車はバックでゆっくりと路上へ出ようとした。途中でガタンと揺れた。車が止まる。

運転席から青年が飛び出して、前輪を覗き込んでいる。見張りの青年が、声をかけた。運転手の青年が立ち上がり何か説明している。玄関から、背の高い男が出てきた。シニア・リーダーと呼ばれた人物だ。

しばらく協議が続いた。

やがて、車中から武志が引きずり出された。運転手の青年と武志は、三人の見張りの青年に囲まれ、道路を左手の方へ歩き出した。シニア・リーダーが心配そうに見送った。

事態は牛島のシナリオどおり進み始めた。

牛島は、すべり落ちるような速度で鉄梯子《ばしご》を降りた。靴の裏側はラバーなので、足音は抑えられる。階下に着地するや、ポリバケツの並ぶ路地を走って裏側の道へ出た。連中が駅前通りへ出る前に、先廻りしなければならない。全速力で走りながら、牛島は眼鏡とマスクを掛けた。リバーシブルのコートは、すでに紺色に変えていた。

先に駅前通りに出た牛島は、信号を無視して反対側の歩道に渡った。駅の方向を目指してゆっくりと歩き始める。まだ多少の人通りはあった。

途中で、武志を囲んだ一団が牛島の視線に入った。早足なのでどんどん先へ行く。時々背後を振り返って警戒はしているが、反対側の歩道には無関心である。牛島は、一定の距離を保って彼らを追った。

駅の構内に入ると、三人の若者に見送られ、武志と運転台にいた青年が改札口を通った。これまでの挙動から判断して、武志の同伴者はあきらかに格上だった。

松本武志と同伴者が酒臭い満員電車を降りたのは、調布駅だった。どっと吐き出される乗客に混じって、牛島は注意深く二人を追跡した。

南口から出た二人は、駅前の大通りを真っ直ぐ下った。商業ビルやマンションの並ぶ左側の歩道を五分ほど歩くと、左へ切れる細道がある。曲がった途端、そこはすでに住宅地で、小規模な個人住宅やアパートが建ち並び、所々に農地や空地、駐車場などが点在している。

南口から降りた乗客の幾人かは、武志たちと同じ方角へ歩いていた。おかげで牛島は、彼らの注意を引くことなく尾行を続けることができた。

民家の塀や、公共の掲示板に、やたらと選挙のポスターが張ってある。市会議員の補欠選挙で、二人の候補が競いあっているようすだった。

武志と同伴者は、金網で仕切られた大きな駐車場の前を通り、三百坪ぐらいの畑の横にあるアパートの一室へ消えた。二階建ての古い粗末なモルタル建造物で、上下五戸ずつのドアが並んでいる。武志たちが入ったのは、一階の右端の部屋だった。

牛島は、有料駐車場の中に忍び込んだ。数十台の車が、昼の疲れを癒やすかのように、闇の中でひっそりと車体を休ませている。牛島は、アパートが良く見え、人目につかぬ場所を捜した。駐車場の奥の角に、中型トラックが止まっていた。そばに張られた金網からは、畑をはさんでアパートが丸見えだった。

牛島は双眼鏡を取り出した。アパートの各部屋のドアの上には、ちゃちなブラケットがついており、それぞれの入口をぼんやりと照らしていた。

夜中の十二時近くだというのに、どの部屋にも灯りがついている。時々、あちこちのドアが開き、バケツや紙束のようなものを携えた若い男女が、別の部屋を訪ねあっている。

〈何してるんだ?〉

牛島は眉をひそめて首をひねった。

「刑事さんですか……」

背中のすぐ後ろで、突然ささやくような声がした。牛島がギョッとして振り向いた。

素早く身構えた。

トラックの荷台から、二つの顔が覗いていた。一人は三十代ぐらいの髭面《ひげづら》の男、もう一人は少年だ。二人とも毛布で体をくるんでいる。

「何だ、あんたたち？」

牛島は警戒しながら聞いた。

「監視してるんです」

髭面の男が答えた。

「監視……何を」

「アパートの連中ですよ、知らないんですか」

「…………」

「あそこは〈原則研〉のアジトです」

「何だい、それ……」

「各大学にある敬霊協会のダミー・サークルです。正確には〈全国大学神霊原則研究会〉って言うんですが、あそこは三多摩地区のアジトです。各大学から五、六十人集まって来ていますよ」

「あんたたちとどんな関係があるんだ」

「選挙妨害です」

「え」

「連中は、国民保守党に潜り込んで、敬霊協会候補を立てているんです。アパートの学生たちは応援要員なんです。私たちは対立候補の選挙運動員なんですが、奴らの選挙妨害に手を焼いているんです」

「例えば」

「連中は、夜中の三時頃に、ウチの候補の名を騙って有権者の家へ電話攻勢をかけるんです。朝になるとウチの事務所は、抗議が殺到して電話が使えなくなるんです。それからデマを書きつらねたビラを配ったり、ポスターをはがしたり。だから、おかしな動きをチェックしようと、交代で見張ってるんです。この寒いのにたまったもんじゃありませんよ」

「なるほど……で、連中は朝何時頃から活動始めるんだい」

「もう、六時半頃から動き始めますよ」

「ありがとう――」

牛島はそう言いながら、すでに歩き出していた。一刻も早く松本安吉に連絡しなければならない。

13

安吉に電話をしてから、牛島はタクシーを拾い、自由ヶ丘へ戻った。

駅のそばの長屋ビルの二階、つまり自由ヶ丘探偵社のワン・フロアー下に、馴染みのスナック『テンダリー』がある。ハート形にくり抜いた木板に、筆記体のローマ字で店の名が書かれている。ピンクのハートに白い文字、これを見るたびに、牛島は優しいエロティシズムを感じる。

たいていは毎晩顔を出すのだが、ここ数日はご無沙汰だった。

「いらっしゃいませ」

ドアを押すなり、ママの笑顔があった。顔を見せなかった理由も訊かないし、嫌味も言わない。そういう女なのだ。名は木下理恵、今年三十五歳。二度離婚し、三度恋愛に失敗し、男に過剰な期待をしない、そう心に決めた女だ。

ちょっとやつれた顔、濃いアイラインを引いた二重の目、その周囲の小皺をファンデーションで塗り隠している。若い時は無茶苦茶もてたタイプだろうが、今ではうらぶれた男たちのマドンナにすぎない。

暖房が心地良い。白い壁にビートルズのモノクロ写真が数点飾られている。ＢＧで〈イエロー・サブマリーン〉がかかっている。
六、七人坐れるピンクの長いカウンターの端で、中年の客が一人酔いつぶれていた。
「彼に急ぎの用事があってね」

牛島が言った。

「あ、そーお」

理恵は、芝居っ気たっぷりに驚いて見せた。〈ずいぶんね〉とは言わない。

酔いつぶれているのは、三流の証券会社の営業マンだった。常連客だが、金曜の夜には思いっきり深酒をしてカウンターで寝る習性がある。週末の夜は、牛島と理恵が彼を介抱して店を閉めるのが習慣になっていた。

牛島は男に近寄り、肩を揺すった。男はぼんやりと目を開けた。

「あれえ、なあんだ、探偵さんじゃないか」

「ね、株屋さん、お願いがあるんだ」

「お願い？　駄目駄目お金はありませんよ、なにせ、ずうっとどん底なんだから」

「そうじゃないんだ、あなたいつも携帯電話持ってたでしょう」

「え、あー、これですか……」

株屋は背広の内ポケットから、折りたたみの移動電話を取り出した。

「これ、明日一日だけ貸してもらえないだろうか」

「え？」

「緊急な事件で必要なんだ。明日土曜だからお休みでしょう？」

「そう言えばそうだ、お休みだなあ……いや、どうぞどうぞお使いください。いつもお世話になっているし」

「恐縮です、一杯おごらしてください」

「え、いやいや、もう駄目、飲み過ぎた。今何時」

「一時半です」

理恵が答えた。

「そう、帰らなくちゃ、お母ちゃんが心配してますからねえ……」

株屋は、よろよろと立ち上がった。理恵がカウンターを出て、茶色い革のハーフコートを着せてやった。株屋が自力で帰るのは珍しい。

「ありがとさんよ、ママ、じゃ、バイバイね、またね……」

もう牛島の存在など忘れてしまっているようだった。牛島は、携帯電話をコートのポケットに入れた。

株屋を送り出した理恵が戻ってきた。

「何にする」

再びカウンターに入って聞いた。

「バーボン。ストレートで一杯だけ。それでおしまい。今夜は正気でいたい」

　理恵は探るような一瞥をくれたが、何も言わずグラスを差し出した。牛島は、理恵の注いだバーボンを一気に飲み干した。

「情けない話だよ。携帯電話ぐらい買っときゃいいのにね。つい経費を節約しようなんて――」

牛島は、自嘲するように言った。

「目つきが変わってるわよ、牛島さん」

理恵は、牛島の顔を正視していた。

「バカみたいか、俺の顔？」

「違う……しまってる――」

「そう、ちょっと気を入れた仕事をしてるんだ」

「不思議ね、男ってそんな時いい顔になる」

牛島は照れくさかったが、悪い気はしなかった。金にもならない面倒事に巻き込まれたのに、妙に元気が湧いているのは事実だった。

理恵は、よけいな詮索をせずに、心に触れるようなことを言う。牛島は理恵の目を見た。瞳の奥で、何かがチラチラ揺れている。急に抱きしめたくなった。

最初に二人がベッドを共にした晩、理恵が言った言葉を思い出した。

「もし続けたいなら、愛とか、好きとか、結婚とか、そういう言葉絶対に言わないでね。言葉は麻薬と同じ、あたし、また間違いを重ねてしまうから」

それは牛島の気持ちでもあった。男と女の関係は、建設的になろうとすればするほど不自然になる。

「どうするの、今夜……」

理恵は誘っていた。牛島の心の中で、小さな格闘があった。

「延期するよ、楽しみは取っておきたい」

牛島の言葉に、理恵は肩をすぼめた。

「そう、じゃ、もう一杯だけ飲みなさい。仕事の成功を祈って乾杯しましょ」

二人は、グラスを重ねた。

一口飲んで、牛島が言った。

「キスだけして欲しい……」

理恵が微笑《ほほえ》んだ。

14

車窓から見える風景は、すでに漆黒《しっこく》の闇に包まれていた。電車が駅を通るたびに黒幕の中に光の点が密集し、しばらくすると拡散し、やがて黒一色になる。

中央線下り電車の座席で、中道葉子は自分の人生が、名前の分からぬ目的地へ運ばれているような気分を味わっていた。

同じような立場の若者たちが、緊張した面持ちで、車両の一画を埋めていた。

自我開発ビデオ・センターへは初めて訪ねた日の翌日、翌々日と三日間連続通うことになった。

二日目には、〈汚れなき悪戯〉という古いスペインの劇映画を見せられた。修道僧たちと純真な少年の交友を描いたドラマだが、葉子は久々にすがすがしい感動を覚えた。日常生活では出会わない神々しい時間の体験だった。

「こうした世界は現存するんですよ。今の日本の状況とは雲泥の差ですね。政界も企業も、若者たちの生活の内容も汚れきっているでしょう。どうしてだと思います？」

大隅良江が真剣な表情で葉子に聞いた。確かに、マスコミで報道される情報は醜悪《しゆうあく》な事実ばかりである。権力者たちが、平然と悪事を重ね、不正と暴力が社会を横行している。それが裁かれることは少く、納得のゆかないことばかりだ。だからと言って、葉子は、〈それが何故か〉を考えたことはなかった。

嫌悪の情は抱いても、自分が直接係わりあう問題ではないと思っていた。

葉子が答えを躊躇《ちゆうちよ》していると、大隅良江は心を見透すようにいった。

「あなたは、自分さえしっかりしていれば大丈夫と考えているでしょう。でも、それは間違いの始まりなんですよ」

「どうしてですか」

「社会自体が既に悪にまみれているからなんです。どんな善意のある人でも、知らず知らずに悪霊に冒されているんです。もちろん、あなたのような素晴らしい方でも、悪霊はすでに忍び込んでいて、このままではどっちみち成功はありません」

中道葉子は、チラリと彼のことを考えた。あれは、悪霊の仕業だったのだろうか。

「じゃ、どうすればいいんでしょう」

「汚れを払い落とすことです。善霊は今苦戦しています。でも、善霊を助けることによって、あなたも救われ、社会も救われる道が開かれるのです」

「具体的に何をすれば……」

「それは次第に分かってきます。でも、その前にもっと多くのことを知らなくてはなりません。まず、あなた自身の判断力が、根拠の弱いものであること。あなた自身の社会や世界に対する知識が、限られた狭いものであることを素直に認めなくてはいけません。だってそうでしょう、人類の文化が発生してから現在まで、何千万、何億という数の天才や秀才が、さまざまのジャンルでものごとを考え、つきつめ、そして実験や検証をしてきたんです。そうした総合的な知識、洞察力、経験の総量に対し、たった二十年間、狭い日本の中で過したあなたが、是非を論ずることなんかできないはずでしょう」

葉子には返す言葉もなかった。言われてみればそのとおりだ。ただ、そんな風にものごとを考えたことがなかっただけである。主観的に、あるいは社会通念に従って生きてきたに過ぎない。

「でも、そんな膨大な知識を全部吸収できる自信はありません」

葉子は不安を隠さずに言った。大隅良江がニッコリと笑顔を見せた。

「心配いらないわ。そんなことは誰にもできません。だから、私たちのグループが、そのエッセンスを研究しているんです。真理に到達する早道は用意されてるんです。賢い人なら、数週間で会得できる場合もあるんですよ」

「本か何かあるんですか」

「もちろん、素晴らしい理論体系が構築されてますから、テキストもあります。でも、その前に、もう一日ここへいらっしゃらない」

三日目には、神とキリスト教に関するビデオを見せられた。

夕日の射す湖のほとりに、白い衣をきた長髪の男が立っていた。遠景なので男の容貌は分からなかったが、葉子にはキリストの姿のように見えた。ムード音楽が流れ、厳かな声のナレーションが流れた。

「神がこの世に人間を送ったのは、理想の現世天国を作るためであった。だが、アダムとイヴが間違いを犯したため、人類は六千年の歴史を堕落の暴風雨にさらすことになったのである。メシヤとして送られたキリストでさえ、神の意志を成就することに失敗したのである。神は孤独で、憂いと悲しみに打ちひしがれている。この世で展開される世相は、神の望むものと正反対のことばかりなのだ」

神の存在について考えたことはなかったが、神の悲しみについては理解できたし、強い同情を感じた。

突然、画面はむごたらしい戦争被害の場面や、デモ隊と警官隊の衝突、大地震の被害現場、売春婦たちの大笑いする顔、犯罪者の逮捕場面などに切り換った。

その後は、黒板を背景にした大学教授風の男が現れ、旧約時代から、キリストの死までの歴史的背景を説明した。

宗教に関しては、高校の世界史程度の知識しかなかったので、葉子はそれなりの興味でビデオを見終った。だが、これを見せられた理由がよく理解できなかった。

「つまり、キリスト教の団体なのですか？」

大隅良江は、ゆっくり首を横に振った。

「いいえ、神という概念をもっと実証的に捉えているんです。もちろんキリスト教というものは、重要な素材として参考にします。なにせ、世界最大の宗教ですし、これだけ長く続いてきたのですから、無視することはできません。ただ、わたしたちは宗教という小さな範囲を超えて、神、または神的なもの、もっと別の言い方をすれば、宇宙の原則というものを、地上に顕在する現象や物質の姿から実証しているわけです。その原則さえ理解できれば、自分の人生を間違うこともないし、また死後の世界を恐れる必要もなくなるんですよ」

　大隅良江の話し方は、今までに出会ったどんな女性よりもインテリジェントな雰囲気があった。

　柔和で誠実で、希望に充ちているように見えた。

「二泊三日のビギナー向け研修会があるんですよ。素晴らしい講師や、優秀な若者たちが集合して勉強するんです。ぜひあなたにも参加していただきたいわ」

　会費七万円は、葉子にとって大きな問題ではなかった。もっとこの団体のことを知りたいという気持ちと、ひょっとして、個人的な悩みごとを解決できる糸口が見つかるかもしれないという期待があった。

　小川早苗も、三晩連続でマンションにやってきた。早苗は、自我開発ビデオ・センターについて、葉子がどう感じたかを詳しく聞きたがった。初級研修を受けることにしたと言うと、わがことのように喜んだ。二人は完全に打ち解け、個人的な問題をも話し合う仲になっていた。

　最後の晩、葉子は思い切って自分の秘密を早苗に打ち明けた。昨年の秋起きた彼とのできごとである。恋なのか、憧れなのか、複雑な気持ちのまま、センチメンタルな雰囲気の中で起きてしまった事件だった。しかし、その後に発覚した理解を絶するような男性の背信は、葉子の心をズタズタに引き裂いてしまった。

話を聞いた早苗は、しばらく口を開かなかった。快活だった態度が急変したように見えた。生き生きしていた眼差しが、急に力を失い、ぼんやりと床の絨毯を見つめている。

「ごめんなさいね、こんなことまで言ってしまって……」

葉子が気にして言った。

早苗が静かに顔をあげた。表情はおだやかだったが、目の奥に不思議な厳しさが宿っていた。

「あなたが研修会に出ることは奇蹟だわ。大丈夫、あなたは救われる」

「救われる？」

「ええ、今あなたが言ったことはとても重大なことなの。もし、わたしと出会わなかったら、大変なことになっていたわ、何という偶然でしょう」

「研修会では、こんな個人的なことは言えないでしょうね」

早苗の頰に、謎めいた微笑が浮かんだ。

「そんな必要はないわ。偉い講師がいらっしゃるのよ。あなたが一言も言わなくとも、その方はあなたの過去のすべてを見通してしまわれる。どこで何が起きたのか、月日までも探知される方なの」

葉子は、背筋が寒くなるような気がした。

「安心していいわ。心を開いてその方に接すれば、あなたを救ってくださるから——」

中道葉子は、車窓から闇を見つめながら、小川早苗の言った言葉を反芻《はんすう》していた。

小川早苗に出会い、自我開発ビデオ・センターで大隈良江の話を聞いてから、以前の自分を何処かへ置き忘れてきたような感覚に捉われている。二本足で立つ自分が、空疎で内容のない実体に思えてくる。

電車が東京から遠ざかるに従い、彼のイメージも薄らいでゆくような気がする。昼も夜も、あれほど脳裏に張りついていた彼なのに、一体何が起きつつあるのだろう。

自分は、不思議な魔術にはまってしまったのだろうか……。

葉子はふと顔を上げた。斜め対面の座席に坐っている引率責任者と目があった。新宿のホームで初めて会った責任者は、長峰国彦と名乗った。髪を七・三に分け、メタル・フレームの近眼鏡をかけている。背が高く、紺色のスーツに、キリッとネクタイを結んでいた。

長峰は、葉子に向かってニッコリと微笑みかけ、目で頷《うなず》いて見せた。とても知的な表情だった。葉子はホッと胸をなでおろした。

小川早苗も大隅良江も素晴らしい人間だ。こんな人たちが、妙な陰謀に加担しているなんてことはあり得ない。それどころか、自分はとてつもない幸運を摑んだのかもしれない。

同じ車両には、多くの研修参加者が乗っていた。新宿と渋谷の自我開発ビデオ・センターや大学の研究会、ボランティア組織などから来た若者たちである。新宿のホームに集合し、同じ電車に乗り込んだ。

葉子は、一人一人の若者たちの顔を点検した。男女とも、澄んだ目つきの清潔な青年たちばかりだ。

研修会に参加するには、華美な服装や化粧は禁じられていた。葉子も、ハーフコートにジーパンという姿だった。

新宿を出てから約一時間半、電車は終点の八王子駅についた。

駅前には、五台の白いハイエースが停っていた。運転手を除くと、一台に六人が坐れる。五台とも満員だったので、参加者が三十人ぐらいいることが分かった。

葉子の不安は消えていた。これだけの仲間が一緒に参加するのだ。きっと良い友達が増え、楽しい出会いと発見の場になるだろう。

15

五台のハイエースは、八王子の市街を通り抜け、名も知らぬ川に架かった橋を渡った。やがてゆるやかな坂道を上り、樹木の多い丘の中腹まで来ると、細い私道へ入った。

突き当たりの林の中に、木造の古い大きな建物があり、ハイエースのキャラバンは、その玄関前の砂利の広場で停車した。

玄関には、〈朝焼け荘〉という看板が出ていた。十数人の人々が出迎え、訪問者たちを二階の宿舎へ案内した。ブラザーとかシスターと互いに呼び合う係員たちは、表情が明るく、その行動はきびきびして統率が取れていた。

中道葉子が通された部屋は、畳敷きの六畳間で、他の四人の若い女性と同室だった。

「古いけどきれいに掃除されてるわ」

「これって旅館かしら」

「何か合宿所みたいだけど――」

「そう言えばそうね」

「でも暖房がないわ」

などと女性たちが感想を述べていると、背広を着た班長が顔を出した。

「皆さん、用意されてきたトレーニング・シャツとパンツに着替え、一階の大広間にお集まりください。オリエンテーションを始めますので、十分以内にお願いします」

係員の表情はおだやかだったが、言葉は有無を言わさぬ命令口調だった。

葉子たちは大慌てで着替え、一階へ降りた。三十坪ほどの広間の床には、すでに男女別に分かれた若者たちが、整然と列を形成して正坐していた。

長方形の部屋の奥には、教会風の演壇があり、バックには赤いビロードの幕が張られている。家具らしきものは何もなく、壁の角ごとに小さなスピーカーがつけられているだけである。

若者の団体を新宿から引率してきた長峰国彦が壇上に立った。係員たちがその両側に並んでいる。ほとんどが二十代後半の男女だが、数人の中年女性もまじっている。長峰が口を開いた。

「皆さん、ようこそ朝焼け荘へいらっしゃいました。心から歓迎致します。私の役目は皆さんをここまで連れてくることです。急な務めができましたので、すぐに東京へ引き返さねばなりません。ただ一つだけ、皆さんにお伝えしたいことがあります。皆さんが今日、そしてたった今、ここにこうして坐っているということは、皆さんの人生にとって信じられないほど重要な意味を持つということです。皆さんの行く手には輝かしい世界があり、幸運が待っています。皆さんは今、その入口に立っているのです。しっかりとこの研修の体験を、自分のものにしていただきたい。では、今回の初級研修責任者、柿沢ブラザーに引きついでもらいます」

係員たちが拍手したので、若者たちもそれにならった。なかには、口笛を吹く者までいた。

長峰が退場するのと入れ違いに、柿沢と呼ばれた男が壇上に上がった。背は低いが、髪のふさふさした目の大きい男である。

「柿沢です。さて、今退場された長峰シニア・リーダーは、東大の経済学部の出身であります」

会場から、驚きとも感嘆とも取れるどよめきが起きた。

「本来ならば、官庁に勤めていれば課長クラス、一流企業だったら副部長ぐらいに昇進されているはずです。しかし、長峰さんは、大学時代からこの団体の活動に加わり、通俗的な出世の道を捨て、世の中を正す事業に献身されてきたのであります。こうした最優秀とも言える人々が、実はこの団体に何百人も所属しているわけでして、むしろ低級な人々は皆無と言って良いでしょう。今日皆さんがここへ集い、こうした優秀な人々の仲間入りをされるのは、まことに喜ばしいことであります」

若者たちの表情に変化があった。横目で隣人を見る者や、咳払いをする者もいた。自分がエリートであるかどうか、判定しかねている戸惑いの反応だった。

「いえいえ、学歴が問題なのではありません。真理を探究しようとする強い欲求があるかないかで、優秀さは決まるわけであります。あなた方は、もうここにいるというだけで、優秀であるという証明がなされています」

柿沢は、参加者の不安を一掃するような猫撫で声で言った。葉子も他の若者も、柿沢が自分たちを心から信頼しているのだという感じを抱いた。

「しかしですよ」

柿沢の表情は一転して厳しくなった。

「この二泊三日の研修は、人生を決定的に左右するほど大切な時間です。一秒たりとも無駄にはできません」

葉子は、生唾を飲み込んで柿沢の口元を注視した。

「まず、いっさいの雑念を取り払わなければなりません。皆さん、目をつぶってください」

三十人の男女は、一斉に言われたままにした。

「この三日間は、禁煙禁酒はもちろんのこと、用意された食物飲物以外は口に入れないでください。新聞、雑誌類は捨ててください。TVを見ることも、外出をすることも許されません。電話の使用も禁じます。そして、許可のあった場合以外は、皆さん同士の私語もいけません。あらゆる外界との接触や影響力を断ち、純粋に自分だけを見つめてください。純粋なあなたと、純粋な真理が向き合うことが必要なのです。すべての行動は、これからは、五人一組になり、こちらから一人ずつ班長をつけます。すべての行動は、班長の指示に従っていただきます。では皆さん、目をあけて」

どれほどきつい表情をしているかと思ったら、柿沢は満面に笑みを浮かべていた。

「さて、規則は厳格に守っていただきますが、この研修会は堅苦しいものではありません。むしろ大変楽しい集いになるはずです。皆さんの表情を見ていると、まだまだ緊張が見られますし、警戒心を持っている人もいるようですね。しかし、大切なのは、まず自分という小さな殻を脱ぎ捨て、心を完全に開いて自分の存在を無にすることです。羞恥心《しゅうちしん》とか、ケチなプライドというものを一切追い払うことが必要です。そこで、これからちょっとしたゲームを始めたいと思います。名づけて〈進化論ごっこ〉と言います」

会場に笑い声の混じったざわめきが起こった。葉子は、意外な展開にびっくりした。

班長たちの指示で、広間の真ん中を開け、男女が分かれて部屋の両側に坐り直した。

柿沢が説明した。

「進化論というのは、人類が低級な動物から発達したという学説ですが、私たちは順番を追ってその歴史を追体験してみたいと思います。さて、地球上に最初の生命が発生したのは、水の中だと言われています。例えば、アメーバとかゾウリムシみたいなものですね。そこで皆さんに、そうした生物になりきって演じてもらいたいんです」

若者たちは、柿沢が冗談を言っているのだと思い、興味深げに次の言葉を待った。

「さ、ではこちらの五人の男性、前へ出てごらんなさい」

指名された若者たちは、本気にしてよいものか戸惑っていた。ニヤニヤ笑ったり、もじもじ立ったり、また坐ったりと落ち着かない。

「難しく考えなくていいんですよ。ただのゲームですから。ささ、ここに並んでください。あなたたちはこれから、ゾウリムシになってもらいます。ゾウリムシがどんなものか分からなくともいいんです。こんなんじゃないかな、と思った形を真似してみてください。ハイッ！　始め！」

見物の若者たちは、笑いながら五人に注目した。命令された若者たちは、それぞれ床に腹這いになったり、仰向けになったりし、手足をバタつかせて妙な動作を始めた。中には奇声を発する者がいたりで、会場は爆笑に包まれた。葉子もたまらなくなり、大声で笑った。最初は照れていた者も、笑い声や拍手に励まされ、段々に大胆になってゆく。

「はい、それで結構！」

柿沢は、大乗りで這いずりまわっていた若者を捕えた。

「さて、君は今、ゾウリムシになりましたか」

若者は頭を掻きながら答えた。

「いや、実はどんなものか分かりませんでした。でも、自分はゾウリムシだぞと言い聞かせたら、そんな気分にはなりました」

どっと皆が笑う。

「じゃ、気分良かった」

「ええ、すっきりしました」

また爆笑だ。

「で、これが人間の先祖だと感じましたか」

「え？　まさか！」

「でしょ？　進化論では、この後魚類、両生類、爬虫類、哺乳類と変化し、人間の原形である類人猿につながると説明しているわけです。では次の組は女性陣でいきましょう」

女性たちが、キャーキャーと悲鳴を上げた。

男性群が手拍子を取り、女性群をけしかけた。雰囲気は、まるで大学生のコンパの様相を呈してきた。

最初の女性グループは、イソギンチャクの真似をさせられた。シンクロナイズド・スイミングみたいな動きをした女性が、やたらと喝采を浴びた。男女グループが交互に、オタマジャクシ、ウミガメ、ハリネズミなどを演じさせられた。

葉子は自意識過剰になっていた。人前で素直におどけた動作ができるかどうか、自信がなかった。意見を述べたりするのは得意だったが、人に受けるようなことをするのは苦手だった。順番が近づくにつれ、胸がドキドキした。

〈指名されたら尻込みせずに立ち上がりなさい。あいまいな態度は醜《みにく》く映る。人の上に立つ人間は、失敗を恐れず堂々と受けて立つ気構えが必要だ〉

高校の恩師の言葉を思い出した。

葉子の班に順番が廻ってきた。葉子は観念した。与えられたのはワニの模倣だった。

葉子は四《よつ》ん這《ば》いになり、必死で床の上を這いずりまわった。

「中道葉子さん、なかなかいいぞ！　こんな元気なワニはめったにいない」

柿沢が妙なほめ方をしたので、会場がドッと湧いた。葉子は、耳の先まで赤くなった。なぜこんなことをしているのだろうと疑いつつ、雰囲気に呑み込まれて懸命にワニを演じた。終って見れば、どうということもなかった。何かを失ったわけでもなく、逆に懸命に動いたので気分がすっきりした。

「さあ、次は類人猿だ。チンパンジーでもゴリラでも結構、好きなものになりきってください」

最後は男性の五人組だ。

しかし、異変が起きた。一人の青年が立ち上がらない。ロングヘアーで、神経質そうな細顔の青年が、腕を組んだまま対応しない。

「君、どうしたの」

柿沢が聞いた。

「ぼくは嫌です」

ロングヘアーの青年は、きっぱりとした口調で言った。柿沢の表情が曇った。

「どうして」

「こんなことをやりにきたんじゃありません」

「ただのゲームですよ。親睦会だと考えてくださいよ」

「絶対嫌です」

「そうですか。無理にとは言いませんよ。しかし残念ですね。心を開くためには、とても効果的なエクサイズなのに。じゃ、残りの皆さんで、彼の分まで頑張りましょう」

ひととき会場に広がったしらけたムードは、他の四人の物真似で吹き飛んでしまった。受けを狙ってエスカレートした猿真似は、全員が転げ廻るほど滑稽なものだった。おかげで、初対面同士のグループがいつしか、昔からの知己のような親しさを感じ合うようになった。集合した時点では、どこかよそよそしくぎこちなかった会場は、完全に和気あいあいのムードに包まれた。

午後十時になると、人々は隣の部屋へそっくり移動した。

部屋には黒板と教壇があり、向き合う形で机と椅子が並んでいた。大学や高校の教室と変わりはなかった。違っているのは、部屋の片隅にオルガンが置いてあることだけである。

ここでも、柿沢が教壇に立ち、大きな目で若者たちを見廻した。

各々の自己紹介があり、拍手の繰り返しが終ると、柿沢がおもむろに語り出した。

「さきほど皆さんに、さまざまな生物になり切ってもらいました。どうですか、ゾウリムシ、イソギンチャク、ワニ、猿などの気持ちが分かりましたか、分かった人は手を挙げてください」

若者たちは、苦笑しながら首を横に振った。

「当然ですねえ。私たち人間とこうした生物を同一視するのは無理があるわけですよ。やはり、人間は特別な存在と考える方が自然なんです」

「ダーウィンの進化論を否定するんですか」

若者の中から、ひときわ鋭い声が飛んだ。葉子が振り返ると、質問の主は、進化論ごっこを拒否したロングヘアーの青年だった。

「否定はしません。ただ世の中には、いくつもの考えがあることを認めなければなりません。当然とか常識とか言われている事柄のなかに、大きな間違いがいくつもあるということは事実です。ガリレオ以前は、太陽が地球の周囲を廻っていると信じていた人が大多数だったでしょう。共産主義が正しいと信じていた人が何億人もいたのに、今はどうなっていますか？　私たちは、ダーウィンとは違った人間の出現の仕方を、科学的に証明することができます。その理論は、もっと皆さんの学習過程が進んだ段階で説明されます」

「しかし――」

青年が反論する前に、柿沢はぴしゃりと機先を制した。

「まず私の話をお聞きなさい。個人的な質問はノートに取ってためておいてください。いつでもゆっくりと解明してあげます」

青年は不満そうな表情で口を閉じた。

「さて、私がお話ししたかったのは、この世で最も大切なものは何かということです。この前提を皆さんが納得しない限り、理論は一歩も先へ進みません」

若者たちは、目を輝かせて身を乗り出した。

「それは……愛です」

柿沢は厳かな口調で言い放った。

「この世のすべての悲劇、残酷、トラブルは、愛の欠如から生じているのです」

中道葉子は目を見開いた。

愛がないために起こった具体例——戦乱、紛争、自殺、親族間殺人、非行などを、柿沢は苦悩溢れる表情で語った。若者たちは、その真剣さに打たれ、水を打ったような静けさの中で耳を傾けた。

「しかし……しかしですよ。愛にもさまざまな種類があります。金銭愛、物質愛、名誉や役職への愛、会社への愛、性愛、自己耽溺愛……こうした類のものは本物の愛ではありません。一時的に幸福を味わうきっかけになっても、決して長続きするものではないし、本当の人生の財産にはなりません。では、本当の愛とは何でしょうか。それは親、兄弟、子供、祖先に対する愛であり、隣人に対する無償の愛です。もちろん、恋人に対する愛もありましょう。しかし、これとて最高の愛ではないのです。なぜなら、こうした愛の中には裏切りという悪魔が住みついているケースがあるからです」

中道葉子の心臓に、ドラムをたたいたような振動があった。彼の顔が、悪魔の仮面をつけて脳裏を横切った。

「最高の愛は、絶対真理への愛です。これこそが、永遠に裏切られることのない愛です。別な表現をすれば、神、あるいは神的なものに対する全身全霊を捧げても悔いのない愛なのです」

「それじゃただの宗教と同じじゃないですか」

また、ロングヘアーの青年が叫んだ。

「あなたはここへ来る前に、真理を得るためには、宗教的な要素も無視できないことを学んだはずではないんですか」

柿沢はおだやかな口調で言った。葉子は、青年の質問にも一理あるとは思ったが、食ってかかるような調子には、悪意やひねくれた感情があるようにも感じられた。

「皆さん、私は今まで何か変なことを言ったでしょうか。私は不自然でしょうか。私は日頃、身体障害者や交通遺児のために、ボランティア活動に身を捧げています。個人的には貧しい暮らしに耐えていますが、この団体の探求する真理、愛、そして神的なものを信じ、心は太陽のように明るく幸せなのです。私は自分の愛を、皆さんに伝えたい一心で、こうして一生懸命お話ししているのです。どうぞ皆さん、この私の必死の気持ちを分かってください」

柿沢の目から大粒の涙が飛び出し、頬に流れて落ちた。まず、前列にいた数名の若者たちが、敏感に反応した。どこかで、すすり泣く声がした。葉子は感動で目が曇った。感情的な興奮があちこちの座席に飛び火し、会場がある種の情緒にすっぽりと呑み込まれた。

班長たちが、歌詞つきの楽譜を全員に配り始めた。

楽譜には、〈聖なる愛に包まれて〉というタイトルがついていた。シスターの一人が、オルガンで前奏を弾き始めた。班長たちのリードで、全員が歌い始めた。驚いたことに、初見でもすらすらと歌える者が、何名もいる。彼らにつられて、歌声は次第に大きくなってゆく。

清らかな歌詞と爽快なメロディーだ。葉子は自分が長い間、どこかの由緒ある教会の敬虔《けいけん》な信者だったような錯覚を味わった。

16

〈原則研〉のアジトから、次々と出動する学生のグループから、松本武志を識別するのは容易ではなかった。調布駅前通りで、学生たちが小班編成になり、バラバラに動き出したから助かった。

松本武志は、三人の組で行動していた。三人は、駅とは逆の方向に向かった。何もせずに南に向かってどんどん歩いてゆく。

牛島は、調布文化会館の前に停車している安吉の作業用ボンゴに連絡を入れ、車を京王多摩川の競輪場前に移動するよう指示した。作業用ボンゴは、武志のよく知っている車だったから、目につく場所には置いておけない。他の車の調達ができなかったこともあるが、ボンゴには自動車電話がついているので利用することにした。

京王多摩川に近づくと、武志たちは住宅地に入り、一軒一軒のポストに選挙用のビラを入れ始めた。通りの角で打ち合わせをし、分担を決めると三人が散る。ノルマを終えると最初の場所に戻る。同じパターンをくり返していた。

住宅地での尾行は容易ではない。街中とは異なり、通行人が少いからだ。最低六十メートルほどの距離を置き、しかも物陰から監視しなければならない。

　今朝の七時頃から尾行を開始して、かれこれ二時間になる。松本安吉はさぞ苛々していることだろう。安吉との約束では、タイミングを見て牛島が電話を入れ、都合の良い場所で落ち合い、一緒に武志を捕えることになっていた。だが、武志たちの動きはなかなか予想がつかず、追いかけるだけで精一杯の状況が続いていた。

　救いは、この辺りの土地鑑が多少はあることだ。トップ屋時代に、撮影所に取材に来たり、ついでに京王閣で競輪の車券を買ったことがある。あり金をすってしまい、この辺の住宅地を歩いて帰ったこともある。

　三人が、広い空地の沿道を歩いてゆく。そのまま後を尾けたのでは目立ち過ぎる。牛島は、民家のカーポートの入口に身を隠し、携帯電話のボタンを押した。

「そちらから調布へ向かう道路がありますね……そう大映撮影所の前を通るやつです。そこをゆっくり走ってきてください、また連絡します」

　そろそろ行動に出なければならない。三人は、大映通り沿いの住宅ブロックに入って行った。

　牛島は、松本武志が動いた方向に向かって走った。建売り住宅の多い四ツ角まで来ると、三人の姿は魔法のように消えていた。牛島はあわてて次の角まで走り、電柱の陰から通りを覗き込んだ。ホッとした。武志が、五、六軒先の民家の前で、ビラの枚数を数えていた。

牛島は顔を引っ込め、後方の様子を見ようとして振り返った。ハッと息を呑んだ。目の前に、三人の若者の一人が立っていた。じっと牛島の顔を見ている。

「何のビラ配ってるの」

牛島は、作り笑いを見せてその場をとりつくろった。青年は黙って一枚のビラを差し出した。

「なるほど、選挙か……」

牛島が言い終らぬうちに、青年はスタスタと武志のいる方角へ歩き出した。牛島は、ビラを読むふりをして、彼らを観察した。今さら隠れても不自然なだけだ。

青年と武志が、小声で何かを話している。気づかれたか——牛島は緊張した。二人が同時にこちらを見た。次の瞬間、二人は反対側に走り出した。牛島はビラを放り出し、同じ方向へダッシュしていた。五十メートルほど先の角で二人は別々の方向へ分かれた。

青年は調布側へ、武志は多摩川の方角へ向かった。走りながら牛島は、携帯電話のボタンを押した。手が揺れて、なかなかうまく数字を捉えることができない。武志の足があまり速くないのが救いだった。三度目に、やっと安吉が出た。

「今どこです！」

「撮影所の前を過ぎた！」

安吉が怒鳴って答えた。

「そのまま走って来てください、五百、いや六百メートルぐらいかな、その辺で降りて、右手へ入って来てください。気づかれてしまったんです。今追いかけてますから」

武志は走りながら、時々こちらを振り返った。家族が捜していることは知っているはずだが、なぜ見も知らぬ男が追いかけてくるのか、さぞ疑問に思っていることだろう。

しばらく走ると、急に右側へ折れた。このままだと、大映通りへ出る。安吉の車が通り過ぎてしまったのではないかと心配になった。

後方で足音がした。走りながら後を見ると、二人の仲間が牛島を追ってくる。まずいことになった。学生相手の喧嘩で負けるとは思えないが、傷害事件なんか起こしたくない。

安吉の車はどこを走ってるのだろう。ハプニングが起こり、計画は狂ってしまった。うまく行く可能性の方が少い。武志が死にもの狂いで走るので、なかなか距離は縮まらない。

「糞ったれ！」

牛島は不運を罵りながら、歯を食いしばって走った。探偵業には、こんな追いかけっこはない。これじゃまるで、安物の刑事ドラマだ。心臓が苦しくなり、目眩《めまい》がしてきた。

睡眠不足がたたっている。

武志は、大映通りへ向かって走っていた。安吉はすでに住宅地へ入り込んでしまっただろうか。そうであったら、もう見込みがない。一瞬、茶色のボンゴが横切った。安吉の車だ！　牛島はしまったと思った。叫ぶ暇もなかった。もう勝ち目はない。万事休すだ。

武志が大映通りへ出ようとした瞬間、奇蹟が起こった。茶色のボンゴがもの凄い勢いでバックして来て、武志の進路を塞いだ。助手席がバタンと開き、血相変えた安吉が飛び出してきた。

「武志！」

安吉が叫んだ。武志は一瞬、棒のように立ちすくんだ。だがすぐに、身を翻《ひるがえ》してこちらへ戻ってきた。牛島が大手を拡げて立ちはだかった。逃げ場はなかった。牛島の横をすり抜けようとしたが、果たせなかった。牛島が武志の腰に猛烈なタックルを食らわせたからだ。

安吉が襲いかかる。武志は狂ったように暴れ始めた。二人の仲間が近づいてくる。牛島は止《や》むを得ず、武志の鳩尾《みぞおち》に突きを一発入れた。武志が〈く〉の字になって地面に崩れた。両側から牛島と安吉が武志を抱える。

二人の仲間が十メートルまで近づいた。

「貴様ら、手を出すな！」

牛島が大声で恫喝した。純情そうな顔をした青年たちは、度肝を抜かれて立ち止った。

安吉の弟子の職人が運転するボンゴが、尻から突っ込んできた。安吉と牛島は、武志の体を車内に放り込み、急いで乗り込んだ。

車が走り出すと、武志の意識が戻り、再び抵抗が始まった。

「この野郎！　親不孝者め！」

安吉が、狂ったように武志を殴り始めた。武志の顔や首が、真っ赤な鼻血で染まってゆく。

武志が悲鳴を上げた。武志を抑えるよりも、安吉を制する方が一苦労だった。

見事なものである。

松本武志は、もう十三時間も黙りこくったまま微動だにしない。母親の時枝が用意した昼食、夕食、夜食にも、一切手をつけない。どうやら断食で抵抗するつもりらしい。

安吉の家は、東横線多摩川園駅からそう遠くない住宅街にあった。多摩川の堤防から見下ろせる場所で、小さな一軒家が密集している。二十五坪ほどの土地に建てられた安普請の二階建てが、松本家だった。下は1DKに風呂とトイレ、そして八畳間の夫婦の寝室、二階には武志と妹の部屋があった。

武志の部屋は洋室で、いつでも帰ってこられるよう時枝がきれいに整頓していた。帰宅した武志は、母親に挨拶もせずさっさと二階へ上ってしまった。安吉と牛島が部屋へ入ると、武志は宙をにらんだまま、スチールパイプ製のベッドの上で正坐していた。

「今までどこで何をしていたんだ、この糞ガキが！」

安吉の破《わ》れ鐘のような声にも、武志は全く反応しなかった。

「自分がやってることが分からんのか！　世間様を騙してるんだぞ！　お前は犯罪を犯してるんだ！　テレビや雑誌を見てねえのか！」

「…………」

「家族の気持ちを考えて見ろ、このバカたれ！　何のためにお前を大学へやったと思ってる！」

「…………」

「お前がやってるのはインチキ宗教なんだ、迷信みてえなものなんだ！　いい加減目を覚ませ、コン畜生ッ！」

安吉がいくら喚いても、武志は相変わらずダンマリを決め込んでいた。顔色が悪く、目は死んだ魚のように動かない。ズングリした体格だが、安吉に見せてもらった学生服姿の写真より、ずっと痩せているように見えた。

安吉はとうとう癇癪《かんしゃく》を起こした。

武志の胸ぐらを摑んだり、揺さぶったりした。最後には、激情のあまり、暴力をふるい始めた。この時ばかりは、武志が悲鳴をあげた。暴力には恐怖心をもっているようだ。もし牛島がいなかったら、武志はかなりの重傷を負ったことだろう。

母親や妹が話しかけても、結果は同じだった。

牛島も途方に暮れていた。相手が喋らないのでは、説得も論争もできない。それに、敬霊協会に関しては漠然とした知識しかないので、安吉以上のことが言えるかどうか確信もなかった。

疲れ果ててしまったのは、家族や牛島の方だった。人の気も知らず、武志だけが平然としていた。まるで鎌倉の大仏か、蠟人形のようだ。若者をこれほどまでに頑《かたく》なにする宗教とは、どんな魔術を使っているのだろう——牛島は能面のような武志の顔を見て考え込んだ。

午前二時、何度か同席していた妹も自分の部屋へ戻っていった。眠気に耐えられなかったのだろう。安吉と牛島は一休みするため階下へ降りた。休憩と説得のくり返しで、何度この階段を踏んだか数えきれない。

一階の日本間から、時枝のすすり泣きが聞こえた。

「バカ野郎！　泣いたってしようがねえだろ、お茶でも入れろ！」

安吉が怒鳴ると、エプロンで顔を拭いながら時枝が出てきた。泣き腫《は》らしたせいか、顔がむくんでいた。昼よりは十歳も老けたように見える。

安吉は、ダイニング・テーブルで頬杖をつき、大きな溜息をついた。

「先生、すいませんね。こりゃ長引きそうだ。いつまでも先生を引き留めておくわけにゃいかねえ。お願いしたのは、連れてくることだけでしたから」

　確かに安吉の言うとおりだったが、このままでは決着した気分にはなれなかった。時枝が茶を入れながら、不安そうな表情で牛島を見た。牛島に去られ、安吉がまた暴力をふるうのを恐れているのだ。

　牛島には、その気持ちがよく分かった。

　安吉が上眼遣いで時枝を見た。

「大丈夫だ。もう乱暴なことはしねえ。どうやら、そんな甘いもんじゃねえよ、これは」

　安吉が長期戦を覚悟しているのが分かった。

「先生、今日はこれでお引き取りください。後は何とかしますよ。あいつだっていつまでも起きてるわけじゃねえ。寝るのを見届けたら、わたしら夫婦は、この階段の真下に布団を敷いて横になります。逃げることもできんでしょう」

「そうですか……じゃ、明日また見に来ますから」

　茶を飲み終った牛島が言った。

「ほんとにすみませんでございます」

　時枝が深々と頭を下げた。

翌日は雨だった。

牛島は１ＤＫのアパートの小さな風呂場で、溜まっていたＹシャツと下着を手洗いした。明日からの着替えがなくなっていたからだ。外に干すわけにもゆかず、部屋にロープを張ってつるした。少しでも早く乾くよう、電気ヒーターを洗濯物の真下にずらした。

午前十一時、万年床の枕元においてある電話を使い、安吉と話した。

「駄目ですよ、テコでも動かねえ。馬の耳に念仏です。こうなりゃ我慢比べです。わたしも男だ、とことん勝負しやすよ」

安吉はヤケッパチな調子で言った。

電話を切ってから、牛島はしばらく考えていた。安吉の説得材料では不充分だ。武志はほとんど親をバカにしている。

武志を参らせるような材料が必要だ。

牛島は、再び電話のダイヤルを廻した。

気が重かったが、週刊紙〈ザ・ファクト〉の編集長に頼らざるを得ない。

「そりゃコピーぐらいしてあげるよ。だけどかなりの量になるよ、何週分もあるから。ファックスだとトイレット・ペーパーぐらいになっちまう。それとも記事をピック・アップして送ろうか」

編集長は協力的だった。誰にでもいい顔をする男だが、本心はどうなんだろう。それともそんな疑いを持つ自分がケチな男なのか。

「いいよ、自分で取りにいくから」

本当のところは、自由ケ丘探偵社にはファックスはないのだ。最近、やっとコピー機だけをレンタルで入れたばかりなのである。

「とにかくコピーだけして、受付に置いといてくれ」

「水臭いじゃないか。久しぶりだから昼飯でも食おうよ」

「いや、目茶苦茶忙しくてね。今度あらためて時間を取るよ」

ザ・ファクトは、大手出版社の系列雑誌である。ピカピカのビルの中で、出世した昔の仲間に会うのは気後れがする。哀れみの視線でも浴びたら、きっと自殺したくなるだろう。

午後二時過ぎ、牛島は麴町《こうじまち》にある出版社に着いた。編集長に出食わさないように祈りながら、広いロビーへ入った。受付で大型封筒に入った記事のコピーを受け取るや、逃げるような早足で外に出た。

電車を乗りついで、安吉の家へ向かった。

車内で、牛島は記事を読み続けた。

敬霊協会に関するさまざまな特集が、テーマ別にホッチキスで留められていた。驚くべき取材力だった。牛島は新聞や業界誌を読むが、あまり週刊誌を手にすることはなかった。普通の新聞になど一行も出ないことが、真っ正面から追及されている。

取材記者たちの仕事は、自分がトップ屋だった頃とは質量ともはるかに勝っていた。牛島は、軽い嫉妬さえ覚えた。

敬霊協会の霊感商法や詐欺の手口も、詳細に説明されていた。その中には、牛島も知っている創命倶楽部や天精病院に関する記事もあった。信者の土地を担保に金融機関から金を借りさせるＨＫ（ハヤク・カネ）作戦などというものもある。これに引っ掛り、五十億円分の土地担保を取られ、家族が訴訟を起こしている事件もあった。

組織全体を解明した特集もあった。

本部は韓国にあり、世界数十ヵ国に支部を持ち、布教の他に、政治的、経済的、文化的活動を活発に展開している。政治的には、ゴリゴリの反共組織を配置し、韓国、日本、アメリカなどの政治家たちを買収し、自分たちの違法行為を見逃すよう圧力を掛けている。日本だけでも百名以上の保守系議員が援助をもらったり、無給の秘書提供や選挙運動の手助けなどを受けている。こうした議員名簿の中には、元首相の中根友康、脱税王の金山信、派閥の領袖・渡部光雄、大蔵省出身の相島英助、越智松雄、若手の新木将治など、そうそうたるメンバーが名を連ねている。

また、信者の中から県や市議会に議員を送り出し、政権奪取を夢想しているともいう。

最近では、ニューヨーク郊外に豪邸を構える教祖が、金正日に接近したり、ゴルバチョフに資金を提供したり、東欧圏に布教団を送ったりと、東西冷戦後の混乱に乗じて勢力拡大を図っている。

「この宗教の狙いは、韓国を世界の中心に置き、教祖を世界の覇者にしようという誇大妄想的な夢の実現です。これを信者たちは、〈現世天国の実現〉と教えられています。その計画のため膨大な金が必要になり、霊感詐欺など手段を選ばない金集めに狂奔しているわけです」

有名な宗教ジャーナリストのコメントだった。

学者やジャーナリスト、文化人たちの買収も盛んである。NHKの大物キャスターだった磯山一徳や、右寄りの大学学長クラスが、さまざまな敬霊協会製の世界学術会議などの常連メンバーである。

ここ数年、教育界への浸透も盛んである。エイズへの恐怖を利用し、〈処女を守ろう〉などという妙なスローガンを掲げ、小中学校の教師たちを巻き込もうとしている。

牛島は、半分も読まないうちに強いショックを受けていた。敬霊協会が、これほどまでに大掛りな陰謀組織だとは考えてもいなかったからである。

集団結婚式の特集もあった。

金ピカの王冠をかぶり、白い妊婦服みたいなものを着た教祖夫妻の写真は、まるで漫画のように見えた。教祖の顔つきは、とても宗教家とは思えぬほど下品で俗っぽい。

「この団体は、独特のマインド・コントロールを使用しています」

ある正統派キリスト教の牧師が証言していた。

どんなマインド・コントロールなのだ？　連中は一体、どんな教義を唱えているのだ？

牛島の疑問は次第に膨らんでゆく。

コピー記事を読み終らぬうちに、多摩川園駅へ着いていた。雨は小降りになっている。

玄関のドアは時枝が開けてくれた。

階段の下に敷いた布団から、窪んだ目をしょぼつかせて安吉が起きあがった。

「結局眠れずじまいでね、今頃になってトロトロッときやがった」

安吉はバツが悪そうな表情で言った。昨日と同じ作業着のままだった。

「変化ありましたか、息子さん？」

牛島の問いに、安吉は首を横に振った。

「とてもとても……時々トイレに行って水を飲んでいるようですが、あとは昨日のままですよ」

「食事を全然摂《と》らないんですが、どうしたらいいでしょう」

時枝が心配そうに訊いた。

「水分さえ摂ってれば、一週間ぐらい大丈夫です」

牛島が答えると、時枝は天を仰いで溜息をついた。

牛島が持ってきた記事のコピーを見せると、二人はむさぼるように読み始めた。記事の内容は相当刺激的だったらしく、時々「オーッ」「フーン」「まさか……」「まあ……」などと呟いたり、驚きの声をあげたりした。牛島も読み残した分に目を通したので、二時間ぐらいは勉強会のような様相を呈することになった。

一段落すると、安吉が言った。

「こりゃ武志に教えてやらんといかん。でも、こんなにいろいろあっちゃ、どう説明したらいいもんでしょうね」

その役は、牛島が引き受けることにした。

今度は一人だけで二階へ上った。ドアを開けると、ジロリと武志がにらんだ。正坐はやめて、壁に背をもたれ、ベッドに足を投げ出していた。

部屋は寒かった。時枝の話によると、暖房をつけても、武志がすぐに切ってしまうとのことだった。温まると、緊張感が解けてしまうからだろうか。

牛島はまず暖房機のスイッチを入れた。武志がじっと見ている。目には警戒感が浮かんでいる。鳩尾《みぞおち》の一発が効いているのかもしれない。牛島は昨日、ほとんど何も言わなかった。武志にとっては、どこの誰かも分からぬ不気味な人間に映っているだろう。

「ここに週刊誌の記事があるよ。敬霊協会について調べたことが書いてあるんだ。読んでみるかい」

武志はぷいと横を向いた。

牛島は、ゆっくりと床の上にあぐらをかいた。

「じゃ、俺が読んでやるよ」

牛島は、週刊誌の記事を古い順番から読み始めた。最初のうち、武志は牛島を無視しようと努めていた。しかし、次第にチラチラとこちらを見るようになった。牛島は、一節読むごとに、武志の反応をうかがった。

武志の能面のような表情に、いらだちが現れ始めた。

およそ二十分ぐらい経った頃だろうか、突然、武志が意味の分からぬ叫び声をあげた。牛島は朗読を止め、相手の顔を見た。

「どうしたんだい」

「うるさい。出てってくれ！」

武志が初めて口をきいた。階段をあわてて駆け上がってくる足音が近づいた。

「そうはいかないね」

牛島はさらに記事を読みあげようとした。武志がベッドを飛び降りた。

「止めろ！　あんたは一体何なんだ！　関係ないだろ、出て行け！」

ドアが開いて安吉が飛び込んできた。

「武志！　何てこと言うんだ。この人はお前を助けに来てくれたんだぞ！」

安吉が怒鳴った。

「何も知らないくせに、よけいなことするな。みんな出て行け！　悪魔！　悪魔！」

武志は、本棚から数冊をわし摑みして、牛島と安吉に向かって投げ始めた。

「この野郎！」

安吉が武志に飛びかかった。そのままベッドに押し倒し、拳を振り上げて殴り出した。牛島は、安吉の腰にしがみつき、

「安吉さん、冷静にいきましょう。こんなことしたって駄目ですよ」

「親の気持ちも知らねえで……」

後は泣き声になった。窪んだ目に涙が溜っていた。武志は、ベッドの上で大の字になっている。

「ここは任せてください」

牛島は、安吉を部屋の外に押し出した。

しばらく睨めっこしてから、牛島は方針を変更した。

「分かったよ、武志君。人間は本当のこと言われると辛いもんだ。聞くのが嫌だったら、自分でゆっくり読んでみたらいい。どっちみち、もうここからは出られないんだからな」

牛島は、記事のコピーを置き去りにして部屋を出た。不良少年を扱う熱血教師の役を演じているような気がして、自分でも照れ臭かった。

階下で、安吉夫婦が牛島を待ち受けていた。

「どうでしょう」

安吉がせかすように聞いた。

「まだ分かりませんよ。記事を読んでくれるといいんですがねえ。でも、反応するようになったからまだましじゃないんですか」

「そりゃそうだ。変化したんだ」

安吉は、自分を納得させるように何度も頷いた。

しばらくは、武志を放置しておくことにした。

夕方六時頃、帰宅した妹が部屋を覗きにいった。その時までは、あまり進展はなかった。

一時間後、時枝が夕食を運んだ。

その時枝が、あわてて戻ってきた。手に破れたコピー記事を持っている。

「あの子ったら、こんな――」

「全部破いてしまったんですか」

牛島が聞いた。

「ええ、部屋中にばらまいてあるんです。急いで拾ってきたんですけど……」

「あの野郎！」

安吉が吼《ほ》えた。

「でも変なんです……これを拾っているとき、武志が声を掛けたんです」

「何て」

安吉が時枝の顔を覗き込んだ。

「母さん、すまないね――ですって……」

「本当か！　他に何て言った？」

「それだけ、後は何を話しかけても、また貝になっちゃって」

「うーん……」

安吉は腕組みをした。

事態が逆転したのは、二時間後だった。

安吉夫婦と牛島は、ダイニング・キッチンのテーブルで茶を飲みながら、敬霊協会の集団結婚式について雑談していた。母親の時枝はそんなことに武志が巻き込まれたらどうしようと心配していた。

その時、いきなり二階のドアが開く音がした。三人は顔を見合わせた。妹は風呂に入っている最中だった。二階には武志しかいない。

「便所か……？」

安吉が囁《ささや》くように言った。

だが、予想はすぐくつがえされた。階段を降りてくる足音がする。三人は一斉に立ち上がり、ダイニング・キッチンを出た。

階段の途中で武志は立ち止まった。三人は階下に集まり、上を見上げた。武志の顔は蒼白だった。

「どうしたんだ、武志」

安吉が言った。

それには答えず、武志は再び階段を降り始めた。唖然として見守る三人のそばを、武志は浮遊物体のように通りすぎていく。そのままリビングに入ってゆき、部屋の中央で静止した。頭が変になってしまったのか。牛島の脳裏にチラリと不吉な予感が走った。

武志が三人の方を振り返った。

直立不動のまま深々と最敬礼した。

それから、ボソリと頼りない声で言った。

「父さん、母さん……ごめんなさい」

三人は、再び顔を見合わせた。

「許してください……僕が間違っていました」

安吉と時枝の表情が、急に明るく輝いた。

「記事読んだの？」

牛島が訊いた。

「はい……敬霊協会のことがはっきり分かりました」

安吉が武志の目を覗き込んだ。

「武志、本当なのか？」

「はい……」

武志は父の視線を避け、床を見つめたまま頷いた。突然、時枝が床の上に崩れ落ちた。大声で泣き始めた。武志が、びっくりしたような顔で母親を見た。

外では、雨の音が一段と強くなった。

安吉が武志の両肩を摑んだ。

「おい、俺には信じられねえぞ、お前、嘘ついてんじゃねえだろうな」

武志はしばらく黙っていた。それから、突然吐き捨てるように言った。

「もう止めたよ。バカバカしくなった。大学へ戻って勉強する、そう決心した」

安吉はじっと武志の表情を見つめていた。武志が顔を上げ、まともに父親の顔を見た。

「脱会する時は報告しなくちゃならない。それをしないと、いつまでもつきまとわれるんだ。今から、支部へ電話するよ。それならいいだろ」

無口だという印象があったので、よどみなく喋る武志を見ると、牛島は意外な気がした。

安吉が牛島の方を振り向いた。アドバイスを求めている目だった。

「いいんじゃないですか。どうせいつかは決着つけなきゃなりませんから」

牛島は感じたままを言った。

武志が牛島を見、ニッコリ笑って頷いた。初めて見る笑顔だった。笑えば、そこらの若者と変わらぬ無邪気な表情だった。

「よーし、じゃ、すぐやれ。いいか、きっぱりと言うんだぞ」

牛島の了解を得、安吉は積極的になった。

安吉はキッチンにある電話を、コードを引きずりながら運び、受話器を外して武志に渡した。

武志は、覚悟を決めるかのように一度深く息を吸い、プッシュボタンを押し始めた。

「あ、支部ですか。こちら調布の原則研の松本武志です。シニア・リーダーの長峰さん、お願いしたいんですが……」

しばらく間があった。泣くのを止めた時枝が、固唾《かたず》をのんで見守っている。安吉の窪んだ目がギラギラ光っていた。

「あ、長峰さん……そうです、松本です。ご報告します。今日限りで、敬霊協会を脱会します。……そうです、止めるんです。もう決して戻りません……はい、決して戻らないんです……はい、長い間、お世話になりました。皆さんによろしく……はい、さようなら」

堂々としたものだった。

電話を切った途端、安吉が武志に抱きついた。

「よしよし、良くやった……」

武志の首に頬を押しつけ、両手の拳骨《げんこつ》で激しく背中をたたいた。

「お兄ちゃん、お風呂沸いてるよ」

パジャマ姿の妹が立っていた。明るい顔で笑っていた。

「そうだよ、先にお風呂に入りなさい。それからたっぷりご飯食べるんだよ。おまえ、焼肉好きだったね、今すぐ作ってやるからね」

時枝が見違えるように元気になった。

長く重苦しい冬のさなかに、突然春が到来したような雰囲気になった。

「何か面倒があったら、力になるよ」

牛島は武志に名刺を差し出した。ペコンと頭を下げた武志は、いつまでも珍しそうに名刺を見つめている。

長期戦を覚悟していたが、あっけない幕切れだった。子供を育てたことのない牛島には、武志の百八十度転換が非現実的なことのように思えた。しかし、実際はこんなものなのかもしれない。とにかく事態は好転したのだ。

松本夫婦からは、くどいほど礼の言葉を浴びせられ、自分が神社になったかと思うほど頭を下げられた。

玄関の外に出て、折りたたみの傘を拡げた時、追って出た安吉が一通の封筒を差し出した。

「たった二十万で、本当に申し訳ねえんですけど、精一杯の気持ちですから受け取ってください」

牛島は、これを受けとれば携帯電話を買うか、ファックスを入れることができると思った。ビジネスライクに受け取りたかったが、何かが俗っぽい欲望を押しとどめた。

「これはビジネスじゃありません。お子さんの学費にでも使ってください」

「それじゃ困りますよ、ご苦労かけたうえ——」

「いやいや、金に困ってるわけじゃありませんから」

牛島は封筒を押し返した。安吉は、聖者にでも出会ったような目つきで牛島を見た。

安吉の視線を背に受けながら、牛島は雨の夜道を歩き始めた。雨足は激しく、十メートルも歩かぬうちに、ズボンの裾はびっしょりに濡れてしまった。しかし、牛島は久しぶりに充実した気分を味わっていた。もう礼金にもこだわっていなかった。自分が価値ある男のように思えた。

テンダリーのママ、理恵の顔が浮かんできた。こちらを見て微笑んでいる。何も言わないのに、すべてを知っているような表情だ。

今夜は理恵を、思い切り抱きたいと思った。

17

午前六時きっかりに、班長の掛け声で起こされた。起こされたと言っても、葉子はすでに目を覚ましていた。昨夜十二時に就寝を許されたのだが、なかなか寝入ることができなかった。

興奮と複雑な想念が錯綜して、リラックスした気分になれなかったからだ。羽毛布団に慣れている葉子には、分厚く重い綿布団にも違和感があった。

六畳一間に、五人の女性が枕を並べた。他の女性たちも寝つかれない様子だった。何度も寝返りをうったり、溜息をつく者もいた。

やっとうとうとしたかと思うと、誰かがトイレに立ち、ハッと目が覚めてしまう。

他の四人の中に、一人だけ変わった女性がいた。二十歳前後だろうか、櫛を入れない前髪が、片目が見えぬほど顔にかかっていた。細長い顔には血の気がなく、常時暗い表情をしている。電車に乗ってここに着き、布団に入るまで一言も口を利かなかった。進化論ごっこの最中でさえ、笑顔を見せなかったことを、葉子はひそかに観察していた。

明け方近く、異常なすすり泣きの声を葉子は聞いた。上半身を起こして確かめると、泣き声の主はその女性だった。葉子に気がつくと、女性は頭から布団をかぶり動かなくなってしまった。


あちこちで班長たちが号令をかけている。葉子はパジャマをトレーニングの上下に着替え、布団をきれいにたたんで押入れにしまった。廊下の端にある横長の洗面台で、数十人の若者は争うように歯を磨き顔を洗った。

班長たちにせかされ、大広間に集められた。全員が正坐すると、柿沢ブラザーが現れた。

「静かな朝を迎えました。この尊い時間は、誰かが与えてくださったのです。それが誰であるか、今詮索する必要はありません。とにかく手を合わせ、感謝の気持ちで祈りましょう。宗教であろうとなかろうと、人にとって祈りは大切です。何でも結構、あなたが望んでいることを心をこめて祈ってください」

若者たちは素直に言われたことを実行した。葉子にも、もはや違和感はなかった。

葉子は、自分が一瞬でも早く真理に近づき、一貫性のある考え方で人生に処することができるよう真剣に祈った。自分はまさに、そのためにここへ来たのだ。

他の若者たちが、どういう動機でここに参加しているかは分からない。だが、それぞれが真剣なテーマを抱えていることは確かだ。中には、体を震わせて祈っている者もいる。ふと見ると、進化論ごっこを拒否したロングヘアーの青年も、従順に手を合わせていた。

祈りが終ると、昨夜と同じ聖歌の合唱が指導された。慣れたせいか、歌うことに抵抗感がなかった。むしろ、全員の美しいハーモニーは、すがすがしくて気分が良かった。

そのあとは、全員食堂に引率された。

中年の婦人たちが料理を担当していた。皆、笑顔を絶やさぬ感じの良い人々だった。

食堂といっても、長いテーブルと折りたたみ椅子の並ぶ殺風景な設備である。カフェテリア形式で、自分が盆を持ち、ご飯、味噌汁、タクアン、生玉子、海苔を載せて指定された席へ着く。

全員の用意が整うと、中年婦人の一人が前に立ち、手を合わせて祈りの言葉を述べた。葉子は、いつのまにかキリスト教徒の仲間に入ってしまったような気がした。だが、どんな内容の食事であれ、与えられたものに感謝するのは当然だと思った。こんな気持ちで食事に接したことのない自分の方が、間違っていたのかもしれない。そうだ、自分は何かにつけて〈感謝する〉という精神を失っていたのかもしれない。これは大きな発見ではないのか。

食事の後は、班ごとに分かれて合宿所の掃除だった。台所の洗い物をする組、廊下やトイレを掃除する組、窓ガラスを拭く組などと、規律よく、効率よく作業が進む。班長たちは、熟練された指導力を発揮し、若者たちは一瞬の無駄なく動いた。まるで精密なマニュアルで操作されているようだ。しかし、団体行動がこれだけスムースに動くと、ある種の快感すら覚えるものである。時には、あまり自己主張ばかりしていると、何もできないのではないかと葉子は思った。無条件に従うことも大切なのだ

――これも新しい発見だった。

午前十時、全員がノートを持って教室に集合するよう命じられた。

席に落ち着くと、中年女性のオルガン独奏があり、若者たちは黙禱した。真理のために働いている人々への敬意を表するため、と説明された。宗教的な厳かな旋律だった。

顔を上げると、柿沢が演壇にいた。

「皆さん、昨夜から今朝にかけて、短い時間ではありましたが、私たちの団体が本格的な真理への道を歩んでいるのだという雰囲気を充分に感じられたことと思います。そこで、私はこれから、重大なメッセージを皆さんにお伝えする決心をしました」

柿沢はここで言葉を切った。若者たちの集中力が、完全に自分へ向かう間《ま》を待った。

「実は……神は実在するのです」

静かな低音で、ゆっくりと言い切った。若者たちは、目を見開いたまま、胸一杯に空気を吸い込んだ。

「これは既成の宗教における神ではありません。そうした狭いジャンルを超越した唯一無二の絶対存在としての神であります。しかも、我々はこの実在を科学的物理的に証明できるのです。その理論を集成した『原則講典』という本があります。しかし、これを読解するのは相当な学力と知識が必要です。私たちのプログラムの中級研修、上級研修、そして特別研修を経て初めてこの理論書に詳しく触れることができるのです。今回は、皆さんがより高い次元へ進むための、予備知識獲得の過程と考えてください。さて、人間をお造りになったのは、この絶対的な神であります。私たちが、アメーバやイソギンチャクやワニのようなものから発展したなどと考えるのは、非現実的であり、神に対する冒瀆《ぼうとく》以外のなにものでもありません。こうした考えは、すでにコンピューターでも計算され、間違いであることが証明されています。では、なぜ神が人間をお造りになったのか。その創造目的についてご説明します。つまり、神は偉大な理想を掲げ、それを地球上で実現しようという大計画をたてられたわけです。つまり、〈現世天国の実現〉というテーマであります。この点が、私たちと一般のキリスト教との相違点であります。ただただ罪の意識をもって、日常を穏便にすませれば良いという一般キリスト教は、まことに情けない宗教であります。私たちは、個人が――つまり、あなた方が、向上心を持ち、自分の持てる才能と力を最大限に発揮し、個人の幸福と成功を摑み、そして神の意志を成就したいと願っているのであります」

柿沢の額から汗が噴き出していた。柿沢はおもむろにコップの水を飲んだ。集まっている若者たちは、宗教を求めているのではなく、少くとも自分を今以上に向上させたいと願っている。柿沢の話は、その根源的な欲求に刺激を与えるものだった。

「そこでまず、私たちは人類の歴史をしっかりと学ばなければなりません。その手掛りとなるのは、人類史の最も古い記録である旧約聖書であります。創世記の第一章を読めば分かるとおり、神は、空と地と海、昼と夜、そして動物たちを造られた後、この地上に、神のかたちに似た男と女を造られたのであります。そして、この人間と呼ばれる者に、地球の支配を委ねられたのです。ここで注意していただきたい。なぜ、男と女という二種類の人間を造ったか。これは、男女が結ばれ影響し合うことによって、新たな存在、つまり子孫を生み出すためであります。すでに、自我開発ビデオ・センターなどで学ばれたと思いますが、これが二極性理論の原典なんですね。地上のすべての物体及び非物体は、この二極の影響によってエネルギーを生み出しているわけです」

葉子は、大隅良江にくどいほど頭にたたき込まれた二極性の理論の根拠を知り、目からうろこが落ちたような気がした。

「人間が神の手によって登場したのは、さまざまな研究の結果、六千年前であることが分かりました」

若者たちの間にかすかなどよめきが起こった。そんなことを真剣に考えたこともなかったし、漠然とした進化論の教育しか受けたことがなかったからである。これだけ断定的に教えられるのは、誰にとっても初めてであったろう。

「そこで、きわめて重要な事実、一見偶然に思えますが、実は誠に必然的な現象が歴史に起こっているのです。有名なイギリスの歴史学者トインビー博士も、そのことを見抜きました。博士は、〈歴史は繰り返す〉と宣言しました。まさにそのとおりなのです」

トインビーの名は、葉子も知っていた。柿沢が次に何を言うのだろうと注目した。

「文明の最も繁栄する時期が、二千年ごとに繰り返されるという事実です。つまり、神が最初にお造りになったアダムとエバの時から二千年後に、古代文明が花開くのです。この時はアブラハムという英雄的人物が登場し、イスラエル民族の創始者となりました。さてこのイスラエル民族は、神から選ばれたいわゆる選民であるにもかかわらず、以後二千年間、あらゆる迫害を受け苦しい生活を続けました。そして、彼らを解放するために神がこの世に遣わされたのが、イエス・キリストなのです。しかし、どうした間違いか、イスラエル民族、すなわちユダヤ人たちは、キリストを十字架につけて殺害してしまいました。ここでも、現世天国を達成しようという神の意志は砕かれてしまいました。神は、悲しみ、打ちひしがれ、さらに二千年を待たねばなりません。皆さん、ここがポイントです。キリストから二千年とはいつのことです。そう、たった今、あと数年のことではありませんか。私たちは、神の意志を実現する時代に生きているのですよ。ここで失敗したら、また二千年を待たねばならないのです。私たちが、この時代に生きているのは偶然ではありません。私たちも、あなた方も、神から選ばれてこの時期に生まれてきたのです。必然なのです。多くの人々は、そんなことに気づかず、目先の小さな人生にとらわれて右往左往しています。ここにいる皆さんは、世の人々を目覚めさせ、正しい生き方を指導するよう運命づけられているのです。神に選ばれたということは、何という幸運、何という栄誉でしょう！」

柿沢の情熱的な語り口と、一貫性のある理屈に圧倒され、若者たちの顔は興奮で紅潮した。

柿沢はその後、アダムからノア、アブラハム、イサクそしてヤコブに至る歴史的な推移について、その年数やできごとの関連性をとうとうと述べたてた。他の若者たち同様、聖書を読みこんだ経験のない葉子には、柿沢の博学にすっかり魅了されてしまった。新鮮で重大な知識を得つつあるという実感に充たされ、黒板に書く柿沢のグラフや文字を必死に書きうつした。

昼食後は、朝焼け荘の裏にある小さなグラウンドに集合させられた。準備体操から始まり、サッカー・ゲームをやらされた。見知らぬ人々の集団だった若者たちは、さらに強固な同志意識を持つようになり、我を忘れてゲームに熱中した。葉子は、中学や高校時代の親しい仲間を思い出した。

だが、休みなしの二時間の運動は、睡眠不足だったほとんどの若者を、疲労の極致へ追いこんだ。足腰が思うように動かなくなったところで、若者たちは再び教室へ戻った。

男女七人の班長が、若者たちすべてに無署名の封筒を配った。配り終ったところで、柿沢が入ってきた。

「皆さん、その封を切ってください」

若者たちは、好奇心一杯で封筒を開いた。葉子は、中から出てきた便箋を開き、アッと息を呑んだ。手紙は、小川早苗からのものだった。

「葉子さん、あなたがこの研修に参加したのは偶然ではありません。神がわたしにそれを命じ、あなたの内なる善霊がそれに応えたのです。あなたは、これから素晴らしい人生を送り、立派な人物になることが約束されています。つらい修業の部分もありますが、どうぞ精一杯頑張って乗り越えてください。私はいつまでも、あなたの心の友であり、愛を持って応援したいと思っています」

小川早苗の笑顔が瞼に浮かんできた。葉子の下腹から胸に向かって、熱い火のようなものが突き上げてきた。

周囲を見ると、涙ぐんだり、声を出して泣いたりする者がいた。疲労が溜っているせいか、全員が極度に感情的になっていた。

柿沢が言った。

「今、新たな秘密を打ち明けねばなりません。皆さんがこの団体に近づく過程の中で、最初に声を掛けた人を忘れることはできませんね。実は、その場所が街頭であろうと、大学構内であろうと、それは偶然ではなかったのです。その人々は、あなたを救うように神に命じられた天使なのです。あなたの姿には、光の輪が宿っており、この天使たちには、近づくべき人々が誰であるか見えていたのです」

葉子は衝撃を受けた。そう言えば、小川早苗と接している時に、ある種の深い因縁のようなものを感じていた気がする。

「さて、この図を見てください」

柿沢は黒板に、大きな三角形を描き、その内部に二本の横線を入れた。三つのスペースができ、一番上に〈天国〉、真ん中に〈霊界〉、そして最底辺のスペースに〈地獄〉という文字を入れた。

「これが宇宙の構成図です。私たちは、この真ん中の〈霊界〉にいるわけです。霊界では〈純粋霊〉と、私たちのように肉体を持った〈人体霊〉という形があります。神の望まれているのは、この三角形全体を〈天国〉に造り変えることなんですねえ。しかし、これが六千年も経った今日、いまだ実現されていないわけです。なぜでしょう」

どんな問いを掛けられても、若者たちは、自ら考えようとする精気も根気も失っていた。疲労した頭脳は、ただただ柿沢の答を待つばかりだ。

「これは、不幸にも地獄から這い上がってくる悪霊の方が善霊よりも優勢だからなのです。ですから神は、六千年もの間、この悪霊との激烈な闘いを続けておられるのです。では、なぜ悪霊が存在するのか」

柿沢はグッと周囲を見渡した。葉子には答える術も知識もなかった。

「これを解く鍵は、やはり旧約聖書の中にあるのです」

柿沢は聖書をとり上げ、旧約の創世記第一章から第四章までをえんえんと読み上げた。葉子の耳には、その意味よりも、朗読の心地良い響きだけが伝わり、まるでお経を聞いているような感じがした。

「さて、この部分の解釈が問題なのです。神は最初に男性であるアダムを造られ、多くの木々を植えられました。しかし、その中の一本だけ、〈善悪知るの木〉の実だけは、決して食べてはならないと命じたわけです。その後、女であるエバが造られたのですが、何と蛇に化身した悪魔の天使にそそのかされ、エバはその実を食べてしまったのです。俗っぽいキリスト教では、この物語をまともに受けとり、この行為を原罪と称し、永遠に悔い改めよと説いております。しかし、私たちの科学的な究明によって驚くべき事実が発見されました。実は、エバが禁断の実を食べたと言うことは、エバがアダムの愛を裏切り、蛇と表現される悪の天使と情交を結んだのです。この発見が、我々の重要理論の一つ、〈人類堕落原則〉の根拠になっているわけです」

若者たちの表情にかすかな動揺が走った。何かおだやかではない事実を知らされているという感じを持った。窓の外ではすでに夕陽が沈み、黒い常緑樹の葉が風に揺れていた。

「その結果生まれたのが、カインとアベル兄弟であり、それは悪魔の血を引いた子孫でした。後に、比較的悪霊の血が薄い弟のアベルが、邪悪なカインに殺されるという悲劇が起こりました。お分かりでしょうか、私たちはすべて、アダムと悪魔の血で汚れたエバの子供たちの末裔《まつえい》なのです」

葉子は、自分の体にドス黒い血が流れているイメージを思い浮かべ、ぞっと身震いした。

「神は大変ご心配になり、イエス・キリストをメシヤとして地上に送りました。純粋な聖血を身にたたえたイエスに、女性たちと交わらせ、血を純化させようと試みられたのです」

椅子を蹴《け》るような音がし、誰かが荒々しく立ち上がる気配がした。

「デタラメもいい加減にしろよ！　宗教じゃないと言いながら、結局はインチキ宗教じゃないか！　進化論が間違ってるだの、エデンの園の蛇がどうしたの、挙句の果ては俺たちの血が汚れてるだのって、バカなこと言うな！」

叫んでいるのは、進化論ごっこを拒否したロングヘアーの青年だった。

座はいっぺんに恐慌状態に陥った。葉子も他の若者たちも、調和が破れたことに不愉快な気分になった。

「君は私の言うことを信じられないんですね」

柿沢が落ち着いた表情で言った。

「当たり前じゃないか。俺たちを騙そうたってそうはいかないよ！　白状しろよ、ペテン宗教の団体だって！」

柿沢の頰に、ゆったりとした微笑が浮かんだ。若者たちの方を向いた。

「皆さんはどう思います」

しばらく沈黙があった。

そのうち、若者の一人がヒステリックに叫んだ。

「帰れよ！　邪魔するな！」

「そうだ、帰れよ！」

もう一人が叫んだ。次の瞬間、一同の感情が一致した。

「帰れ！　帰れ！　帰れ！」

合唱になった。まるでデモ隊のシュプレヒコールのようだ。声は段々高くなり、ロングヘアーの青年は完全に孤立した。青年の顔が真っ赤になった。

「バカヤローッ！」

青年は大声で罵声を浴びせるや、あらっぽいしぐさで部屋を出て行った。

ほんの一瞬、葉子はその青年が正しいのではないかと疑った。自分が妙な場所にいるような気がしたのだ。しかし、その感じはすぐに打ち消された。青年が暗い山道をとぼとぼと降りてゆく姿が目に浮かんだ。自分にはそんなことはできないと思った。よく考えれば、戻ったところで何も解決されない。再び、中途半端な気分に戻り、無味乾燥な大学の授業に出ることになってしまう。ここまで来てしまった以上、もう少し先を知りたかった。辞めるなら、もっと後でも決心できるはずだ。今は少くとも、どんどん新しい知識が身につき、心は高揚している。

「皆さん、心を静めましょう。こうした活動をしていると、よく起こることなのです。あの青年自身は良い人間だと私は思いますよ。ただ、悪霊が心の九〇パーセントを支配してしまったのです。私たちの正義の闘いをつぶすために、悪霊はいつでも人の心に侵入しようと狙っているわけです。彼もいつか目覚め、きっと私たちの元へ戻ってくると信じています」

葉子は、少しも動揺を見せぬ柿沢の態度に感銘を受けた。やっぱりこの人は本物だと思った。大学教授には、こんな人格者はいない。

「さて、話を続けましょう。皆さんは驚かれると思いますが、神様の期待を背負って登場したイエスは、その使命を半分しか果たせなかったのです。それは、イエスが結婚し、聖血を女性に与える前に、十字架に掛けられたからです。もちろんイエスは、多くの神の教えを残しました。その意味では偉大な人物です。しかし、人類の血を清めるという意味では、メシヤとしては失敗者だったのです。これは残酷な事実です。イエスが成功者であれば、今日のように、世界中に悪がはびこっているわけがないのです。そして、イエスを殺したユダヤ人たちには、神の罰が下りました。彼らは祖国を失い、世界中をさまよう民になり果てました。ナチスの犠牲になり、六百万人のユダヤ人が命を失ったのも、現在のイスラエルでも依然として紛争の嵐に巻き込まれているのも、その因果関係なんですねえ」

若者たちにとって、これはかなりの説得力を持つ説明であった。

柿沢はその後、多くの歴史的事件を紹介し、神との因果関係と必然性について説明した。

葉子の柿沢に対する敬意は次第に高まっていった。

夕食後は、研修についての感想文を書かされた。できた順番に入浴を済ませ、全員が広間に招集された。

今回は、新しい聖歌を三つほど教えられた。歌詞を暗記できるまで、徹底的に歌わされた。

午後八時からは、再び教室での講義だった。すべてがあわただしく、一瞬ものんびりする時間がない。

教室の照明が変わっていた。講義を受ける若者たちの席は薄暗く、演壇に立つ柿沢だけに、上部からスポット・ライトが照射していた。

柿沢の姿は、今までになく厳粛で神聖に見えた。講義の内容は、〈イエス・キリストの生涯〉についてであった。

柿沢は、処女であったマリアが懐妊した理由について述べた。

「常識的に言っても、処女が単独で妊娠することはあり得ません。この謎については色々と俗説はありますが、真実は一つです。実は、イエス・キリストは、神とマリアの間にできたのではなく、不倫の子だったのです」

葉子は、強烈なショックを受けた。このような秘密を知っている柿沢は、ただ者ではないと思った。

人類の血を浄化するために、イエスがふさわしい女性と結ばれる機会がなかったことを、柿沢は心から残念だったと言った。

ユダの裏切りにより、イエスは逮捕された。大きな十字架を背負わされ、ゴルゴタの丘へ登りつつあるイエスの心情を、柿沢は情感たっぷりに語った。まるでプロの俳優のような語り口で、映画を見ているような臨場感があった。葉子は、まるで自分が十字架を背負っているような重苦しさを感じながら聴き入っていた。

柿沢の話は、さらに劇的なシーンに向かった。十字架が丘の頂上の岩に打ち立てられ、イエスは足台の上に乗せられた。

「使命を全《まっと》うしないまま死なねばならぬイエス、その時の無念、苦悩、悲しみの深さはどんなものだったでしょう……」

柿沢の両目から大粒の涙がこぼれ落ちた。上部のスポット・ライトを浴び、涙は真珠のようにキラキラと光った。多くの若者たちももらい泣きしていた。葉子も、ハンカチを取り出し、目頭を抑えた。

「イエスは両手を開かせられました。夕焼けが真紅に空を染めています。イエスは大空に向かって叫びました――神よ！　この者たちを許し給え！」

柿沢は、まるで自分がキリストであるかのように、両手を大きく開いて叫んだ。受講者の間から嗚咽《おえつ》が洩れた。葉子の隣席の椅子がガタガタと音を立てていた。見ると、同じ班の女性が、引きつけを起こしたかのように全身を震わせていた。昨夜、布団をかぶってすすり泣いていた女性だった。

柿沢が、悲劇性をさらに強調して叫んだ。

「手に、この手の平に、兵士によって太い鉄の釘が打ちつけられたのです。釘は皮膚を突き破り、肉を裂き、骨を砕いて十字架の角材に刺し込まれたのです。その激痛！　その苦しみ！　真っ赤な鮮血が、どっと手の平から噴き出し――」

突然、「ギャーッ！」という叫びが起こった。葉子の隣席の女性が、はじけるように飛び上がった。驚いた葉子が立ち上がると、女性は物凄い力で彼女を突き飛ばした。葉子は、後部座席の若者たちの間に、あお向けになったまま倒れ込んだ。座が騒然となった。

女性は意味の分からぬことを喚きながら、阿修羅のように暴れまくっている。三人の男性班長が飛びかかり、女性を押さえつけようとした。彼らは、机や椅子をなぎ倒し、若者たちをはじき飛ばしながら、一挙に窓際に崩れこんだ。女性の後頭部が窓ガラスにぶつかる。ガシャンという音と共に、ガラスの破片が乱れ飛んだ。窓枠についていたガラスの破片が、一人のブラザーの腕に突き刺さった。女性はますます荒れ狂った。長い髪が顔を覆い、頬から首にかけて血が流れていた。ブラザーたちも、返り血を浴びた。周囲の若者たちは、呆然として立ち尽くしている。

女性が班長の一人を突き飛ばした。首を振り上げた時、髪が上に舞い上がり、一瞬女性の顔が見えた。引きつった両眼が、白目だけのように見えた。凄絶な表情だった。

女性は、羽交い締めにしていたブラザーの手の甲に思い切り嚙みついた。ブラザーが、悲鳴をあげてのけぞる。

その隙に、女性は若者たちを突き飛ばしながら、部屋の出口へダッシュした。凄い剣幕で怒鳴るので、行手をさえぎる者はいなかった。あわてた他のブラザーたちが後を追った。廊下からも、異変に気づいた係員たちが駆けつけてきた。

女性は大声で叫びながら、階段を駆け上がって行った。数人の男たちが後を追った。

　若者たちは、廊下まで出てみたものの、何をなすべきか分からず、途方に暮れて立っている。

　二階で大きな音がした。何かが壊され、戸が外れたような音だ。

「飛び降りちまったぞーッ！」

　と誰かが叫んだ。

　それぞれに喚き合いながら、ブラザーたちがドヤドヤと階段を走り降りてきた。玄関へ向かい、次々と外へ飛び出して行った。

　数十秒後、周囲は急に静かになった。今までの喧騒が嘘のようだった。シスターたちが、掃除道具を持ってきて、手際よく教室に散らばったガラスの破片を片づけていた。割れた窓ガラスには、ボール紙が臨時に張られた。

　シスターたちは、全く動揺していなかった。手慣れた看護婦のように、五分間で教室を元に戻してしまった。

　こういうことに慣れているのかしら……葉子は、彼女たちの落ち着いた態度が信じられなかった。それにしても、あの女性に何が起きたのだろう。今、どうなったのか。二階から飛び降りて、命は大丈夫だったのだろうか。少くとも重傷は負っているはずだ。でも、あの女性は最初から変だった。挙動がおかしかった。

気がついて見ると、教室の照明は隅々まで明るくなっていた。

演壇には、笑顔の柿沢が平然と立っていた。彼が今まで、どこで何をしていたのか、誰にも分からなかった。

「さ、気を落ち着かせてください。彼女はもう大丈夫です。しかるべき病院に運ばれ、ていねいな扱いを受けることになるでしょう。さて、今起こったことを説明しましょう。こうした私たちの研修には、しばしば精神異常者が紛れ込んでいることがあります。つまり、百パーセント、心を悪霊に支配されてしまった人です。地獄の使者として、研修会を破壊するために来るのですが、神の威光に触れた途端、耐え難くなり、ああした狂乱状態に堕ちるわけなんです」

女性の錯乱状態は、まさに柿沢の言葉を裏づけるにふさわしいものだった。

「さて、話を続けましょう。こうしてイエスを十字架で殺害したのは、ユダヤ教徒であり、ピラトの兵士ではありますが、私たちもまた、彼らの汚れた血を受けついでいる存在なのです」

若者の一人が手を挙げた。

「ぼくたちの汚れた血を清める方法はないんですか？」

柿沢がニッコリと笑った。

「大変に良い質問です。実はあるのです」

若者たちは、いっせいに身を乗り出した。

「でも、そのお話は明日にしましょう。今夜は次のスケジュールが詰まっていますから」


午後十時から、個人面談が始まった。各班の班長の個室へ一人ずつ呼ばれ、二十分間の話し合いをするのである。

葉子は一番最初に呼ばれた。六畳部屋に班長がぽつんと坐っていた。童顔だったが、葉子よりは、二、三歳年上のように見えた。明るい素直な感じの青年である。右手には包帯が巻かれている。暴れた女性を止めた時に、窓ガラスで切ったようだ。

「大丈夫ですか」

対面の座布団に坐りながら、葉子から口を切った。

「ああ、これですか。何でもありませんよ、擦《す》り傷ですから」

「よかった……」

「どうですか、この研修。いろいろ驚かれたことが多いでしょう」

「ええ、でも大変勉強になりました。自分がいかに無知だったかを思い知りました」

「神の実在を信じられるようになりましたか」

「ええ……まだ確信はもてませんけど」

「そうですか……柿沢ブラザーがあなたをほめていましたよ」

「えっ」

「感想文です」

「もう読まれたんですか」

「もちろんです。あなたはズバ抜けていると言ってました」

葉子は、頰のあたりが熱くなるのを覚えた。柿沢が、特別な評価をしてくれたというのは感激である。

「そこでですね。柿沢ブラザーとしては、できるなら、あなたを幹部候補生にしたいと思っているようなんです。しかし、そのためには、あなたの個的な問題を完全にクリアーしなければならないわけです」

「個的な問題って言いますと」

「それが難しいんです。あなた自身が意識している問題もあるし、大切なことなのに自分が気がついていない場合もあるんです」

「じゃあ……」

「ご心配いりません。今夜は特別なゲストがお見えになっているんです。人の心の中や、過去、未来を見通す霊視力を備えた先生なんですよ」

「柿沢さんじゃなくて？」

「柿沢ブラザーは今回の講師です。いや、もっとずっと格上の方です。渡部光雄さん、ご存知でしょう。有名な代議士ね、あの人の秘書を長い間勤めてられた方ですよ」

葉子は胸がドキドキしてきた。柿沢講師でさえ素晴らしい人物だと思っていたのに、それより格上の存在とはいったいどんな人だろう。

「じゃ、今から案内します。先程ここへ到着されたばかりですが、あまり時間がないんですよ。本当の偶然で立ち寄られたんです」

班長は、葉子を一階に案内した。細長い合宿所の一番奥に、特別室のようなものがあった。

班長がドアをノックし、葉子を従え、丁重なしぐさで部屋へ入った。他の部屋に較べると数段高級な内装で、分厚い緑色の絨毯の上に革張りのソファーセットがあった。

黒いワンピースに真珠のネックレスをした中年女性が、ソファーの真ん中に坐ってこちらを見ていた。

「阿川礼子先生です」

班長が言った。葉子は深々とお辞儀をした。

「では先生、よろしくお願いします」

一礼をすると、班長は部屋を出て行った。

「お坐りなさい」

阿川礼子が、静かな声で命令した。

葉子は言われたとおりにした。

色白のきれいな人だと思った。だが、一重瞼の吊り上がった目は厳しく、瞳が全く動いていなかった。

「わたしは――」

葉子は自己紹介しようとしたが、阿川礼子が手を動かして制止した。葉子は、緊張したまま、相手を見つめた。しかし、十秒も視線を固定できなかった。阿川の瞳の奥から、光の矢のようなものが飛んできて、葉子の両眼に突きささった。

耐えきれなくなった葉子は、目を伏せた。

息詰るような静寂の時が流れた。

「中道葉子さん……」

突然、阿川礼子が名を呼んだ。

「はいっ」

葉子はびっくりして顔を上げた。

「あなたは昨年の秋、処女を失いました」

葉子は、自分の心臓が口から飛び出すのではないかと思った。足がガタガタと震え始めた。

「否定も肯定もしなくて結構です。事実なのですから」

阿川礼子は冷たい口調で言った。

「でも注意しましょう。相手は悪霊に支配された男性です。代々伝えられた汚染血液をその男の血によりさらに汚されています」

体全体の血が凍結してしまったような気がした。寒気が襲った。

「どう……したら……よいでしょう」

上下の歯がうまく嚙み合わず、カタカタと音を立てている。

「その男性の姿を心から完全に追い払うことです。そして、この団体の指示に従えば、救われます。あなたの未来には、大きな成功が見えます」

「あの……」

「それだけです。あなたに他の問題はありません。お引き取りください」

立ち上がった葉子は、夢遊病者のように歩き出した。足が動いているのかどうかさえ、自分では感じとれない。

面接の順番を待っているのだろうか——部屋の外では、別班の班長と若い男性が神妙な顔つきで立っていた。しかし、葉子には、彼らの姿に注意をはらう余裕はなかった。

恐怖が胸一杯に拡がってゆく。自分の血は既に悪魔に冒されている。まるで、免疫不全の病名を告げられたような気分だった。

いつの間にか、人気のない大広間に足を踏み入れていた。葉子は正坐し、床に額をこすりつけた。

「神様、どうか、お助けください、罪をお許しください……」

葉子は、心の中で叫ぶように祈り続けた。不安と恐怖が去るならば、朝まで祈っても良いと思った。

その葉子の後姿を、入口のドアに身を寄せて、じっと見守る人影があった。小川早苗だった。

頭の中は混乱していたが、それを上廻る睡眠不足と疲労が葉子を眠りに引きずり込んだ。

葉子は夢を見た。

アルゼンチンの浜辺に立ち、青い海を見ていた。打ち寄せる波の中から人影が現れた。黒い小さな姿がこちらへ走り寄ってくる。次第に輪郭がはっきりしてくる。彼だ！　彼は白い歯を見せて笑っている。葉子の胸がときめいた。彼は目の前までやってきた。額の汗が光り、目が輝いている。彼は、両手で力強く葉子の肩を抱いた。葉子が彼の顔を見つめた。急に周囲が暗くなった。墨色に染まった空に、稲妻が走った。彼の顔色が灰色に変色し始め、目鼻や口の形が歪みだした。葉子は息を呑んだ。現れたのは、奇怪な怪獣の面相だった。悪魔だ、と思った瞬間、葉子は悲鳴をあげた。

掛け布団を撥ねのけ、上半身を起こした。

夢だったと判断するのに数秒を必要とした。

周囲を見渡すと、他の三人の女性たちはぐっすりと寝込んでいた。葉子は額に手を当てた。真冬だというのに、べったりと脂汗が浮いている。正夢を見たのだと思った。全身に震えが来た。恐くなり、布団を頭からかぶった。まるで、昨夜暴れた女性と同じ状態ではないか。自分も精神に異常が生じたのだろうか。

朝までまんじりともできなかった。早く柿沢講師や班長の顔が見たかった。小川早苗は今頃何をしているのだろう。できたら飛んできて、話し相手になって欲しかった。

班長が起床を知らせにきた時はホッとした。

大広間で祈り、聖歌を歌っているうちに、心が比較的おだやかになっていった。

朝食の後は掃除をし、教室に向かった。班長たちの指導は相変わらずてきぱきしており、効率的だった。葉子は頭がぼんやりしており、体調もけだるかったが、必死に指示に従った。

教室で柿沢の姿を見た時は、自分が危機から脱出したような安心感を覚えた。

「さて今日は、易学、特にそのうちの手相、印相についての研究をしてみたいと思います。一般に行われている商売用の占いではありません。これは古代東洋哲学から由来した学問で、私たちの神の摂理に符合する部分です。前にも申し上げたとおり、私たちはキリスト教を中心に研究を続けておりますが、他のあらゆる宗教、哲学のエッセンスを無視するわけではありません。では、この道の専門研究者である大河原先生をご紹介しましょう」

柿沢の言葉尻に合わせて、ガラリと入口の戸が開いた。髪の薄い大柄な初老の男が入ってきた。眉が濃く、鼻の大きい威厳のある容貌で、グレーの縦縞のスーツを着ていた。

「大河原でございます」

野太い貫禄のある声だった。

大河原は、古代中国から発生した易の歴史について、とうとうと講釈を始めた。異常にゆっくりした口調だったが、説得力があった。孔子や孟子などのエピソードを交えながら、神の徴《しるし》がどう人間の外観や物体に形象化されるかについて説明した。葉子はもちろんのこと、ほとんどの若者が初めて耳にするジャンルの話だった。

「よろしいですか、あなた方の名前の字画、漢字の意味、手相、骨相、そして使用している印鑑、それらにはすべて意味があるのです。悪い方向に出ている名前、手相、そうしたものがある人は、その〈凶〉の部分を〈吉〉に転化するために、正しく彫られた印鑑と交換しなければなりません」

葉子は不安になった。自分が使用している印鑑は、故郷の秋田市の知り合いの文具店に注文して作ったものだった。自分が今置かれている不吉な立場を、その印が救ってくれるとはとうてい思えなかった。

「私の忠告で印鑑を作られた方々の中には、すでに百五人の国会議員がいらっしゃいます。その他にも――」

大河原は、有名スポーツ選手や芸能人、作家、文化人などの名を次々と例にあげた。その名が出るたびに、若者たちは驚きの声を上げたり、溜息をついたりした。

午後からは再びサッカー・ゲームだった。

葉子はもう走り廻れる状態ではなかった。足がふらつき、何度も気が遠くなった。なぜこんなことをさせるのかと腹が立った。しかし、笑顔で激励する班長たちの態度に接すると、文句を言う気力が萎《な》えてしまう。ゲーム中、班ごとに大河原に呼ばれ、易判断をしてもらう段取りになっていた。あちこちに転がるボールを、ふらふらと追いかけながら、大河原に呼ばれる瞬間が一刻でも早く来ることを祈った。そうすれば、少しでも体を休めることができる。

やっとその時が来た。

昨夜、阿川礼子と面接した部屋だった。

大河原は、葉子の顔をしばらく凝視し、それから右手首を摑んで手相を見た。強い握力だった。運命が握られてしまったような感覚だ。その後、白紙の上に自分の姓名を書かされた。

〈中道葉子〉と書かれたその紙を、じっと眺めていた大河原が言った。

「骨相も手相も素晴らしい。大いなる成功を達成する相です。あなたの印鑑を見せてください」

葉子は、部屋から持ってきたハンドバッグから印鑑を取り出した。印鑑を持ってくることは、研修参加の条件として指示されていた。

大河原はテーブルの上の大きな朱肉を使い、姓名の書いてある紙上に押印した。

「ああ、こりゃ駄目だ！　とんでもないものをあなたは使っている」

あまりの大声だったので、葉子は目を丸くして大河原を見た。

「いいですか、あなたの姓名の字画も漢字も素晴らしい。〈中道〉というのは、大いなる道の真ん中を一直線に進むという意味です。指導者にふさわしい姓だ。〈葉子〉もそれ自体は良い。〈子〉は女性を意味するから問題ない。しかし、〈葉〉は文字どおり葉っぱを意味します。大きな道の真ん中に、同じ大きさの葉が茂っていたのでは、行く先が見えなくなってしまう。あなたは、この地点で悪霊に捕まる危険があるんですよ。ですから、この〈葉〉の字は、〈中道〉よりも小型じゃなければいけない。道を通れるようにしてやる必要がある」

葉子はなるほどと感じ入った。大河原は、押印の横に、さらさらと新しい印のデザインを描いた。何と呼ぶのか分からぬが、中国の古い書体だった。

「あなたは、文化、科学、社会、すべての方角にバランス良く発展するタイプだから、印型は角でなく丸型がいいでしょう」

「どこで作れば良いのでしょう」

葉子がおずおずと聞いた。

大河原は地図つきの名刺をテーブルにすべらした。

「ここへお行きなさい。すべて心得ている専門店です。しかし、値段にはABCのランクがあります。その方の資金力に応じて、自然な値段で作ってくれます」

「おいくらなんでしょうか」

「いいですか、これが大切な点です。もし、お金持ちがケチッてCランクを注文すれば、神はその人の誠実さに疑問を感じ、戸惑われることでしょう。十万、二十万、四十万と三種類あります。勿論、印の土台の質は違います。あなたの場合は、決して貧しい環境ではないと骨相に表れています。ですから、Aランクの四十万円の品をお勧めしますよ」

無理をすれば払えない額ではないが、ちょっと高すぎるのではないかと戸惑った。

「Aランクは本物の象牙です。それに、文字の上部に、神のご加護を保証する小粒のダイヤがはめ込まれています。それは、あなたのその美しさをいつまでも維持するという意味もあるんですよ。是非、そうなさい。これさえ持っていれば、悪霊がつけ込む隙は完全になくなります」

葉子は昨夜の悪夢を思い出した。

「今、五万円ほどしか持っておりませんが」

「ああ、結構ですよ。帰りの費用も必要でしょうから、四万円だけ前払いしてください。残金は、一週間以内に指定の店へ届けてくだされば充分です」

葉子は、契約書を書かされ、前金を支払った。惜しいような気もしたが、悪霊に狙われるよりましだと考えた。


サッカーの後は、研修プログラムの最後の講義だった。

場所は教室ではなく、大広間だった。

葉子の意識は半ば朦朧としていたが、汚れた血をどう浄化するかを、柿沢の口から聞かねばならぬと必死だった。

柿沢の講義の前段は、〈運命＝努力＋α〉というテーマだった。野球の王選手と荒川コーチの出会い、エジソンの九九パーセントの努力と一パーセントのひらめき、など、さまざまなたとえ話が紹介された。それはそれで興味深かったが、葉子は究極の答を求めていた。

後半になって、やっと本筋に入ったかに思えた。

「さて、この二泊三日間の研修で、さまざまな分野のお話をして参りました。ここで、私たちの団体の理論が、大きく三つに分類されていることを理解してもらいたいと思います。第一は、人類創造原則論であります。ここで私たちは神の実在を確認し、人間が神によって創造され、その目的が現世天国の実現であることを学びました。そして第二は、人類堕落原則論であります。最初の人類の祖先である男女のうち、エバが間違いを犯したため、私たち子孫の血は汚されている。そのために、いまだに地上に悪霊がはびこっている。この苛酷な現実を私たちは認識しました。もちろん、皆さんが学んだのは、この大理論のほんの一部分でしかありません。そして第三に、万物返還原則という理論があるわけです。つまり、どうしたら私たちの汚染された血が浄化されるか。私たちが神のご意志を実現するために、何をすべきかという問題です。残念ながら、最も重要なこの項目について、今回は触れる時間がありませんでした。これを学ぶためには、皆さんは、もう一つ上の中級研修を受けなければなりません。皆さん自身が救われ、向上するには、なまやさしい道ではないのです。最初にやるべきことは、さらにこの団体の理論を学ぶこと、そして次に、神に奉仕する実践方法を体験すること、そして最後に、神はあなた方に完全なる祝福の儀式をお与えくださることになるのです」

葉子は全身から、力が抜けてゆくような気がした。真理への道はまだ遠く、今回だけで救われるわけではないのだ。

「しかしながら……」

柿沢ブラザーは、急にむせび出した。よく見ると、涙が頬を流れていた。

「私は今、感動しているのです！　この厳しい研修の時間を、皆さんはよく頑張った。そして、私たちと共に、天国の玄関まで歩いてくれた。皆さんは、自分の力で、神から選ばれた人であることを証明した。そして、これからも、私たちと一緒に真実の道を進んでゆこうと目を輝かせている。あなた方は素晴らしい若者だ。私はこの三日間、あなたたちと一緒にいられたことを、心から神に感謝します。神様ありがとう！　皆さんありがとう！」

感極まった柿沢の演説に、若者たちは感動し、再び涙を流した。そうでなくとも、累積した疲労と思考の混乱で、情緒が不安定になり、涙腺がゆるんでいた。

オルガンの前奏が鳴った。部屋の照明が次第に暗くなる。壁際に並んだ燭台《しょくだい》のろうそくに、班長たちが次々と火をともしてゆく。

若者たちが、一斉に聖歌を合唱し始めた。葉子も、泣きながら歌っていた。

歌の後半で、前方の戸が開き、列を組んだ一群の人々がゆっくりと行進してきた。人々は、胸の前に花束をかざしていた。人々は、若者たちと対面する形で合唱に加わった。

葉子は、その人々の姿を見ているうちに、アッと息を呑んだ。小川早苗がいたのだ。早苗は、笑顔で葉子の方を見ていた。葉子の胸は、形容しがたい感情で震撼した。

歌が終った。

柿沢が歌い上げるような調子で言った。

「研修の成功を祝うため、皆さんを神の道に導いた天使たちが駆けつけてくれました」

割れるような拍手が巻き起こった。祝福者たちは、参加者の群の中へ入り、自分が伝道した相手に近づいた。若者たちは、騒然となった。

小川早苗が近づいてくる。

葉子は立ち上がった。

早苗が花束を差し出して言った。

「おめでとう！　よく頑張ったわね！」

葉子はいきなり早苗に抱きついた。爆発的な情念が、腹の底から胸を突き抜け、頭の中を旋回した後、涙腺と喉を破壊した。葉子は張り裂けるような声で泣いた。こんな風に泣いたのは、幼児の時以来だろう。早苗も応えるように泣いた。会場全体が、涙と嗚咽と雄叫びの波にさらわれていた。

18

松本武志は、新宿支部へ脱会の報告を電話で済ませると、風呂に入った。しかし、好物の焼肉には手をつけず、そのまま二階の部屋に戻り布団にもぐり込んでしまった。

安吉夫婦が交互に部屋を覗きに行ったが、もの凄いいびきをかいていた。

起きてきたのは、翌日の昼過ぎだった。

よほど疲労が溜っていたのか、顔がむくみ瞼が腫れあがっていた。目の周囲が黒ずんでいるのは、安吉が何度もパンチを食らわしたからだ。安吉は、可哀そうなことをしたと後悔した。

時枝が話しかけても、武志は何も喋らなかった。

だが、昨夜の焼肉を温め直してやると、武志は欠食児童のようにむしゃぶりついた。

「うまいか」

安吉が訊いた。

「うん」

武志が素直にうなずいた。

「肉……あんまり食ってなかったのか」

「全然……」

安吉と時枝は顔を見合わせた。一体今まで、どんな生活を送っていたのだろうと訝《いぶか》った。

武志は、一心不乱に三人前の肉をパクつき、三度も飯のお替りを要求した。

安吉夫婦は、迷子になって戻ってきた愛犬を見守るような気分で、武志のがむしゃらな食事ぶりを眺めた。

〈もっと食え、どんどん食え、そして正気に戻るんだ〉

安吉は心の中で呟いていた。

食事が終ると、武志は両手を上げて大きな伸びをした。

「新聞見るか……それともテレビにするか」

安吉の言葉に、武志は一瞬ギョッとした表情になった。それから、ゆっくり首を横に振り、再びスタスタと二階へ上がって行った。

「しばらく構わないでおきましょうよ。気持ちの整理もあるんだろうから」

時枝の提案に、安吉は賛成した。

夕食前に、武志が階下へ降りてきた。

「支部に残してきた荷物、取りに行っていいかな」

武志は無表情で言った。

「駄目だ！　絶対そんなことはさせん！　そんなものは奴らにくれてやれ。欲しいものがあるなら、俺が何でも買ってやる。そんな場所にゃ、一歩も近づいちゃいかんぞ」

安吉はいきりたって喚いた。

武志の申し出は、安吉の神経を逆撫でした。

改心したと思っていたのに、武志がそんなことを言い出したので、安吉は再び疑い深くなった。どっちみち四、五日は仕事を休み、武志を監視するつもりでいた。この分じゃ、一週間は見張っていなくちゃならんと心に決めた。

ねばるかと思っていた武志は、意外にあっさりと引いた。夕飯を山盛り平らげると、また二階へ上がってしまった。


四日目は何ごともなく過ぎた。

しかし、安吉はまだ警戒心を解いてはいなかった。敬霊協会が、武志を奪回にくることを恐れていた。三十分置きぐらいに外に出て、周囲の気配を窺った。

そんな安吉の心配も知らず、武志は相変わらず部屋に籠《こも》りきりだった。時枝が時々様子を見に行くと、武志はぼんやり窓外を眺めていることが多いという。

「あんなに部屋に閉じこもっていては、精神的によくないわね」

時枝の言葉にも一理はあるが、安吉は現状の方がまだ安全だと考えていた。三度の食事も家族と一緒に取り、風呂にも気持ち良さそうに入るようになったが、まだ心が打ち解ける様子が見られなかったからだ。

前の武志とはどこか違う……安吉はそう思っていた。しかし、以前の武志がどうふるまっていたか、明確に思い出すことはできなかった。夕食の後、武志は珍しくテレビを見た。大阪の漫才師がドタバタとはね廻っていた。妹はケラケラと声を立てて笑っていたが、武志は軽蔑したような目で画面を見つめ、表情には反応を示さなかった。

家庭生活のサイクルに付き合うようになってきただけましだ、と安吉は思った。

翌日は大きな変化があった。

武志の態度がガラリと変わり、午前中から上機嫌だった。口数も増え、時々笑顔も見せた。その無邪気な顔つきを見た時、安吉は、これだ！　と思った。忘れていた昔の武志の表情だった。やっと戻った、と思った。

昼食後の茶をうまそうに飲み終ると、武志がポツリと言った。

「やっぱり……家っていいなあ……」

その言葉に、安吉は目頭が熱くなった。

「本当にそう思うか」

「ああ、僕は今までバカだったんだ」

安吉は武志の顔を見つめた。曇りのない純情な目だった。

「父さん、堤防を散歩しない？　久しぶりに多摩川が見たくなった」

武志の言葉は、安吉の心を揺さぶった。大学生になってからはともかく、幼児の頃から何百回、いや何千回、あの堤防を一緒に歩いたことだろう。

「よし、行こう！」

安吉は立ち上がった。

「風邪引くといけねえから、厚着しろよ」

「うん、ヤッケを着ていくよ」

もう、自然な親子の会話になっていた。

多摩川を渡る冬風はことのほか冷たい。春から秋にかけては、歩行者やスポーツに興ずる者、釣り人などでにぎわうが、さすがこの時期には人影が少い。堤防の上の車道を、ときおりトラックや営業用の運搬車が走るだけである。水の流れもわびしく、黄褐色の枯れ草に覆われた河原の風景が、広角写真のように拡がっている。

それでも、堤防の上を息子と歩く安吉の胸は熱かった。人生の素晴らしい一刻《ひととき》を、今自分は味わっているのだと思った。

グレーの乗用車が、静かに後方から近づいてきた。

安吉が気がつき、武志の肩を抱いて路肩に身を引いた。グレーの車は、ゆっくりと二人の横を通り過ぎてゆく。運転手が一人と、後部座席に二人の男が坐っている。後部座席の男の一人が、安吉たちを見ていた。

車は、二十メートルほど先で停まった。空席だったはずの助手席のドアが静かに開いた。

安吉はオヤ？　と思った。

その瞬間だった。横にいた武志が向き直り、両手で安吉を突き放した。不意を食らった安吉は、土手の斜面に足を踏み外した。転げ落ちるところを、片手がかろうじて枯れ草の根を摑んだ。顔を上げると、車の方へ走って行く武志の後姿が見えた。

「この野郎！」

叫ぶやいなや、安吉は必死で土手を駆け上がり武志を追った。

武志の動作が俊敏でないことは知っている。安吉は必死で走った。武志がもたもたと助手席にもぐり込んでいる。

安吉の目の前でドアが閉まった。車が動き出した。安吉はサイドミラーを摑んだ。そのまま車は走る。四、五メートル、安吉はミラーの根元を摑んだまま走った。車が停まる気配がないので、安吉は道路を蹴ってボンネットの上に、腹這いになった。年を取ってはいるものの、職人の身軽さが思い切った行動を可能にした。

運転手は若い男だったが、驚いてブレーキをかけた。後部座席の眼鏡の男が何か叫んだ。

車は再び走り出した。今度は、一挙にアクセルを踏んでいる。安吉は、左手でサイド・ミラーを、右手でワイパーを摑み、死にもの狂いでフロントガラスにへばりついた。

目と鼻の先に、武志の顔があった。武志は目を見開き、口を開いたまま凍りついたように動かない。

「馬鹿！　武志！　車を停めるんだ！」

安吉が大声で喚いた。

運転手は、突然走り方を変えた。ハンドルを左右に激しく切り始めたのだ。車は狭い堤防の道をジグザグ走行し、何度もタイヤが斜面に落ちそうになった。

安吉の下半身が、ボンネットの上を右へ左へと滑りながら移動する。手の平が血だらけになっていた。指が切り落とされるような激痛だ。

「武志！　手前《てめえ》、親を殺す気か！」

そう叫んだ時、車は一際《ひときわ》大きくふれた。

安吉の体が宙に浮いた。折れたワイパーの端を掴んだまま、安吉は激しくコンクリートに打ちつけられ、その反動で堤防の斜面を転がり落ちていった。

グレーの車は、気が狂ったようにスピードを上げ、遠景に見える大橋の方角へ走り去った。

19

「奥さん、すみませんが、もっとゆっくり説明してくれませんか」

牛島は、自由ヶ丘探偵社の事務所で、回転椅子をぐるりと腰で廻し、受話器を右の耳から左へ移しかえた。

デスクの上には、坂巻よねがいれてくれたインスタント・コーヒーの湯気が揺れている。口をつけようとした途端の電話だった。

何度も聞き直していくうちに、起こった事柄の全貌が明らかになってきた。牛島の顔から次第に血の気が引いてゆく。

「分かりました、奥さん。とりあえず病院へ向かいます」

電話を切ると、そばに坂巻よねが立っていた。やりとりを聞いていたのだろう、すべてを理解している顔つきだった。

「出掛けてくる」

牛島は立ち上がり、急いで椅子の背に掛けてあった上着を取り上げた。

「先生、コーヒーを飲んでからにしてくださいよ」

よねが言った。牛島がよねの顔を見た。落ち着け、と忠告しているのが分かった。

「そうだね」

牛島は坐り直し、コーヒー・カップを口に運んだ。まだ、充分に熱かった。一刻を争っても仕方がない。それより、自分の心を整理する必要があった。

すべてが終ったと思っていたのに、またふりだしに戻ってしまったのだ。当確報道で万歳した後、落選を知らされた立候補者のような気分だった。

また同じことをやらねばならないのだろうか。いや、今度はもっと厄介で時間が掛る可能性がある。収入も見こめないまま、続ける根性が自分にあるだろうか。

この仕事から手を引くには、どんな口実があるだろう。松本安吉は何と言うだろうか。

考えているうちに、胸がだんだん重苦しくなってきた。

時枝の話では、安吉の命に別状はないとのことだった。顎の骨が砕かれているので、二、三日の検査の後、手術することになるという。その他には手首の骨折と、全身打撲である。重傷には違いないが、脳には異常がないようだ。

牛島はこれ以上考えるのをやめにした。とにかくクライアントが重傷を負った。見舞いに行くのは筋である。

すべてはなりゆきに任せよう。


安吉が入院していたのは、多摩川園のそばにある救急指定の小規模な私立病院だった。

病室の前の廊下で時枝に会った。

「喋れるんですか」

「ええ、少しなら。でも麻酔が効いているんで頭はボーッとしているようなんです」

「警察は来ましたか」

「ええ、先ほど刑事さんが一人、一応はメモを取っていきましたが、主人は車種もナンバーも分からないんで困っているんです」

息子を再び奪われ、夫まで事故に巻き込まれるという二重悲劇の状況に置かれているのに、時枝は健気に振舞っている。自分が頑張る以外、方法がないことを覚悟している様子だった。

病室は二人部屋だった。今のうちは、これでも特別待遇なのだろう。カーテンで仕切られた片側のベッドに、顔も体も包帯だらけの安吉が横たわっていた。

牛島が近づくと、気配を感じたのか、安吉の目がうっすらと開いた。最初は瞳が動かず、焦点が定まらぬ視線だった。そのうちに、オッという小さな驚きが目の中に走った。

「何も言わないでいいですよ。ちょっと様子を見に来ただけですから」

牛島はささやき声で言った。

安吉は何か言いたげに、唇をぶるぶる震わせた。しかし、最初に出たのは言葉ではなく、涙だった。

目尻から頰に伝わってゆくそのしずくには、安吉のすべての思いが込められていた。

安吉の喉の奥から、しぼり出すような声が洩れてきた。

「牛島さん……すまん……わたしが悪かった……油断していた」

そう言った安吉は、ひとしきり苦しそうにむせた。

「そんなことありませんよ、計画的にやられりゃ誰だって太刀打ちできません」

牛島は慰めの言葉をかけながら、ふと、どうやって武志と連中が連絡を取り合ったのか疑問に思った。

「もう……武志のことはあきらめた……あんな奴は……どうなってもいい」

牛島は驚いて安吉の顔を見直した。

「だが、オレも男の端くれだ……こんな風にコケにされ……黙って引っ込むわけにゃいかねえ」

安吉の目は、厳しく天井を睨みつけていた。

「今まで言わなかったんですが……若い時は、極道の仲間にいましてね……ハンパじゃねえ暮しもしたことがあるんですよ」

言葉は静かだったが、安吉の表情には凄みが感じられた。牛島はなるほどと思った。今まで安吉に接していて、時々一般人とは思えない独特の男っぽさを感じたのは、そのためだったのかもしれない。

「牛島さん、お願いがある……敬霊協会の親分がどこの馬の骨で、どこいらに住んでいるか、調べてくださらんか」

「どうするんです」

「天井裏にね、一振り隠してあるんだ……それでね、この体が治ったら、奴を片づける……相討ちになっても本望だ」

牛島は安吉の目を見た。ギラギラと輝いている。一徹な安吉なら、本当にやりかねないと思った。

「松本さん、気持ちは分かりますが、相手は別にやくざじゃないんです。そんな風にはいきませんよ」

「やくざをバカにしちゃいけねえよ、あいつらはもっと下等だ……天誅《てんちゅう》を加えなきゃならねえ……」

安吉は覚悟を決めていた。もうテコでも引かないだろう。牛島が頼まれたのは、敬霊協会の会長の名と住所を調べることだけだ。そんなことはたやすい仕事だ。それだけで、この件とは手を切ることができる。だが、それでいいのか。

牛島が決意する番だった。

どう考えても、安吉のシナリオに従うべきではなかった。しかし、安吉の決意に対抗できなければ、自分は人間の屑になってしまうとも感じた。

最初に安吉に会った時から、牛島は自分の価値を試されるような運命だったのかもしれない。この件からは、逃げることができないのだ。

「分かりました。それはそれで調べます。でも、その前に、私に時間をください。もう一度、武志さんを奪回します。そして、二度と失敗しないように、いろいろ研究してみますよ」

安吉は返事をしなかった。じっと牛島を見る目は、やれるものならやってごらん、自分は自分で片をつける――そう突き放しているように思えた。

コケにされたのは安吉ばかりではない。数珠を買わされそうになったり、癌と宣告されたりと、自分も充分にからかわれたのだ。復讐する理由はたっぷりある。

牛島はこの瞬間、敬霊協会との闘いの意味は、松本一家のためではなく、自分自身のために変容したことを思い知った。

だが、どんな方法があるのか。

連中は、すでに武志をどこかへ隠してしまったに違いない。新宿支部を張っていても、もう手掛りは得られないだろう。

いろいろ考えた挙句、牛島は正面突破を決意した。文字で得た知識だけではなく、敵のすべての実態を知る必要があると思った。それには、こちらが乗り込んでゆき、相手がどう反応するかを知るのも一つの戦術だ。

牛島は渋谷で電車を降りると、タクシーを拾い、敬霊協会の本部を目指した。何だか、牛島の感情は高ぶっていた。安吉より一歩早く、殴り込みをかけるのだ。何だか、やくざ映画の主人公になったような気分だった。

協会本部は、青山通りの途中を右折した六メートル道路に面していた。黒い大理石張りの六階建て中型ビルで、玄関横の標示板には、本部の標札の他に〈九州—釜山海底道路建設財団〉〈世界情報学術会議事務所〉〈純血結婚推進本部〉等々と、奇妙な組織名のプレートがずらりと並んでいる。

牛島は、ガラスのドアを押して中へ入った。

オフィスには、防波堤のようなカウンターが横一列に配置され、来客ロビーと事務所が仕切られている。

〈何だ、まるで区役所じゃないか〉

牛島は心の中で呟きながら、一番右端の受付けに近づいた。

紺のVネックセーターを着た若い女が応対した。

「お約束でしょうか」

「いや」

「アポイントがない方は受付けられませんが」

「責任者に会いたいんだ。信者の親から頼まれてきた」

「どういうご用件でしょう」

「松本武志という若者を帰してもらいに来たんだ。つべこべ言わずに、誰か呼んでこいよ」

女の表情が一瞬引きつった。

「どうぞ、そちらへお掛けください」

女は、来客ロビーの一画にあるビニール張りの赤いソファーを指差し、席を立った。

ロビーの壁には、さまざまなイベントや講演会のポスターが張られていた。展示用書棚もあり、協会が発行しているらしい雑誌、新聞、チラシなどが並んでいる。

牛島は、雑誌の一冊を取り上げ、赤いソファーに腰を下ろした。カラーの表紙は、教祖らしい禿頭の人物が演説をしている写真だった。〈運命の鐘〉というのが雑誌のタイトルだった。

頁をめくると、教祖の最近の演説記録が冒頭に載っていた。舞台は韓国、聴衆は聖地詣《もう》でにきた日本人信者たちだ。

妙な一節が目に止まった。

『……肉体においては男子は肩幅が広いのです。これは、天を意味するですね。女はその代りお尻が大きい。これは地を意味するよ。つまり、男が上、女が下になるためですね。ものには、プラスとマイナスがあり、プラスの方が優れている。だから男の方は偉い。男には出張った部分があるでしょ。女は引っ込んでいる。何言ってるか、分かるね。二つのものが一緒になって一つになり、パイプを通じて新しいものが生まれる。これ、地球の原則よ、分かるね……』

牛島はびっくりした。何だ、この男は！　信者を前に、堂々とワイ談をやっているのか。

「お待たせしました、こちら様ですか」

頭の上で低いだみ声がしたので、牛島は顔を上げた。

坊主頭の大きな男が立っていた。

「私、教育局長の赤松と言います。お客様は」

と言いながら、牛島の対面に坐った。

「佐藤正雄」

慣れた偽名を使った。

「名刺いただけますか」

赤松が上眼遣いで言った。大学のラグビー部長みたいな荒っぽい顔だ。冬だと言うのに、前頭部に汗が浮き出ている。

「持たんことにしているんです。情報関係の仕事をしてる者です」

「情報関係と言いますと」

「そんなことどうだっていいでしょう。松本武志はどこにいるんです」

赤松は大きな溜息を吐いた。ズボンのポケットからハンカチを取り出し、光った額を一撫でした。

「困るんですよねえ、時々そういう方が見えられて……今、女の子に言われて、一生懸命名簿を調べたんですが、全く見当たらないんですよ」

「冗談言っちゃいけない。新宿支部から調布の原則研に移って、私が一度は捕まえたんですからね」

赤松の眉が動いた。

「ほう、それが本当なら誘拐罪になりますな」

「そりゃこっちが言う台詞だよ。いい加減にしなさいよ」

「ですから、そんな人は知らないと――」

「とは言わせませんよ。あんた方が車で拉致《らち》したんだ。親は止めようとして重傷を負ったんだ」

「お帰りください」

と、赤松は立ち上がった。

「ふざけるんじゃない。創命倶楽部のインチキも、天精病院のカラクリも、こっちは充分調査してるんだ。子供を帰さないってんなら、大々的に発表することになる。分かってるのか！」

いつの間にか、Yシャツ姿の数人の若い男が牛島を囲んでいた。

「よけいなことをすると、あんたが危ない目に会うだけだ。さっさと帰るんだな」

赤松は居直るように言った。

「この野郎！」

と、牛島が前へ出たところで、Yシャツ姿の男たちがおどりかかった。四人がかりだったので、身動きが取れない。膝蹴りを使えば包囲網を崩すことはできたが、この場で乱闘するのは意味がなかった。

牛島は、引きずられるように玄関の方角へ運ばれた。

「いいか、覚悟しとけ！　傷害罪で告発してやるからな！」

牛島は大声で怒鳴った。

事務所の連中は総立ちになり、牛島がドアの外へ放り出されるのを見ていた。

20

敬霊協会・埼玉県支部は、大宮市の郊外にある。建物は、倒産した幼稚園をそのまま借りていた。古い木造家屋だが、部屋数が多いので、一部を祈禱や集会のために、他の部分を事務所や合宿所に使っている。

今夜は、どの部屋にも灯りがともっていた。

広い庭の片隅には、一本の梅の古木が満開の白い花を咲かせ、闇の中からぼんやりと浮き出ている。

その花の真下に、一台のグレーの車が停まっていた。

「状況は厳しいようですね」

事務室に入ってきた長峰国彦が、五十代半ばと思える埼玉支部長に言った。

「埼玉県全体で、上級を終えた者が、半年でやっと六十名ですからねえ。最近は若い者が増えないので困りますが、中年の婦人はぼちぼち入るようになりました。今日も、三分の一ぐらいは女の人です」

「単身赴任の夫を持つ家庭婦人ですか」

「それが一番多いのですが、夫婦仲が悪いとか、子供のことでノイローゼになったような女《ひと》も結構いますよ。今後は、会員減少に歯止めをかけるために、そちらに重点を置くべきかもしれませんな。連中は若い者と違って、かなり金の都合もつきますし」

「なるほど。しかし、家から離れて活動できないという弱点もありますからね」

「それは、そうです。ま、全世代にわたって働きかけるということでしょう」

支部長は、論争を激化させないようにと妥協した。

長峰は、心から会員減少傾向を心配していた。八王子の朝焼け荘で最近行った初級研修会では、三十名の初心者が参加したにも拘らず、次の中級研修会へ進みそうな若者は、三分の一ぐらいになりそうだという報告を受けている。最悪の予想では八名になるかもしれない。ほとんど全員が、最終過程まで進んだ昔の状況が夢のように思える。

長峰は、これまで使ってきた〈解改回《かいかいかい》〉教育プログラムを再検討すべきかどうか迷っていた。解改回とは、解体→改造→回転という三過程の信者製造マニュアルである。まず普通の学生や若者を捉え、それまでの価値観、人生観、社会通念などを否定し、既成の人格を解体する。ビデオ・センターから初級研修の期間がそれに当たる。

次は、中級、上級の研修で教義をたたき込み、人格改造を行う。新しい信仰人間ができたところで、休む間もなく仕事を与えて回転させる。この特級研修段階で、完全に服従型の信者を造り上げるのである。

一時は、嘘のように効果的だったこの方法が、最近の若者にはうまく作用しなくなっている。おまけに、脱会者も増え始めていた。脱会阻止にも力を入れなければならない。

「大河原先生もお着きになりましたし、そろそろお時間ですが」

シープの若い女性が報告にきた。

幼稚園の元遊戯室はかなり広い。石油ストーブが一個焚《た》かれているだけだったが、床に正坐した六十名のシープたちの人いきれで熱いほどに感じられた。

先ず支部長が演壇に立った。

「えー、皆さん、よくお集まりくださいました。埼玉は良く頑張っていると、本部の上岡会長からお褒めの電報までいただきました」

シープたちが無邪気に拍手をした。

「さて、今日から一週間、数珠販売活動のための特別研修会を開くわけですが、その前に、東京新宿支部のシニア・リーダーである長峰国彦氏から重大なお話があります。長峰氏は東京大学の出身で、将来本部の幹部に昇進を約束されている方でございます」

再び拍手が起こった。

長峰が、神経質そうに眼鏡の縁を触りながら、壇上に上がった。

「長峰でございます。ご挨拶は省略させていただき、本論に入らせてもらいます。誠に残念なことですが、最近あちこちの支部で、若いシープが脱会するという事件が目立つようになっております。これはシープたちが悪いのではなく、当協会に敵対する悪魔たちの罠にはまるからであります」

緊張感が会場にみなぎり、咳払いする者さえいない。

「彼らの手口は、活動中の皆さんを待伏せし、突然数人で襲いかかり、車に連れ込んで否応なく連れ去るというものです。その後シープは、個室に監禁され、監視つきになります。毎日、さまざまな人間が訪れ、共産主義者たちが書いた書物、つまり、当協会をデマによってつぶそうと意図された文献などをつきつけ、脱会を迫るわけです。これを長期間やられますと、いかに意志の強いシープでも、最後は疲労の極地に達し、彼らの膝元に屈するという結果になります」

話を聞くシープたちの目には、一様に恐怖の兆しが浮かんでいた。

「しかし、しかしですよ。皆さんがしっかりと神を信じ、指示された事柄を実行すれば、助かる道はあるのです。松本君、ここへ来なさい」

長峰は、最前列に坐っていた松本武志を手で招いた。武志はスックと立ち上がり、壇上に上がって長峰の横に並んだ。

「君の体験を話しなさい」

長峰が命じた。

「はいっ。ぼくは松本武志と申します。五日前に、調布市で選挙運動用のビラを撒《ま》いていました。そしたら突然、見知らぬ男に追いかけられました。逃げたら、父親にはさみ打ちされたのです。暴れて逃げようとしたら、その男に空手でやられました」

溜息とも恐怖ともとれる声が、会場に流れた。

「そのまま車で家まで連れてゆかれ、部屋に押し込まれたのです。ぼくは断食をし、一言も口を利かずに抵抗しました。次の日は、変な雑誌のコピーをたくさん部屋に入れてきましたが、騙されるものかと頑張り、破り捨てました」

まばらな拍手が起こった。

「しかし、いつまでもこんなことをしていても駄目だとあせりました。論争して説得してやろうかと思いましたが、見知らぬ男は共産主義者の疑いもあったし、私の両親は、私に似ないで、理屈が分かるほど頭が良くないんです」

シープたちの間で笑い声が生じた。なかには、けたたましい声を出す中年女性もいた。明るい反応が出たので、武志はすっかり気を良くした。

「そこで私は、親を騙すことにしました。すっかり降参したふりをして、支部へ脱会届けの電話をしたんです」

「そこで君は何と言いましたか？」

長峰が、突然話に割り込んだ。

「もう決して戻りません、と言いました」

「皆さん、お分かりですか？　新宿支部では、この〈決して〉という言葉を、〈助けに来てくれ〉という暗号として決めていたのです」

長峰の説明に、感嘆の声が湧き起こった。

「皆さんに、神を捨てない気持ちが残っている限り、私たちは決して皆さんを見捨てません。さて、それからどうしたの、松本君」

「はいっ。親を信用させるため、できるだけ昔の私に戻ったように振舞いました。そして時々、二階の窓から通りを眺めました。二日後に、シニア・ブラザーが何気ない素振りで家の前を歩いているのを見つけ、やったと思いました。準備が整ったという合図だったからです」

「私たちは、六人掛りで救出作戦を展開しました。目立たぬ所に見張りを待機させ、松本君の動きを無線で連絡し合ったのです。私は他の二人と車で待機し、チャンスを待ちました。松本君と父親が堤防を散歩し始めたので、この時とばかり二人のそばに車を寄せたのです。絶妙のタイミングで、松本君は父親を押しのけ、車に乗り込みました。その後、何が起きましたか」

「はいっ。信じられないことですが、父が走る車のボンネットに飛び乗ったのです」

「その時、どう思いました」

「父の顔が、フロントガラスにひっついているんです。物凄い形相《ぎょうそう》でした。いえ、それは父ではなく、本物の悪魔の顔でした。悪霊がついていることは知っていましたが、この時ほど正体をはっきり見たのは初めてでした。悪魔がふり落とされ、目の前の景色が見えた時、僕はとっても幸運だと思いました。僕の父は唯一人、聖なるお父様だけだと確信できたからです」

万雷の拍手が湧き起こった。武志がお辞儀をし、壇上から降りるまで続いた。

「皆さん！」

長峰が一段と声を張り上げた。

「共産主義者や悪魔共は、私たちの現世天国建設を阻止するため、虎視眈々《こしたんたん》と隙を狙っています。松本君の場合は、応援していた男がいい加減な人間だったので、私たちはまんまと成功しました。しかし、現在では、シープを誘拐し洗脳するためのプロ集団がかなり登場しています。彼らは、金儲けのために動く犯罪集団です。特に、洗脳牧師と呼ばれる者が全国に二百人もおり、悪知恵を駆使してこれらの集団に加担しております。一度彼らに捕まると、真っ暗な小屋に閉じ込められ、洗脳が完了するまで外へは出してもらえません。そのため、精神病になってしまうシープも出るくらいです。日頃から対策を検討し、悪魔の罠にはまらぬよう、充分に気をつけていただきたい。聖なるお父様は、常に皆さんと共にあり、救いの手を差し伸べてくださいます。皆さんの上に、祝福がありますように」

長峰はていねいに頭を下げた。

再び激しい拍手が会場を渦巻いた。長峰は聴衆に笑顔を見せ、アメリカ大統領みたいに手を振りながら退場した。

支部長が拍手で見送りながら、演壇の端に現れた。

「大変貴重なお話でした。では、いよいよ研修を始めましょう。手相学の権威である大河原先生を講師としてお迎えしました」

眉が濃く、大きな鼻の大河原が、悠然と演壇に上がってきた。

21

仕事が溜っていた。

渋谷のラブ・ホテルで証拠を摑んだ不倫調査の報告書も書かねばならなかったし、契約している弁護士からきた二件の調査依頼書にも目を通さねばならない。

普段ならさっさと事務的に処理するのだが、今日に限って作業がはかどらない。書類に目を移しているうちに、いつの間にか松本安吉と武志の顔が浮かんできてしまう。そのうち昨日訪れた敬霊協会本部の赤松教育局長の坊主面《づら》が蘇ってきて、急に頭に血が上ってくる。一発見舞ってやるべきだったと悔やまれてならない。

しかし、安吉に武志奪回を宣言し、赤松に挑戦状をたたきつけたものの、具体的にどう動くべきか、まだアイデアは浮かんでこない。

カウンターの坂巻よねから電話が廻ってきた。

「よう俺だよ、元気にしてるかい？」

聞き慣れた声だった。牛島が以前勤めていた総会屋系の事務所の先輩格の男からだった。事務所は潰れてしまったので、今は何をしているのか分からない。直情的な性格の持ち主だが、面倒見の良い男だった。牛島はむしろ可愛がられた口だった。

「ちょっとお前に話がある。すぐ行くから外へ出ずに待っててくれ」

男は、一方的に言って電話を切った。牛島は、電話が切れてから、その男の名が〈吉田〉であることを思い出した。

二十分後、その吉田が探偵社に現れた。

浅黒い顔、リーゼントの横髪に、ポマードをべったり塗っている。黒いブレザーに、グレーのフラノ・ズボンをはいていた。昔の日活映画の悪役みたいに見える。

縁なし眼鏡をかけた若い男が一緒だった。教員タイプの真面目そうな青年だった。

「谷山稲穂代議士、ほら広島の。その秘書だよ、この人」

吉田は煙草の火をつけながら、せっかちな口調で説明した。

谷山代議士の名は牛島も知っていた。タカ派で有名な議員だ。

「それでな、お前に頼みがあるんだよ」

鼻から煙を出しながら、吉田が言った。

「何ですか、改まって」

「お前、変なことやってるらしいが、手を引いてくれないか」

「変なこと？」

「その何やら宗教の件だよ」

「ああ、敬霊協会のことですか」

「そう、それだよ」

「でも、どうして」

「つまり、この秘書さんの先生、谷山さんがだな、その協会に世話になってるわけだ」

「どんな？」

「手っ取り早く言やあ、選挙なんかをそこの信者に全面的に手伝ってもらったり、政治資金をもらったりといろいろあるさ。で、お前にバタバタ騒がねえで欲しいと協会から頼まれたって言うんだ。俺としても、谷山さんとはちょっとしたつながりがあってな、それでこうして来てるんだよ」

「なるほど」

牛島は、昨日の殴り込みが、こんな形の反応となって現れたことに驚いた。偽名を名乗ったのに、あっさり見破られてしまった。尾行されたか、松本武志に名刺を渡したせいだろう。それにしても手廻しがいい。

「どうだ、多少の金は用意するって言ってるから呑んでくれるな」

「吉田さん、あなたにはずいぶんお世話になった。大抵のことなら従いますが、これだけは勘弁してください」

谷山の秘書が、びっくりしたような顔で吉田の顔を見た。

「おい、おい、変に突っ張るなよ。相手は結構デカイぞ。お前なんかに太刀打ちできない」

「分かってます」

「分かってないよ。この協会は荒っぽい連中も抱えてるんだ。〈滅共戦線〉って知ってるだろ」

滅共戦線は、反共ゴリゴリの組織で、敬霊協会の政治活動部隊である。

「俺はお前の身を思って言ってるんだぞ。商売で来たんじゃないんだよ」

「分かってます。でも、この件だけは引くわけにはいきません」

秘書の表情が硬直した。おかしな男だ。さっきから一言も口をきかない。

吉田は溜息をついた。そして抑えた低音で言った。

「お前、俺の顔を潰す気か……」

「そういう積りはないですよ。でも、これには男の意地がかかってるんです」

「いつから、そんなたいそうな口利くようになった」

吉田は煙草の火を灰皿で揉み消し、正面から牛島を見すえた。

「すみません」

牛島は静かに頭を下げた。

「もう一度聞く……絶対駄目か」

「駄目です」

しばらく牛島を見ていた吉田が、荒っぽい動作で立ち上がった。

「ようし、分かった。俺はこの件から手を引く。だが、何があっても知らんぞ。俺には関係ないから恨むなよ」

言い終ると、大股で出口の方へ歩いていった。秘書もあわてた様子で、挨拶もせずに吉田の後を追いかけていった。こいつも信者かも知れない、と牛島は思った。

「どうした風の吹きまわし？　それとも、頭でもおかしくなったの」

理恵がキラキラ目を光らせて聞いた。

「おかしくなりつつあるんだよ」

牛島は苦笑いしながら、ワイン・グラスを掲げた。

自由ヶ丘の街には、銀座、赤坂顔負けの高級ブティックやレストランが集まっている一画がある。

理恵がびっくりするのも無理はない。

牛島が、その中の飛びっきり上等なフランス料理屋へ誘ったのだ。

牛島と理恵が一緒に食事をするのは珍しいことではない。しかし、どこの餃子《ギョーザ》がうまいとか、茶そばの店がオープンした、といったレベルでの食事である。

牛島自身、フランス料理を食べるなどということは、一生に十回あるかどうか分からない。特別なグルメ志向でもないし、そういう場所に出入りするのが、生活内容を豊かにするとも思えないからだ。それに、正直なところ、どういったって高すぎる。

今日も、あらかじめ店に電話して、フルコースが一人分、一万二千円だと確かめてから決意したのだ。これなら、ワインや税金込みで一万五千円で済む。銀座の半分ぐらいだろう。

これで理恵が喜んでくれれば、たまの出費も価値がある。

料理の値段は半分だが、店の名前も雰囲気も銀座には負けていない。

漆喰《しっくい》の塗り跡を残した白壁には、三点ほど本物らしい藤田嗣治の猫の絵が掛っている。

「素敵ね、そうよ、たまにはこういうとこ来ましょうよ」

理恵は、予想していた以上の反応を示した。そうか、女はやはりこういう所が好きなのか——牛島は妙に感心した。

「でも、何か下心がありそうね」

理恵が牛島の目を覗き込んだ。

「バレたか。先に見破られちゃ言いにくくなる」

「何よ。言ってよ。ノーって言わないから」

「ノーと言わない女か、小説のタイトルみたいだな」

「じらさないでよ」

「じゃ言ってしまおう。車持ってたよね、古いカローラ」

「古い、だけはよけいよ」

「二週間ほど貸してくれないかな」

「どうするの」

「旅に出るんだ」

「えっ」

牛島は旅の内容を説明した。一日二万円のレンタカーは、二週で二十八万円掛るから、フランス料理で取引きするのだ、とまでは言わなかった。

興味深げに旅の内容を聞いていた理恵は、ちょっと考えてから言った。

「いいわ、特に遠出の計画もないし、普段もあまり使わないから」

「ありがとう、助かったよ」

「それより、ビッグ・ニュースがあるの」

「何だい」

「那須に別荘を買ったの」

「えっ」

「友達がバブルの時、山小屋風の素敵なセカンド・ハウスを買ったの。でも、今は会社が駄目になって、三分の一でいいから買って欲しいっていうの」

「いくらで買ったんだい」

「二千万、安いでしょ」

牛島はショックを受けた。そんな金を持っている女には見えなかったからだ。

「金持ちなんだなァ……」

牛島は呆気に取られたように言った。

「それほどじゃないわ。男には何度も裏切られたけど、貢《みつ》いだことはないのよ。逆に別れるたびに、きちんとお金をいただきましたから、そこそこには」

理恵が歯を見せて笑った。

「恐ろしい女だなあ……でも、俺と別れても一銭にもならんから用心した方がいいよ。持ってってもらうものといったら、よねさんぐらいしかないから」

「アハハハハ……」

理恵は、爆発したみたいに笑い出した。身をよじらせて苦しがるほどウケていた。

「あなたって面白い……今まで聞いたことがないような冗談を思いつく人ね」

「そうかな」

理恵が真面目な表情に戻った。ルビーのリングをした指が伸びてきて、牛島の手の甲に触った。

「ねえ、近いうち、その別荘へ二人で行かない？　自然が素晴らしいのよ」

「俺もノーを言わない男だよ」

理恵がまた笑った。

ランプのやわらかい光を受けて、笑顔がきれいだった。

食事が終ったら、テンダリーに一緒に行き、酔いつぶれるまで飲んでやろうと思った。

22

二日研修から帰った夜、中道葉子は心身共に疲労困憊《こんぱい》していた。

マンションのドアを開けると、電話が鳴っていた。

「どうしたの、昨夜も今朝も電話したけどいなかったじゃないの」

秋田の母からだった。いつになく語調がきつい。

「ごめんなさーい、コンパに出て遅くなったのよ。お友だちの家に泊めてもらったのよ」

「本当なの」

「本当よ、何考えてるの」

「じゃ、いいけど、変なことしないでよ」

「お母さんが私を一番ご存知でしょ」

「そりゃそうだけど……」

母は安心したようだった。眠くて倒れそうだったが、努めて明るく装い、しばらく世間話をして電話を切った。

自我開発ビデオ・センターに行ったことや、研修に出たことを、友人や身内に話すことは厳しく禁じられていた。はっきりと決意ができないうちに外部に洩れると、悪霊が妨害に入るからだと警告された。

次の日、大学へ行って驚いた。

教室全体が、まるで墓場のような雰囲気なのだ。教授も学生も、死人のように見えた。教授はただ口をパクパク動かし、法律用語を記号でも読み上げるように喋っている。無意味な音だけが発せられているように思えた。

学生はと言えば、これもまた、死者の団体のように黙りこくり、ただ機械のように記号をノートに写し取っている。以前感じた空しさとは異質のものだった。

小川早苗に会う前は、いつも彼のことが頭に浮かんできて、授業に身が入らなかっただけである。でも今は、彼のイメージは葉子の心に何の動揺ももたらさない。遠い昔に、小石を踏んづけたぐらいの記憶になっていた。

葉子は戸惑った。周囲が変化してしまったのか、それとも自分が別人になってしまったのか——？

それにしても、この恐るべき無機的な状況はどうしたことだろう。葉子は、二泊三日の研修期間を思い出した。人々の快活で生気溢れる表情、講師の説得力ある理論と情熱、そして、高揚していた自分の気持ち——あの時間には生命のようなものが流れていた。辛いこともあったが、与えられた課題や対象に向かい、自分は全集中力を注いでいたような気がする。

この違和感は、外へ出ても同じだった。街を歩いても、バスや電車に乗っても、風景が妙にそらぞらしく思える。自分だけがカラー映像で、周囲は古ぼけたモノクロ映画のように色褪《いろあ》せて見えた。

悪霊が、自分以外のものを蝕《むしば》んでしまっている——そう思った。

自宅へ戻っても、気が落ち着かない。窓辺に立って、黄昏《たそがれ》の街を見下ろした。大勢の人々が、真理から遮断され、無意味な暮しを営んでいる……。

葉子は、突然絨毯の上にひざまずき、手を合わせて祈ってみた。彼を悪霊の使者だと気づかせてくれたこと、そのために彼のイメージが心に侵入してこなくなったこと、小川早苗に出会ったこと、真理と神の存在に気づかせてくれたこと——それらの事実に対し、感謝の言葉を並べたて、自分を正しく導いてくれるよう願いをこめた。

祈り終ると、心がゆったりと落ち着き、すがすがしい気分になった。

「魔法みたい」

葉子は声に出して独り言を言った。

午後十時半、小川早苗が訪ねてきた。いつもの質素な身なりだが、あいかわらずやさしい微笑を浮かべている。

葉子は、飛びつきたいほど嬉しかった。

葉子は、今日一日感じたことを興奮気味に喋りまくった。早苗は、幼児の自慢話を聞く保育師のような表情で、目を丸くしたり、笑ったり、タイミングのよい相槌を打った。

「やっぱりあなたは特別だわ、並以上の感受性と、真理追究の欲求が強いのね。柿沢ブラザーが絶賛したのは分かるわ」

早苗は感動したように言った。

「本当に？」

柿沢の葉子に対する二度目の評価を聞き、胸がときめいた。

「そこでね、実は柿沢ブラザーの指示でここへ来たの」

「どんな？」

葉子の胸は期待で膨らんだ。

「明日からね、エリート育成の中級研修会が始まるの。普通はテストをパスして中級へ進むんだけど、能力のある人はスキップしてもいいのよ。　特待生として、あなたは他の優秀な若手と共に選ばれたのよ」

中級研修会は、二週間にわたって行われた。会費は十五万円、場所は京王線の駅から近いマンション風の建物である。

玄関には、〈新宿支部〉〈野バラの会〉という二つの看板が出ていた。この団体が、スケールの点からも、〈野バラの会〉とは別の名称があると感じていた。早苗にそのことを聞いたことがあるが、

「そのうち、きちんと教えてもらえるわ。すべてあなたの努力次第よ」

とかわされてしまった。

今回の受講は、三日間研修コースとはスタイルが異なっていた。講義は夜の七時から十二時までの五時間だった。土日は、朝の八時から十四時間拘束という強行軍である。

大学生は学校へ、勤めているものは会社へ行き、帰宅せずにここへ通うことになる。

選ばれて受講するのは十二人の若者だった。これはキリストの十二使徒にちなんだ

人選であると説明された。十畳ぐらいの狭い教室に、ギッシリと詰め込まれた。

目と鼻の先に講師がいるという感じだった。

講師は、亀井ブラザーという男だった。柿沢ブラザーよりはやや年上に見え、背は低いが貫禄があった。中学校の学年主任といったタイプで、四角い顔の中で、切れ長の目がいつも笑っている。

最初の数日は、日常の道徳的生活について系統的に話した。

「私たちには、人類の先祖の失敗による堕落の血が流れています。それは、皆さんの努力次第で最終的には清められます。だが、その資格を得る前に、日常生活では善行を重ねなくてはなりません。そうすることによって、あなた方の血の中へ、悪霊が入り込む隙を与えないのです。毎日、一つでも多く善なる行為を行う必要があります」

葉子は今まで、そんなことを意識して暮したことはなかった。たまたま他人に親切にしたことはあっても、あくまで偶然である。

「この小さなことがらをやり通すというのが、結局、凡人とエリートとの違いになるわけです」

そうか、野バラの会の若者たちが、どこか普通の人々と違って見えたのはその点なのだ。小川早苗が、献身的に尽くしてくれる理由もこれで明らかになった。

「こういうことを続けてゆくと、皆さんはたぶん、神を感ずる瞬間を体験することになります。その体験が多くなるにつれ、神の存在にいっそう近づくことができるわけです」

講義から帰宅した時間に、小川早苗から必ず電話が掛ってきた。まず、講義の感想を聞かれ、最後に同じ質問をされた。

「どう、今日〈神〉を感じた瞬間があった?」

単調な通学生活では、それほどドラマチックなことは起こらない。善行と言っても、道に落ちているゴミを拾うぐらいの程度である。

最初の日は、答える材料がなくて困った。

「別にこれと言ってないんだけど……ああ、バスの停留所で、お婆さんが切符を落としたのに気づかず乗り込もうとしたの。私、拾ってあげたわ。でも、こんなんじゃ――」

「その時、お婆さん、どんな顔した?」

「そりゃ、ニッコリして、何度もお礼言ってたわ」

「あなたどう感じた」

「そうね、悪い気分はしなかったわ」

「それよ、それ！」

「え」

「あなた、気がつかなかった？」

「何が」

「そのお婆さん、神様の化身だったのよ」

葉子は自分の心臓がドキリと鳴る音を聞いた。神は自分を試していたのだ！

「あなたが良い気分になったのは、〈神〉を感じたからなのよ」

その電話があって以来、葉子はちょっとした日常の異変や偶然に敏感になっていた。神はどの瞬間をも見守っているのだという緊張感が、葉子の心を支配するようになった。

いつも仏頂面をしている隣家の奥さんに、笑顔で挨拶されたりすると、そこに〈神〉の意志が働いていることを意識し、その意味について何時間も考えた。

一週間が過ぎると、講義の内容は〈殉教の歴史〉に入った。旧約聖書から新約聖書に到るまでのさまざまな神の使者、そして最大のメシヤ、イエス・キリストの後も、数千数万の改革者たちが、悪魔との闘いに挑んできた。努力が実っても完成には到らず、悲劇的な殉教者が続出した。こうした人々は、必ずしもキリスト教徒ばかりでなく、他の宗教からも登場した。いや、宗教に関係のない哲学者、文学者、科学者なども正義の闘いに参加し、敗れ去ってきた。

亀井ブラザーの挙げるこうした英雄の名は、葉子にもなじみがあった。しかし、学校教育の世界史で丸暗記しただけだったので、その人々に対するビビッドなイメージはなかった。亀井ブラザーの説明は、その個人個人の生き様を劇的に表現し、まるで歴史の場面に立ち会っているような迫力があった。学校が終り、講義に駆けつけるのが楽しみになっていた。

新宿支部に出入りする若者も多く、皆礼儀正しく快活な人々だった。これほど多くの若者が、自分と同じ志を持っていると思うと心強い気分だった。

「こうして、神の悪魔に対する闘いは、連戦連敗という結果になっています。人類が誕生してから二千年ごとに、神は主要な決戦を試みられましたが、二度とも失敗しました。特にイエス・キリストの失敗は、神に絶望的な悲しみを与えたのであります。しかしながら、神は不滅です。西暦二千年に再び勝負の時が来ます。私たちの団体は、ひそかにその闘いの準備を進めてきましたが、今や、世界に数千万の神の兵士が組織されています」

葉子も他の若者も、異常な興奮を覚えた。やはり、ただの小さな団体ではなかったのだ。

早くその組織の名と全貌が知りたかった。指導者は誰なのか、本部はどこなのか
——この中級研修会の最後の日に明かされるという。

十一日目、葉子の疲れはピークに達していた。生理が始まり、体がけだるく、ちょっと動くにも何十倍も重苦しく感じられた。

講義を終えて、自宅に着くのが午前一時近く、その後、感想文とレポートを書くことを義務づけられていた。大学を休みたいと思ったが、日常生活の放棄も禁じられた。そのため、睡眠時間は、平均四、五時間になっている。室内は散らかり、台所は汚れたままだった。

足を引きずるようにして、マンションまで辿り着いた。

ドアを開けて、ハッと息を呑んだ。

灯りがついている。電気掃除機のモーターの音がする。母だろうか？　何と言い訳しよう。

葉子は、恐る恐る室内へ入って行った。

「早苗さん！」

掃除機をかけていたのは、小川早苗だった。

早苗は葉子に気づき、スイッチを切った。

「ごめんなさいね、勝手に入り込んじゃって」

「いいのよ、それは。でも……」

二日研修の後で早苗が訪ねてきた時、葉子は合鍵を渡していた。永遠の友達になって欲しいと思い、いつでも出入りできるようにと配慮したのだ。

「そろそろあなたが疲れている頃だと思って、ちょっとだけお手伝いをしたの」

早苗が、ほがらかな口調で言った。葉子は、早苗と母の顔が重なって見えるような気がした。

「そんな……早苗さん……」

部屋は見違えるほどきれいに整頓されている。

「お腹すいてるでしょ。サンドイッチ作っておいたわ。紅茶入れましょうね。もう床の掃除は終ってますから」

早苗はダイニング・キッチンに行き、勝手知ったる自宅のように、紅茶セットを用意した。

テーブルについた葉子が、窓外を見てハッとした。バルコニーの洗濯竿に、洗ったシャツや下着が干されていた。葉子は耳の先まで赤くなった。

「早苗さんたら」

「いいのよ、困った時はお互いさま」

サンドイッチと湯気の立った紅茶が、銀の盆に置かれて差し出された。

紅茶をすすりながら、葉子の目から大粒の涙がボロボロ落ちた。

「研修会はあと三日ね、一番大事な時だから、あなたを支えるため何でもするわ」

ありがとう、と言う代りに、葉子はハンカチを取り出し嗚咽を抑えた。今夜早苗を遣わしたのは、神の指令であることを痛感していた。

その晩、早苗は初めて葉子のマンションに泊っていった。

十二日目の夜は、ドキュメンタリィ映画が上映された。

題材は、〈大日本帝国による朝鮮半島三十八年支配〉だった。霜降りのモノクロ・ニュース映画の断片や、報道写真などを重ね合わせ、情緒的な音楽と感情的なナレーションで構成されていた。朝鮮民族に対する日本軍の目を覆うばかりの残虐な行為が次々と映し出された。

葉子は、言葉で表現できぬほどのショックを受けた。日帝支配に関する表面的な知識はあったが、実態がこれほどすさまじいものだとは夢にも思わなかった。文部省教育の方針として、中学、高校の歴史学習は、近代史まで深入りしないよう指導されていることを葉子は知らなかった。

葉子同様の教育背景で育った十二人の受講生たちは、一様に心を揺さぶられ、深い罪悪感を抱かされた。

「さて、皆さんが今ご覧になった映画には、深い意味が隠されているのです」

亀井ブラザーが、厳粛な表情で言った。

「神は救世主、つまりメシヤを地上に派遣される場合、場所を選びます。それは、この地球上で最も苦しく、悲惨な状況にある民族の住む場所であります。二千年前には、最も苦悩する民族はイスラエルでありました。だから神は、イエス・キリストを送り、エルサレムを中心に世界の再建を計られたのです。しかし、残念ながら、イスラエルの民、堕落した血統を受け継ぐ我々人類の代表であったわけですが、彼らの裏切りによって失敗しました。そこで二千年後、最も苦悩する民族の中から、メシヤを誕生させることになりました。前回は西の方で失敗したので、今度は東の番であります。どこだと思います？」

葉子は心の中で、〈朝鮮半島〉と叫んだ。

誰も声に出しては言わなかったが、映画を見せられた意味を理解していた。

「そうです。皆さんが考えているとおり、神が選ばれたのは、朝鮮半島であり、朝鮮民族なのです。神はこの地に、第二のエルサレムを造ろうとされているのです」

自分たちの予想が的中した喜びと、新しい真実を明かされた驚きで、十二人の受講生たちは、感嘆の呻きをもらしながら互いの顔を見合わせた。

「当然、新しいメシヤは朝鮮半島で生まれ育ち、イエス・キリストと同じような人生を送られています。不幸にも、半島はまだ分断され、北の部分は共産主義の悪魔どもに占領されています。ですから、私たちのメシヤは、ひそかに韓国に住まわれ、世界の隅々にその教えを発信しているわけであります。そしてそれが誰であるか、中級研修会最終日の前夜、つまり、明日の晩に明らかになるわけです」

葉子は、今が、明日の晩であったらどんなによかっただろうと思った。早く時間が過ぎてくれることを祈った。

最終日前夜の会場は、なぜか横浜に移された。徹夜になるだろうということだった。

「何を明かされても驚かないでね。覚悟さえあれば、あなたは大きく飛躍できるわ」

昨夜も泊り込んでくれた小川早苗が、大学へ行く前に力強く励ましてくれた。

意味はよく分からなかったが、早苗の期待を裏切るようなことになるはずはないと思った。

退屈な大学の授業が終り、渋谷から東横線に乗った。終点の桜木町で降りる。地図を見ながら目的地を捜した。駅から十分もかからぬ繁華街の一画に、古ぼけた三階建てのビルがあった。入口に〈横浜支部〉〈韓日共同本部〉という看板がかかっていた。

一階は事務所になっており、窓口で会場を聞いた。事務所の奥の壁に、日の丸と韓国旗が飾ってあった。

エレベーターがないので、三階まで階段を上る。

三階は小講堂のような造りだった。二百人ぐらい収容できるベンチが並んでおり、前方に舞台がある。舞台の奥に、赤いビロードのカーテンが吊ってあった。葉子は、二日間研修をやった朝焼け荘の大広間と似ていると感じた。

七時には、十二人全員が揃い、一番前の列に横並びで着席した。

座席全体の照明が消されたので、明るい舞台と最前列の部分に一体感が生まれた。舞台からこぼれる照明に、十二人の顔が浮かび上がっている。いずれも、目がギラギラと輝いていた。誰もが今夜、自分の心に革命的な変化が起こることを知っていた。その期待と怖れで、彼らの身体は隅々まで緊張していた。

　客観的に見れば、彼らの容貌は二週間前とは別人のように変わっていた。頰がこけ、肌が荒れ、吊り上がった目の周囲には、不自然な隈《くま》ができている。精神的重圧と睡眠不足が、外観を一変させていたのだ。

　もちろん、そのことを自覚している者は一人もいなかった。

　最初に登場したのは髪を後ろで束ねた大隅良江だった。葉子は、懐しさで涙が出そうになった。

　大隅は笑顔を浮かべながら、舞台の袖のオルガンの蓋を開いた。伴奏が始まる。全員が、楽譜なしで合唱した。朝焼け荘で徹底的にたたき込まれた曲だった。

　二曲終ったところで、大隅が退場した。

　壇上に上がってきたのは、亀井ブラザーではなかった。メタル・フレームの眼鏡をかけ、紺のスーツを着た背の高い男だった。

　葉子はその男を覚えていた。

「新宿支部・シニア・リーダーの長峰国彦です。亀井ブラザーから、最後の講義をするよう依頼され、非常に光栄に思っております」

　歯切れの良い、よく響く声だった。今までのどの講師よりも威厳がある、と葉子は感じた。

「さて、今日は重大な真実を皆さんにご披露しなければなりません。しかし、その前に、今まで学んできた重要な原則を、簡潔に要約し、皆さんの確認を取りたいと思います。第一に、この世のすべてのものは、二つの相対する物性との関係で形成される、これを二極性の理論と呼ぶことをすでに確認しましたね、どうです」

長峰は、壇上から十二人の受講生の顔を見下ろし、確認を求めるような口調で言った。有無を言わせぬ威圧感があったので、十二人は声を揃えて返事をした。

「はいっ！」

長峰は以後、この受け応えをパターン化して講義を続けた。長峰と十二人の掛け合いという形になり、心地良いリズムができ上がった。メモも見ずに、よくこうもスラスラと論理が展開できるものだと、葉子は舌を巻いた。まるで、マニュアルを暗記しているみたいだった。

「はいっ！」

と言う度に、受講生は新しい契約書に印を捺《お》しているような気分になった。

復習講義は、二時間にわたって行われた。かくも多くのことを学んだのかと、受講生の気分は充実感で充たされた。

小休止があり、大隅良江と助手の女性によって茶が配られた。二月下旬、まだ外は凍るように寒く、会場の暖房も充分ではない。葉子の足元は冷え切っていたので、熱い茶は神の恵みのようにありがたかった。

長峰が再び舞台に上がった。

いよいよだ、と葉子は心を引き締めた。

「これから、私たちの団体の正式名を発表いたします。皆さんは軽いショックを受けるかも知れません。しかし、そのあとすぐに、自分を取り戻すことになります。私も十年前、ちょうど皆さんが坐っているその席で、同じような体験をしています。でも、ほら、こうして今、正々堂々と生きております。皆さんが、この団体の名を聞いて立ち去るということはあり得ないのです。私は安心して、団体名を申し上げます」

数人の受講者の頬に笑みが浮かんだ。それは自然なものではなく、緊張が生み出す逆反応だった。

「この団体の正式名称は、〈国際キリスト敬霊協会〉であります」

長峰が昂然と言い放った。

葉子は、何者かに後頭部を殴られたような気がした。詳しくは知らなかったが、一般社会では悪名高い宗教団体である。その醜聞のいくつかは、雑誌やテレビで見聞している。自分はその団体の研修に出ているのだ。これは一体どうしたことだろう……。

他の受講生たちの顔色を窺うと、同じような戸惑いと当惑の表情が浮かんでいる。

長峰が、落ち着きはらった声で言った。

「皆さんがびっくりされるのも無理はない。今、心の隅で神を疑っていることも確かでしょう」

ずばりと言い当てられ、若者たちは長峰の次の言葉に集中した。

「疑いは明らかに罪です。しかし、神は皆さんのちっぽけで可愛らしい疑問をお許しになるでしょう。なぜか？　それは、マスコミのあまりにも悪意に充ちた攻撃が、心の清い人々にまで影響を与えてしまったからです。わが敬霊協会の歴史は、マスコミの毒牙による受難の連続と言えます。私たちがこれまでに学んできた聖人や、正義の使者たちも、圧倒的な周囲の弾圧を受けて、厳しい状況に追いやられてきました。敬霊協会も、まさにその道を歩んできたのです。そして、そのマスコミの実態とは何でしょう。雑誌もテレビも、くだらないスキャンダル、デマ、セックスで溢れているではありませんか。マスコミこそ、数千の悪霊と共産主義者がたむろする魔窟なのです。彼らは、私たちの組織が目指す現世天国を潰すために、あらゆる誹謗中傷を重ねてきました。私たちの募金活動に、〈霊感商法〉などというおどろおどろしいレッテルを張り、まるで犯罪者の如く扱っています。だが連中は、霊力の籠った壺や印鑑を手にした人々が、どれほどの幸せを手に入れたかについては、全く言及しないのです。とにかく、寄ってたかって破壊してしまおうという意志だけがむき出しなのです。これは、ヒットラーのファシズムと同じものです。法律に定められた信教の自由さえ犯そうとしているのです。皆さん、ここで私は心からお聞きしたい！」

メタル・フレームの眼鏡の奥で、キラリと光るものがあった。冷徹そうな長峰が泣いているのだ。葉子には、この人物に悪意があるとは思えなかった。

「今まで学んできたことの中に、何か馬鹿気たことがありましたか。いやしいことがありましたか。この団体の中に、変な人、悪意のある人がいましたか」

たたみ込んで質問する長峰に圧倒され、受講者たちは一斉に首を横に振った。

「そうでしょう。もし間違いがあったら、皆さんのように優秀な人々が、今その席に坐っているわけはないのです。とうの昔に、愛想をつかして去っているはずです」

そのとおりかも知れない、と葉子は思った。

「世の中は恐ろしいものです。デマによって、本当の姿が覆われてしまうのです。このことは、充分に気をつけていただきたいのです」

長峰はそのあと、これまでマスコミから浴びせられた代表的な非難について、一つずつていねいに反論して見せた。専門的な問題のディテイルについて確かな知識はなかったが、葉子には長峰の論理が勝っているように思えた。

「しかし、皆さん、世の中敵ばかりではありません。この協会を陰ながら支持支援してくださる高潔な人々も大勢いるのです。どの方も、地位も名誉もある立派な人格者ばかりです」

大隈良江が、コピーされた用紙を配った。

政治家、大学教授、文化人や芸能人の名が、項目ごとに百名ぐらいずつ並んでいた。葉子は、自分の大学の元学長の名があるのに気づき驚いた。

長峰は、その中の数名の名を挙げ、具体的にどんな協力をしたか説明した。

十二時前に再び小休止があり、カップ麺が配られた。あまり食べたことはないが、ひどい空腹を覚えていたので、おいしく感じられた。

十二時十五分、二人の女性により、舞台奥の赤いカーテンの前に、二台の大きな燭台が置かれ、ろうそくに火が灯された。大隈良江がオルガンの前に坐った。

舞台の照明も消され、灯りは燭台の二つの炎だけになり、カーテンの中央部分だけがぼんやりと照らされた。

厳かな曲がオルガンから流れ始めた。

舞台に立つ長峰のシルエットが語り出す。

「神は第二のエルサレムを韓国と指定されました。そして一人の偉大な指導者を、世界の救世主、すなわちメシヤとして遣わされました。汚れなき聖血を持ったメシヤは、もちろん韓国人であります。その方の名は――」

二人の助手によって、舞台奥の赤いカーテンが左右に引かれていった。奥の壁に、縦横一メートルほどの拡大されたカラー写真のパネルが出現した。一人の男の顔が大写しになっている。

「朴明烈先生です。一九二〇年、平壌でお生まれになり、十六歳の時、神の啓示を受けられました――」

長峰は、朴明烈の経歴をとうとうと語り続けた。

葉子は身を乗り出し、目を見開いてパネルを眺めた。照明が充分でなかったが、メシヤの輪郭は分かった。

薄い髪を撫でつけた丸顔の男が、正面を見て笑っている。白い装束の襟元が写っている。皺だらけの額の下には、ほとんど眉がなく、細い目、太い鼻、分厚い唇、二重顎が特徴的だ。

葉子には意外だった。もっと聖職者らしい厳しく高貴な容貌を想像していた。今見ているメシヤは、中小企業や不動産会社の社長を連想させる顔つきだった。

だが、長峰の解説が格調高いものだったので、メシヤが東洋にくればこうなるのかも知れない、と思った。外見で判断し、バチが当たることも恐かった。

ずっと写真を見つめていると、やはりただ者ではないという気もしてきた。いずれにしても、これだけ多くの人が支持しているのだ。妙な先入観を持ってはいけないと、自らを戒《いまし》めた。

三十分ほどで解説が終ると、再びカーテンが閉められ、燭台の灯が消されると同時に舞台の照明がついた。

三曲ほど聖歌を合唱させられた。

亀井ブラザーが突然客席に現れた。十二人の一人一人と握手し、舞台の上に立った。

自分がメシヤを明かされた時の思い出と、朴明烈の教えの素晴らしさについて、一時間ほど演説した。

そのあと、大隅良江が同じような話をした。葉子は頭が朦朧としていたが、講師が繰り返して述べる〈朴明烈〉という名前だけがびんびんと耳に響いた。

午前四時、再び長峰が現れた。

「今日という日を、あなた方は永遠に忘れないでしょう。この日を記念し、協会から皆さんに素晴らしいプレゼントがあります」

大隅良江によって、判型は小さいが分厚い本が一人一人に渡された。黒い表紙に金文字で、〈原則講典〉と印刷されていた。

「これは朴明烈先生の筆によるわが協会の聖典です。いつの日か、この大理論を解読できることをお祈りします。さて、皆さんが今回学んだことは、中級までと言えます。皆さんの中の汚れた血が、神の血によって浄化され、究極の救いを受けるには何をすれば良いか。それは、上級の研修によって明らかにされます」

葉子は、自分が歩き出した道が容易でないことを思い知った。

自分の血をきれいにすることを、〈自我開発ビデオ・センター〉に求め、〈初級研修〉で求め、さらに今回の〈中級研修〉に求めたが、答はまだ与えられていない。〈上級研修〉へ進めば、すべてが解明されるというのだ。ここまで来たからには、直進するしかない。

相手を刺激すれば何らかの反応はある。

将棋なら二、三手先ぐらいは予想できるが、相手が宗教団体である場合には全く見当がつかない。こちらに有利な結果が出るかどうかは、丁半博奕《ばくち》の確率である。どう転んでも構わないと思って打って出た賭けの結果は、極端な形で現れた。

23

牛島は出社時間に関しては、几帳面だった。

午前十時五分、二日酔いで頭の中は鐘がガンガン鳴っていたが、いつものように時間どおり、オフィスのドアを開けた。

オフィス内部の風景がガラリと変わっていた。変わっていないのは、部屋のど真ん中で、割れた灰皿を片手に、セーラム・ライトを吹かしている坂巻よねのふぐみたいな顔だけだった。

「ひでえな、こいつは……」

酔いの名残りが一ぺんに吹っ飛んだ牛島が、喉の奥で呟いた。

よねの定席のカウンターも、仕切りのパネル板も倒れている。応接ソファーセットも逆さになり、書棚の書類や本が、ことごとく掻き出されて散らばっている。

牛島のデスクも横倒しになっており、脚の一本が折れていた。天井からぶら下がっていた蛍光灯ランプの姿はなく、そのガラスの破片がところどころで光っていた。要するに、部屋中のすべての物品が、ある異常な執念によって完全に場所と方向を変えられたか、破壊されていたのである。

どんな大地震でも、こんなにこまめに物を移動させたりはしない。物盗りやスパイの類でないことは明瞭だった。単純な嫌がらせであり、脅迫である。

「警察呼びましょうか？」

外れた電話の受話器を元に戻しながら、坂巻よねが言った。牛島はコートに両手を突っ込んだまま、首を横に振った。

こうしたケースでは、犯人を特定することができない。こんな場所に名刺でも置いてゆくバカがいない限り、敬霊協会や、その筋の手合いの仕業だと言ったところで、何の説得力も持たないだろう。そんなことは、承知の上での犯行である。

かりに特定できたとしても、蛍光灯ランプ、椅子の脚一本弁償させるのに、十年も裁判などやってはいられない。

「しょうがない、片づけるか——」

と牛島が言った途端、電話が鳴った。

よねが受話器を取る。

「はい、自由ヶ丘探偵社ですが」

よねはそう言ったきり、しばらく妙な顔をしていた。やがて受話器を下ろした。

「変ですよ、何もいわないで切ってしまいました」

すぐに、またベルが鳴った。

よねが取る。結果は同じだ。三度目も無言電話だった。

「奴らだ、そこまでやる気か」

敬霊協会が、反対者のオフィスや自宅に連続無言電話をかけ、営業妨害やいやがらせをやるのは常套手段だ。牛島はそのことを、週刊誌のコピー記事で読んでいた。

「そのうち、剃刀《かみそり》入りの手紙が来るから、開封には注意した方がいいよ」

電話は、切ってから三十秒ぐらいのタイミングで続いてかかってきた。
五、六回目の時、牛島が言った。
「坂巻さん、しばらく放って置きなさい」

「でも、用のある相手かもしれませんよ」

「普段そんなに電話のある事務所じゃない。用がありそうなところは、こちらから連絡しよう」

坂巻よねは、最初は牛島の言うことに従ったが、それでも気になるとみえ、十回に一度は受話器を取り上げた。

「何てひどい連中でしょ、ぶっ殺してやりたいわ！」

一時間後に電話を取り上げた時、よねは大声で喚いた。見えない敵が、こちらを意識しコンスタントに悪さを仕掛けている。そのことをたえず気にしているのは、神経に良いものではない。効果はないと知りつつも、時々、無言の相手を怒鳴りつけたくなるものだ。

電話に出ない時は、二十回ほどベルが鳴り続ける。そして一度切れ、三十秒後にまた鳴り出すという仕掛けである。

家具を元へ戻したり、修理できるものには手を加えたり、午前中は鳴りっ放しの電話の音を聞きながら、牛島とよねはオフィスの修復に時間を掛けた。

牛島はこの戦術に関する予備知識があったから、かろうじて感情的になるのを抑制することができた。しかし、初体験のよねは、相当に参っている様子だった。

「奴らに一人相撲を取らせておけばいい。坂巻さん、たまには昼の外食を取っちゃどうだい」

「でも、お弁当持ってきてますし」

「それは俺が買うよ」

牛島はよねに二千円渡した。

「ついでに、家具屋と電機屋に行って修理に来るよう頼んできてくださいよ。ゆっくりでいいから」

「先生は大丈夫なんですか。こんな音ばかり聞いていて」

「ああ、平気だよ。根競べみたいで楽しいもんさ」

牛島は強がりを言った。

坂巻よねはホッとした様子で、いそいそと外へ出て行った。よほど神経に応えていたらしい。

牛島は湯を沸かし、番茶を入れた。

無事だった応接セットのテーブルに、よねから買った弁当の包みを載せた。大型の花柄ハンカチを解くと、透明ビニール袋の中に二段重ねの弁当箱が現れた。女性にしては相当大型だった。上の段の蓋《ふた》を開けると、おかずが目一杯詰まっていた。牛肉とピーマンの炒めもの、玉子焼き、昆布の佃煮、さといも、人参、いんげんの煮物、梅干しが入っていた。下の段は、ピカピカした白米だ。

牛島は急に食欲を感じた。何十年ぶりに、家庭料理に再会したような思いだった。よねの味付けはなかなかのものだった。二千円にしては儲《もう》けものだと思った。味を楽しんで食べたので、その間は電話のベルが気にならなかった。

食事が済んだ後、拾い集めた書類を一応点検した。紛失したものはなかった。彼らに必要なものなどあるわけはない。もし物が失《な》くなれば、窃盗罪で告発される危険がある。それを避けるぐらいの頭は持っているらしい。

午後一時四十五分、坂巻よねが帰ってきた。

「まだ鳴ってるんですか、この電話！」

呆れ顔で言った。

「うん、一ヵ月ぐらいやることもあるそうだ」

「まあ、どうします、先生」

「明日も続いていたら、電話番号を変えるしかないな」

「何て連中でしょうね。あ、先生、お昼代いただき過ぎちゃったから、ケーキ買ってきましたよ」

よねは、インスタント・コーヒーを入れ、テーブルの上で、小さな紙箱を開けた。モンブランが二個入っていた。

電話は相変わらず鳴り続けていた。こんな状況の中で、坂巻よねとモンブランを食べている姿は、かなりシュールだ。

牛島はそのあと、書類整理の仕事に没頭した。旅に出る前に、やるべきことは済ましておきたかった。

だが、よねには仕事らしいものは特にない。あったのかもしれないが、やる気が出ないようだった。ひっきりなしにセーラム・ライトを吸い、鳴り響く受話器を凝視していた。

午後三時、坂巻よねが叫んだ。

「先生、止まった！」

牛島は耳を澄ました。確かに何も聞こえない。よねが手を広げ、大きく深呼吸した。長く続いた戦争が終結した——そんな雰囲気がオフィスに流れた。

「ああ、良かった。またかかってくると思います？」

よねが牛島の予想を聞いた。

「分からんね、しつこい奴らだから」

十五分後に電話のベルが鳴った。

よねが、仕切りの陰から飛び出してきた。恐怖で顔が引きつっている。

「いいよ、俺が出る」

牛島は緊張しながら受話器を取った。

「一体どうなってるんだ、何度かけても話し中だ。お宅のデスクのおばさんは喋り過ぎるんじゃないのか」

契約している弁護士の声だった。牛島は、ホッと溜息をついてから言った。

「申し訳ありません。ちょっと事情がありましてね。営業妨害されてるんですよ」

「君はおかしいぞ」

「何がですか」

「とにかく、先日の不倫調査の報告早く出してくれ。金はすぐ振り込む。それから、後に出した二件の仕事はキャンセルだ」

「えっ」

牛島は思わず大声を出した。

「君とはこれから一緒に仕事ができない。契約は解除して欲しいんだ」

「どうしてです」

「分かってるだろ、相手は大きいんだ。仕事のしがらみで手が廻ってるんだよ。検察にまで息のかかったのがいるんだ。私個人じゃどうすることもできないよ。悪く思わんでくれ」

電話は一方的に切れた。牛島は茫然とした表情で、受話器を置いた。

「どうしたんです」

よねが恐る恐る聞いた。

「弁護士からだ。契約解除だってさ」

牛島は焦点の定まらぬ目をして答えた。

またベルが鳴った。

牛島が受話器を取った。しばらく耳に当てていたが、何も言わずに元へ戻した。

「また始まったぞ……」

ポツリと言った。

三十秒後、再びベルだ。

坂巻よねが、肩をがっくり落とし、カウンターの方へ戻っていった。

牛島は、ソファーの背に深々と身をあずけ、腕を組んで考え始めた。

大きな悪と正面対決するということは、こういう事態になることだと思い知った。

これまでの人生で、上に逆らったり、喧嘩をしたりということは数限りなくあった。しかし、これほどまでの仕打ちを受けた経験はない。つまり、相手のスケールが違ったということだろうか。

電話は鳴り止まない。中断されることのない砲撃のように、自由ヶ丘探偵社を狙い打ちしている。

パネルの向こうでは、よねの吹かす煙草の煙がもうもうと上がっている。喫煙はよねの唯一の欠点だ。だが、よねの唯一の楽しみであるかも知れぬ習慣に、ケチをつける気はなかった。牛島自身、かつては手のつけられぬヘビー・スモーカーだったのだ。

一時間後、坂巻よねが突然奇妙な叫び声を上げた。次の瞬間、牛島の目の前に飛び出してきて、床に膝をついた。ポリネシア人みたいな目に、涙が溢れている。両手をテーブルの前に突き出した。

「先生、もう駄目です。わたし耐えられません。お願いです。降参しましょ！　相手が強すぎます。わたし、いろいろ記事読んで、この団体のこと知ってるんです。元総理の中根までバックにいるんですよ。かないっこありません。自由ヶ丘探偵社は必ず潰されてしまいます。くやしいけど、降参しましょ。先生のためですよ、お願いします」

いつもは強気のよねが、おろおろした弱い女になっていた。昨日の先輩の脅迫めいた訪問、今朝発見した事務所の破壊、鳴り止まぬ電話——刺激が強すぎる。普通の人間なら、精神的ダメージを受けるのは当然だ。

牛島は静かに立ち上がった。

デスクの上に放り出したコートのポケットから、小さな住所録をまさぐり出した。

電話のベルが鳴り止んだ隙を狙い、数字を確かめながらダイヤルを廻した。

相手が出た。

「こちら、自由ヶ丘探偵社の牛島です。赤松教育局長と話がしたいんですが」

よねが、Jリーグのシュートでも見るような目で、牛島の口元を見つめていた。

「あ、赤松さん？　牛島ですが一昨日は失礼しました。いろいろ考えましてね、決心を変えました……そうです、手を引きます……いやいや、あなた方にはかないません、どうぞ今後はお手柔らかに……はい、失礼いたします」

電話を切った。

「先生」

よねが嬉しそうに言った。ハンカチで目元を押さえている。

五分後、電話のベルがぴたりと止まった。

「嘘みたい……」

よねが首を横に振りながら呟いた。

「よねさん、煙草を一本くれないか」

「えっ」

「急に吸いたくなった」

「まあ」

よねは笑いながら、ボックスを差し出した。牛島が引き抜いた一本を口にくわえると、赤い百円ライターで火をつけてくれた。

牛島は深々と煙を胸の奥まで吸い込んだ。七年ぶりの懐しい一服だった。ハッカの刺激が、肺の奥までしみ渡った。

天井を向いて、煙を吐き出した。

「あのねえ――」

「はい」

「今の電話は嘘だよ」

「えっ」

「目には目を、卑怯な奴には嘘で対抗だ」

「だって、先生」

「坂巻さん、今日は俺、大事なことを学んだよ。どんなに最低な人間でも、守らなきゃならない一つのものがある。それはプライドってやつだ。それを失うぐらいなら、死んだ方がましだってことだ。金があっても、地位があっても、才能があっても、プライドのない人間は屑だ。俺には元々何もない。あるのはプライドだけだ。その大事なものを、奴らに土足で踏みにじられた。だから俺は、命を張っても闘う。本気だよ」

坂巻よねは、唖然とした表情で牛島を見ていた。

「ちっぽけな俺一人で、敬霊協会をぶっつぶすことができないことぐらい分かる。だから、最低、あの小僧をもう一度奪い返し、洗脳を解いてやるところまでは徹底的にやる」

牛島は自分で話しながら、やけに確信的で力強い声が出ていることに驚いていた。別の人間がのり移っているような感じだった。

「探偵社なんか潰されたって構わない。いや、こっちで先に潰した方が身軽になれる。退職金もどうにかしよう。なにか別の仕事を捜して、元気にやってくれないか……」

よねが声を出して泣き出したので、牛島はびっくりした。額をテーブルに押しつけ、肩を震わして泣きじゃくっている。牛島は途方に暮れた。二分ほど経つと、感情が収まってきたのか、次第に静かになってきた。

やがて、よねはすっと顔を上げた。アイラインが溶けて、目の下が真っ黒になっている。さらにふぐに似てきた、と牛島は思った。だが、よねの表情は真剣そのものだった。

「先生、わたしは辞めません。わたしは間違っていました。先生を見くびっていました。すみません」

よねは、テーブルに顔を打ちつけそうになるほど頭を下げた。

「しばらく仕事は来ないでしょう。だから、来月から給料は要りません。先生が目的を遂げるまで、私は探偵社を守り抜きます。電話が来ようと、事務所を壊されようと、わたしも体を張って闘います。どこまでも、先生についていきます」

何で気持ちが、こうもコロコロ変わるのだろう。牛島は、呆れ果ててよねを見つめていた。

24

前橋競輪、三日目の最終レースで大穴を当てなかったら、牛島の気分はどれほど憂鬱なものだったろう。

一昨日も昨日も、買った車券はかすりもしなかった。そして、かすりもしなかったのは車券だけではなかった。

敬霊協会・高崎支部の事務所に仕掛けた盗聴装置からは、期待した情報は全く取れなかった。

三日前、牛島は大手電力会社のユニフォームを着て協会事務所を訪れた。漏電検査という名目で、一戸建ての内部のあちこちを調査した。ついて廻った若者も、牛島が妙なことをしないので安心したようだった。

「後は外廻りだけですね、失礼しました」

牛島は一人で建物の裏側に行き、保安器を見つけると、内部にヒューズ型盗聴用発信機を挟みこんだ。秋葉原で手に入れたもので、作業は五秒もかからない。

事務所から七十メートルほど離れた空地に、テンダリーのママ・理恵から借りた車を停め、小型テープ・レコーダーが連結した無線受信機を放り込んだ。電話のベルが鳴るごとに、テープが作動する音声起動式である。

もちろん、電気通信事業法違反であるが、そんなことは知ったことじゃなかった。

初日の一時間のテストから割り出すと、午前十時から午後十時までの通話時間は、約三時間ぐらいだった。二時間用テープを一度取り換えるだけで充分だった。

昼間の時間をつぶすためにも、競輪場通いは最適だった。

前橋競輪場は、ドーム型に改築されていた。おかげで、上州のカラッ風に身をさらされずに済んだ。

夜は、市内のビジネス・ホテルでテレビを見て過ごした。

牛島がこんな所へ来たのは、松本武志捜しが手詰りになったからである。いくら協会本部にギブ・アップを通告したところで、敵が武志を都内に置いておく可能性は少ないと見た。

ではどこに？……安吉が受け取った武志からの年賀状がヒントだった。消印は群馬県だった。何をしていたかは定かではないが、再びここへ戻った可能性はある。もし駄目なら、関東の他県を探ろうと思った。

ザ・ファクトの編集長のアドバイスで、敬霊協会関係の全団体のリストが載っている本があることを知った。協会に対し、訴訟活動をしている弁護士グループが出版したものだ。そのリーダー格の弁護士の事務所に行き、こころよく譲ってもらった。

この情報は、牛島の計画遂行をぐっと楽なものにしてくれた。

とは言うものの、計画自体はずいぶん荒っぽいものだ。競輪同様、ツキに恵まれねば徒労に終る可能性が高い。

二日間で三万円の掛け金を失った。宿泊費、食事代、交通費が二万五千円、計五万五千円が消えた。録音されたテープには、何も手掛りがなかった。日常業務のやり取りの他は、印鑑やら数珠の販売数を報告する若者たちの連絡がひっきりなしに掛っていた。よほど売れないとみえ、デスクの男がヒステリックに怒鳴っていた。土地を担保に協会に貸した金を、早く払ってくれと泣きつく中年信者の声も入っていた。不況は、インチキ宗教まで巻き込んでいるのかと、いまさらながら驚いた。

張り込みも盗聴も、忍耐が最も重要だが、ギャンブルも仕事もうまくゆかず、牛島は二倍の疲労と失望を味わっていた。

今日も駄目なら、他県へ移動しようと考えた。連敗の続いたあとの最終レース、牛島は焼けっぱちで一万円を投入した。穴選手から二千円ずつ五点流したのである。女神は最後に牛島に微笑んだ。配当八千円の大穴になり、牛島の財布に十六万円が飛び込んできた。

気分をよくして車へ戻った牛島は、テープをチェンジし、カビの臭いがするビジネス・ホテルの小部屋に戻った。

もう一台のテープレコーダーに、とれたてのカセットを押し込み、牛島は狭いベッドで横になった。

最初の一時間十五分ぐらいは、あいも変わらぬゴタゴタ電話だった。後半部分は夕方の収録だった。あるところまできて、牛島は眉をひそめた。調子の異なる会話が入っていた。まるで軍隊口調だ。急いで巻き戻し、再生した。

「新宿支部・マイクロ部隊第五班班長です」

「あ、どうも」

「明日は、伊香保を廻り、班長以下六名、夕方埼玉へ移動し班交替を行います。今夜の駐留地点は、伊香保市立公園です。一ヵ月間、いろいろとお世話になり、ありがとうございました。聖なるお父様の祝福がありますように」

「ご苦労様です。幸運を祈ります」

牛島はベッドから飛び起きた。

「これだ！　やったぞ！」

思わず声が出た。

女神が再び微笑むならば、武志はこの六人の中にいる。

牛島は、運転するカローラのサイド・ミラーに、何度も目をやった。

先程から異変が起きている。一台の乗用車をはさんで三十メートルほど後方に、青いジープ型の四輪駆動が尾《つ》いてきている。プロならすぐ分かる尾行走法である。

どの辺から現れたのだろうか？

まさか自分が尾けられるとは思ってはいなかったので、牛島の記憶はあいまいだった。

今朝は早起きし、六時には伊香保市内に入っていた。調布での経験から、連中が動き出すのがやたら早い時間であることを知っていたからだ。

市立公園の周囲をぐるりと一廻りして、駐車している白いハイエースを見つけた。新宿支部の前にあったのと同じ型だった。

七時に出発したハイエースは、二キロ置きに停車しては、リュックを背負った若者を一人ずつ降ろしていた。

車の混まない郊外の道では、牛島はできるだけ距離を置いて追跡した。

四人目を降ろした時は、もう伊香保の街に入っていた。これで男三人、女二人が降ろされたが、武志の姿はまだなかった。

日曜日のせいか、温泉町伊香保のメイン・ストリートは、早朝でもけっこう車の往来があり、接近型尾行に切り換えるには都合が良かった。

繁華街のど真ん中で、白いハイエースが停車した。牛島は、前方の動きに注意を集中しながら、アーケード通路の側に車を寄せ、ブレーキを踏んだ。後方の四輪駆動の様子を見るためである。

四輪駆動は、牛島の動きを無視するような感じで、カローラの横を通り過ぎて行った。人が四、五人乗り込んでいるような気配だった。

白のハイエースがスタートした。四輪駆動が、その後を追いかけてゆく。道端には、眼鏡をかけた痩身の青年が、リュックを両手に持ち、左右をキョロキョロ見廻している。

これで五人降りた。最後は武志に違いない。

牛島はアクセルを踏んだ。

それにしても、ややこしいことになった。

青い四輪駆動は、何をしているのか。どうやら、牛島を尾けている様子でもない。

白いハイエースを護衛しているのだろうか。それとも、偶然前を走っているだけなのか。前方のハイエースは、街外れにさしかかった。

牛島は、片手で助手席に置いてある布袋の中をまさぐった。手錠を用意しておかなければならない。警察愛好会のメンバーを通じて手に入れたものだ。

武志が一人になったところを襲い、手錠を掛ける。有無を言わさず車に引きずり込むつもりだった。

その後のアジトは確保してある。

車は街外れまで来た。

用水路みたいな小さな小川が、前方で道路を横切っている。その流れをまたぐ橋の手前で、ハイエースが停まった。同時に、その背後に迫っていた青い四輪駆動が、ゆっくりと道端に寄って停まった。

「おいおい、どうなってんだよ」

牛島もあわててブレーキを踏んだ。

最後の一人を降ろすと、ハイエースは橋を渡って去っていった。

牛島はポカンと口を開けた。

降りたのは武志ではない。ヤッケを着た二十代の女の子だった。

「糞ッ垂れ！」

牛島は、ハンドルを拳でたたきながら呻き声を上げた。女神は二日続けて微笑まなかった。モンペのようなものをはいたその娘は、小川に沿って左の方へスタスタと歩き、街角から消えた。

その瞬間である。前方の四輪駆動が、激しいエンジン音を轟《とどろ》かせ、車道に飛び出した。橋の手前で急カーブを切り、左角を曲がってゆく。

牛島は反射的にアクセルを踏み、その跡を追った。角を廻った途端、急ブレーキを踏んだ。

五十メートル前方で、異様なドラマが展開していた。

とぼとぼと歩いている娘の横で、四輪駆動が急停車したところだった。スライド・ドアがガラリと開き、四人の男たちが中から飛び出した。

娘は茫然と佇《たたず》んでいた。二人の男が両側から娘の腕を掴み、抱きかかえるように体を持ち上げた。娘が足をバタつかせると、もう一人の男が腰をかかえた。娘はアッという間に車内に押し込まれた。男たちが素早く車に乗り込む。青い四輪駆動が走り出す。走りながらドアが勢いよく閉まった。

十秒もかからぬほどの早業だった。

25

伊香保から三国峠を越え、越後湯沢に着くまでは、二時間半もかかった。

今年は雪が少く、越後湯沢のスキー場も、ほとんどが人工雪を使っていた。駅の周辺はスキー客でにぎわっていたが、街外れに林立するリゾート・マンション群は、ゴーストタウンのように人影がない。バブル崩壊の後遺症は、ここにも表れていた。

青い四輪駆動は坂道を駆け上がって行く。その先は、崖の壁面を背にした高層マンションが一棟建っているだけである。

牛島はここまで、何らかの手掛りを摑みたい一心と、それを上廻る好奇心で、彼らを注意深く尾行してきた。

彼らはあの娘の縁戚者で、牛島たちが武志に対してやったように、拉致を実行したのだろうか。それにしては、やり口があまりにも場慣れしていた。何らかの利権に絡んだやくざ者たちによる誘拐事件だろうか。

背広の連中が、敬霊協会の人間たちだという可能性も否定できない。

彼らの行き先は明らかだったので、牛島は坂道の下に車を停めてしばらく待った。

今日は既に、五時間ぐらいは運転席に坐りっ放しだった。体中の筋肉が硬直してしまったような気がする。ドアを開けて外へ出た。

腰が曲がったまま、しばらくは真っ直ぐ立てなかった。冷たい空気が顔を打ち、新鮮な気分になった。腰を曲げたまま、助手席の袋からセーラム・ライトと百円ライターを取り出した。坂巻よねが、無理矢理突っこんでくれたものだ。できるだけ誘惑に負けないようにしていたが、日に五、六本は吸うようになってしまった。

一服終ったところで、牛島は車に戻った。コートを着ていなかったので、体がガタガタ震え出した。

カローラは坂道を上って行った。これだけ間《ま》をあければ、相手は尾行と思うまい。とにかく、連中の正体をつきとめる必要がある。

マンションの一階は、三分の一が玄関ロビーで、残りは、屋根つきの広い駐車場になっている。数十台分の広いスペースに、五、六台の車しか駐車していなかった。

車から降りた牛島は、コートを羽織り、奥の方に停めてあった青い四輪駆動に近づいた。品川ナンバーだった。手帳を取り出し、番号を控えた。車の横に廻り、内側を覗き込んだ。道路地図とティッシュの箱以外、目立つものは何も残っていない。

複数の足音がする。牛島がハッとして周囲を見渡した。東西南北、四方から一人ずつ男たちが現れた。牛島を包囲しながら近づいてくる。尾行を見抜かれ、待伏せを食らったのだ。

逃げ道はなかった。

四輪駆動を背に、牛島は四人の男たちと対峙した。一人は四十代後半の男、二人は顔のよく似た大柄の二十代の青年、もう一人はサングラスをかけた年齢不詳のずんぐりした男だ。暴力団風ではないが、厳しい顔つきの連中だった。

四人はしばらく、何も言わずに牛島を凝視している。

〈あの拉致は、囮《おとり》芝居だったのか。だとすれば、狙いは俺だ。探偵社のオフィスを滅茶苦茶にしたのも、こいつらかも……〉

心の中で牛島は、起こり得る事態を想定した。このまま身体をもっていかれれば、消される可能性は充分だ。牛島は黒目だけを動かして、辺りの気配を窺った。人影は全くない。極めて不利な状況だった。

「滅共戦線の者か」

牛島が、精一杯凄みを利かせて言った。

相手はほとんど反応しない。年配の男だけが、眉をひそめた。牛島が再び言った。

「敬霊協会の命令か、と訊いてるんだ」

今度は、四人の男たちが怪訝《けげん》な表情で顔を見合わせた。

やがて、サングラスの男が言った。

「それはあんたのことじゃないのか」

話が混線してしまった。相手も、牛島を知らないらしい。敵ではないことが分かった。

「私は私立探偵だ」

牛島は、本物の名刺をサングラスの男に渡し、財布の内側についている運転免許証を開いて見せた。相手を信用させなければ、情報が取れない。

サングラスの男は、背の高い方の青年に名刺を渡し、手で電話をかけるしぐさをした。青年はポケットから携帯電話を取り出し、プッシュボタンを押した。

坂巻よねと話したのだろう、電話を切るとうなずいて見せた。

「なぜ、我々を尾行したんです」

サングラスの男が聞いた。

牛島は手短かに理由を説明した。

「なんだ、じゃ同じ側じゃないですか。自分は藤田と言います」

サングラスの男は、手を差し伸べてきた。

「こちらは、あの娘さんの叔父さん、若い二人は兄弟です。つまり、全員尾崎一家です」

安心したのか、三人は急に笑顔を見せて会釈した。

「こんな所で立ち話じゃ風邪を引いてしまいます。どうです、中へ入りませんか」

異存はなかった。

玄関ロビーの隣には、ガラス張りのコーヒー・ショップがあったが、閉鎖されていた。

尾崎家の三人はエレベーターに乗り込み、牛島と藤田だけが、ロビーの応接ソファーで対座した。

「で、その娘さんに、松本武志について知っているかどうか、訊いてもらえればありがたいんですが……」

牛島が率直に要求を切り出した。

藤田はサングラスを外し、両手でしばらく目のふちをマッサージした。手をはなすと、一重瞼だが鷹のように鋭い目が現れた。四角い意志の強そうな顎が印象的だ。年齢は四十歳前後に見える。

「牛島さん、お気持ちはよく分かります。しかし、状況はそんなに簡単ではないんです。今、上の部屋には、両親や兄弟、親類、友人が詰めかけています。しかし、これから起こる事態は、加代さんが——つまり、信者になった娘さんですが、黙秘、ハンスト、あるいは大暴れ、下手をすれば精神錯乱にすらなりかねないという局面なんです。とても、まともな会話なんて成立しません」

牛島は、武志を拉致した最初の一、二日のことを思い出した。藤田の言うことはもっともだと思った。

「失礼ですが、前に松本さんを連れ戻した時、どういうやり方をしたんですか」

藤田が真面目な顔をして聞いた。

牛島は、安吉との出会いから、順を追って細かく説明した。

聞き終った藤田は、やれやれといった表情で首を横に振った。

「それじゃ無理です。根本的に間違っています」

藤田があっさりと言った。牛島は多少ムッとした。あれだけ苦労して、簡単に全否定されたんじゃたまらない。

「どこが違うんです」

「いいですか、最初にこのことを理解してください。信者たちは、別の星に住む異生物だと考えた方がいいんです。彼らは長い期間、精密なマニュアルとプロセスの中で、人格を改造され、我々の持っているものとは、完全に別な思考回路をインプットされているんです。その結果、自分たちは正道を歩いているのだという妄信が強烈にあります。肉親すらも説き伏せ、救ってやらなければいけないという使命感に燃えているんです。ですから、間違いだと指摘したり、怒鳴ったりしても全然応えません。そもそも、普通の社会の論理を無視しているんですから」

「対立しちゃいけないということですか」

「そのとおりです」

「じゃ、どうすればいいんです」

「向こう側の懐《ふところ》へ飛び込むんです」

「えっ？」

「彼らの言い分に耳を傾け、一緒に勉強しようと近づくことです。実際には、前もってこの宗教のことを学習しておかなければなりません。敵の正体や理論に通じていないと、彼らはバカにして相手にしてくれません」

「信者が目覚めるのに、どのぐらい時間がかかるんですか」

「その信者の性格や判断力、どのぐらい信仰歴があるか、などによって異なります。一日で脱けてしまう子もいるし、半年かかるケースもある。ま、平均すれば、一ヵ月は見た方がいいでしょうね」

「そんなに！」

「時間ばかりじゃありませんよ。大勢の人の手助けもいるし、家族や親しい者は、相当な犠牲を強いられます。尾崎加代さんの父親は、長い間勤めていた運送会社を退職して来ています。今までいくども娘さんと接触したんですが、説得に失敗しましてね。今回はどうしても集団結婚式に出ると言い出したので、人生を賭けるつもりでやってるんです。兄弟も学校を休んでいますし、さっきご紹介した叔父さんも、酒屋の店を放り出して応援してるんです。これを実行する前に、皆で何度もキリスト教の牧師さんからティーチ・インを受けています」

　牛島は仰天した。それほどの覚悟が要るものとは想像していなかった。

「家族が予備知識を得た後は何をするんです」

「まず、こうした人里離れた秘密の場所の確保です。敬霊協会が捜しにくいようにということもありますが、あまり街中だと、信者が救出される期待をつなぎますからね。信者を孤立させなければなりません。ちょっとでもコンタクトが取れれば、すぐに気持ちが動いてしまいます。信者は、団体生活に慣れきっていますから、一人になることを恐れています。しかし、一人にしなければ、自分の力で判断する力や習性が戻りません。なんとしてでも昔の生活の感覚を思い出させるのです。それが強くなってゆけば、次第に現実の秩序へ戻ってきます」

「じゃ、個室に放り込んでおけばいいんですか」

「それだけじゃ駄目です。時々、家族や親しい人間が近づき、信者の味方であることを示す必要があります。そもそも、協会側が信者を取り込む最初の手口は、日常社会ではあまり見られない優しさや情の押し売りから始まります。そこでたいていがコロリとなるんです。だから、ある意味では、家族がそれ以上の必死さと愛情を与えないと駄目なんです。それがないと、理屈ばかり言っても受けつけないんですよ」

「なるほど」

「それから、信者がなかなか現実に戻る決意ができないのは、恐怖を植えつけられているからです。神を見捨てると、自分も家族も地獄へ堕ちると、日頃から脅かされ続けているんです。そもそもこの宗教は、キリスト教と名乗っていますが、聖書を勝手に脚色して乱用しているだけです。本質は、古い迷信に基づく霊魂宗教です。不安につけ込み、やれ悪霊だ、やれ死霊だと脅迫しまくるだけの他愛のないものなんです。それをややこしい理論にでっちあげ、もったいぶってふりかざしているだけなんですね」

「その理論みたいなものの欠点を、信者に向かって暴露する必要はないんですか」

「それは必要ですね。聖書のデタラメ解釈なんかを結構教え込まれていますから、反証するためには牧師さんの力を借りるのが賢明でしょうね。本職という権威もあるし、信者が本当のキリスト教に触れ、ショックを受ける効果も大事ですからね」

「そんな牧師さんがいるんですか」

「全国に二百人ぐらいおられますよ」

「ほう……」

牛島は今、武志救出に関しては、ずいぶん乱暴なことをやったものだと反省せざるを得なかった。

「ところで、藤田さん、あなたの立場はどういう……」

「救出のお手伝いをしてるだけです」

「それが仕事ですか」

「いえ」

「だいぶ慣れているように見えますが」

「百人以上救出しましたから」

「えっ」

「仕事と言われても仕方ありませんね。ほとんど毎日、これで動き廻ってるんですから。でも、交通費程度の実費しか受け取っていません。それでも謝礼を取ってくれ、と言われた時は、牧師さんたちに寄付しています。教会も大変ですからね」

「じゃ、クリスチャン？」

「いえ……話さなくちゃいけませんかねえ」

藤田は、うっとうしいなぁという目で、どこか遠くの方を見つめた。

「私としては聞きたいですよ」

「そうですか……じゃ、簡単に言いましょう。最初は恨みと復讐心からでした」

「…………」

「妹が敬霊協会に持っていかれたんですよ。十年も前の話です。取り戻そうと懸命に闘いました。で、妹が帰されてきた時は、精神病になっていました。何をしても手遅れでした。今も病院に入っています。分かりますか」

「それは……」

牛島は無理強いしたことを後悔した。

「その頃、自分と弟で自動車修理工場をやってました。でも、一生かかっても敬霊協会をぶっ潰してやろうと決心したんです。弟は私の気持ちを理解してくれました。弟が支えてくれるんで、この仕事に没頭できるんです」

藤田は、サングラスの縁《ふち》をもてあそびながら続けた。

「しかし、不思議なもんですねえ……長く続けていると、復讐心なんかどうでもよくなる。苦労して一人救出するたびに、一家族が幸せになる。それを見る度に自分もハッピーになる。だから止められなくなる。ま、それはそれでいいんです。でもね、時々は落ち込むこともあるんですよ。自分はいつまでこんなことを続けているんだろうと。弟に負担をかけっ放しだし……。するとまた、被害者の家族から助けを求められる。断れないんです。そこで、こう自分に言いきかせるんです。立派な実業家なら、いくらでもいる。でも、こういう仕事をする人間は他にいないじゃないか。お前は求められている。少しは意味のある存在なんだぞってね。ま、単純なもんですよ。ハハハ……」

藤田はサングラスをかけ、照れ笑いをした。

牛島は、過去にこの種の人間と出会ったことはなかった。ショックだった。

「どんなもんでしょう、藤田さん、ここ二、三日、もし暇が少しでもあるなら、敬霊協会や教義について、少しレッスンしてもらえませんか」

藤田が牛島の顔をじっと見た。

「本気ですか」

「ええ、私もこの件じゃ、金で動いてるんじゃないんです。とにかく最後までやり通さなくちゃならないんです」

「分かりました。ちょっと待っててください。とにかく、まず読んでもらわなくちゃならんものがあるんです」

藤田は立ち上がり、エレベーターの方へ歩いて行った。

今のところ、他に打つべき手はない。数日この街に滞在し、〈救出〉のベテランからノウハウを学ぶのも無駄にはなるまい——藤田の後姿を見送りながら、牛島はとことんやってみようと覚悟を決めた。


いき当たりばったりで見つけた宿泊先は、一泊二食つき・五千円の安い木造ペンションだった。ペンションとは名ばかりの、大学運動部の合宿所みたいなものだった。トイレ、風呂、洗面所も共同だ。通された部屋は、色褪せた畳のあちこちにガムテープの張ってある六畳間だった。卓袱台《ちゃぶだい》一卓と座布団一枚、あとは針金のハンガーが壁に掛っているだけだった。

だが、安いにこしたことはない。別に静養に来たわけじゃなし……牛島は自分を納得させた。

　狂信的な若者を説得するのに、相手が何を信じているかも知らず行動してきたのは、大きな失敗だった。

「これをまず読んでください。簡単に言えばこの宗教の教義は、三つに分類されます。〈創造原則〉〈堕落原則〉〈返還原則〉、よく読みこめば笑ってしまうようなもんですが、いちおうくどくどと理屈を並べてあります。信者はこの中の断片を丸暗記して喚きたてますから、知っていないと反論しにくいんですよ」

　マンションのロビーで、藤田は書類の入った大型封筒と一緒に茶色い表紙の四六判の本を渡してくれた。金文字で、〈原則講典〉というタイトルが打ってあった。

　六百頁の分厚い本である。

「尾崎加代さんのご両親は、一ヵ月もこれを勉強されて、今回の救出に臨《のぞ》まれたんです。あなただったら一週間で、マスターできると思いますよ。不明な点は、私が説明します」

〈冗談じゃない。一週間もかかってたまるか〉と牛島は思った。

　牛島は、ペンションの食堂から茶道具と魔法瓶を借り、部屋に戻って卓袱台に向かった。

最初の数頁を読んで驚いた。まるでまともな日本語になっていないのだ。単語を知らない学生の、英文和訳みたいな奇妙な文体だった。

文体ばかりではない、牛島が今まで見聞したことのない奇怪な漢字の熟語が随所に出てくる。

〈何だ、こりゃ……〉

牛島の最初の感想だった。

一時間ほど本に向かったが数ページしか進まない。

まるで暗号を読んでいるみたいだ。大よその想像はつくのだが、内容は奇怪なものだった。

これでは、一週間どころか、何ヵ月あっても読破できる可能性はない。どうしたものか。

牛島は畳の上に寝転び、天井をにらんでいた。

しばらくして、あることに気がついた。藤田は、この本と一緒に封筒のようなものを渡してくれたはずだ。

車の中へ置き忘れていた。牛島は外へ飛び出した。

封筒は、車の助手席の下に落ちていた。

中を開くと、〈敬霊協会・用語解説――藤田・編〉とワープロ文字で打たれていた。

まさに、牛島が求めているものだった。藤田の用意周到さに、あらためて感心した。

熟語辞典のようなこの書類によって、牛島の読解はぐっと楽になった。閉口したのは、あちこちにちりばめてある旧約や新約聖書の引用文だった。聖書など読んだことのない牛島にとって、原典の意味も、引用の意図も理解するのは困難だった。ともあれ、書かれている事柄は奇妙奇天烈であることに変わりはなかった。

夕方になって、ペンションの状況が変化した。

スキー客がドッと帰ってきたのである。ほとんどは大学生や若いグループだ。

安宿の壁は薄い。隣の部屋には、女子大生らしいグループが入ってきた。叫ぶわ、喚くわ、笑うわの大騒ぎだ。壁など、あってなきが如しの筒抜けである。その会話内容の程度の低さには呆れ果てるばかりだった。こんな連中でも、カルト宗教の罠にはまることがあるのだろうかと、牛島は考え込んでしまった。

夕食後、酒盛りを始めたらしい女子大生たちの喧噪は、ますます激しいものになった。何度も怒鳴りこんでやろうと思ったが、その度にかろうじて思いとどまった。よく考えてみれば、こんな所に泊りこんで、奇怪な宗教の教典と向き合い、パズルゲームをやっている自分の方が正常ではないと思えたからである。

四苦八苦しながら、九十ページほどの〈創造原則〉という代物を読み終えたのは、午前三時頃だった。その頃には、隣の女子大生たちも寝静まっていた。

翌日の昼、牛島は再び尾崎加代が匿《かくま》われているリゾート・マンションを訪ねた。ロビーで藤田に会った牛島は、昨夜読んだ部分の内容について印象を述べた。ディテイルは覚えていなかったが、〈二極性の理論〉の矛盾を指摘した。

「ま、坐りましょうよ」

藤田は、ロビーの隅のソファーを手で示した。

「よく読みこまれましたね。大抵の人は、四、五ページ読んで投げ出してしまうんですよ。信者だってほとんどの人は読んでいないんですよ」

やたら感心した様子で言った。

「それにしても何であんな日本語なんですかねえ」

牛島が溜息をついて言った。

「不思議なんですよ。たぶん、翻訳した人物は日本人じゃないのかもしれませんよ。しかし、あれが逆に妙な効果を生んでいるんです」

「効果?」

「やたら難しそうに思えるでしょう。それが、信者には大層な大理論に思え、ありがたみが増すんです」

「そんなもんですかねえ」

「それに、連中独特の造語がふんだんに使われています。これが暗号的効果を発揮し、一般の人々と違うのだ、という秘密めいた喜びを信者に与えます。それが信者同士の連帯感を強める役割を果たすんです」

「なるほど……しかし、誰がこんなややこしいことを考え出したんです」

「元々はですね、韓国人の金百文という教祖が造り上げた理屈なんです。この男はそれなりの勉強家で、新旧聖書を研究した挙句、独特の珍解釈を思いついたんですね。そこに、自分の持っている様々な分野の全知識を投入し、マニアックなほどややこしい論文を書き上げたんです。後に敬霊協会を旗揚げして教祖になる朴明烈という男は、一時期この金百文の弟子だったんです」

「じゃ、盗作ですか、この教義は」

「そう言ってよいでしょうね。構成も論理もうり二つなんですから」

と言った藤田が、ふと視線をエレベーターの方へ向けた。

白髪の交ったスポーツ刈りの中年男が、こちらの方へ歩いてくる。初めて見る顔だ。大柄でガッチリした体格をしている。茶のスエードのジャンパーを着たその男は、藤田の隣にドスンと腰を下ろした。

「まず、一服させてください」

男はそう言って、ジャンパーのポケットからマイルド・セブンを取り出し、ジッポのライターで火をつけた。ごつい顔貌だが、目の下に隈ができている。疲れている様子だった。

「尾崎さんです。昨日の娘さんのお父さんですよ」

藤田が言ったので、牛島は自己紹介した。

「聞いてますよ。あなたも大変だ……」

尾崎は、煙を吐きながら言った。

「娘さん、いかがです」

牛島が聞いた。

「どうもこうもありませんよ。昨日は夜中まで暴れまくっていました。帰してくれないなら、窓から飛び降りると喚くんです。私を〈鬼〉だの〈悪魔〉だのと罵《のの》るんですよ。その形相と言ったら、これがわが娘かと思うほどすさまじいもんでした。しまいには、女房までが興奮し、娘を突き落として自分も死ぬなどと泣き叫ぶんですから。

まるで地獄ですよ」

　尾崎は頭をソファーの背につけ、両手を思い切り天井に突き上げながら、奇声を発して伸びをした。

「でもね、びっくりしましたよ、女の子の力は、いざとなるともの凄いもんなんですな。私と息子二人、大男が三人掛りでやっとこさでした。ひどい時は、一時間ぐらい畳の上で押さえつけていたんですから。見てください、これ」

　尾崎はジャンパーの袖をまくって見せた。左腕に血のにじんだ包帯が巻かれている。

「嚙みつかれたんですよ」

　牛島は、目を丸くして尾崎の腕を見つめた。

「夜になって、やっと発作みたいなのが収まりましてね。昨夜から朝まで二時間交替で見張りをしました。でも、落ち着いて眠れるもんじゃありませんよ。藤田さんが、別室で平気で寝ているのを見てびっくりしました。さすが歴戦の強者《つわもの》です」

「何度も似たような場面を体験してますから、麻痺してるんですよ」

　藤田が照れ臭そうに弁解した。

「娘さんは、ただ帰せと言い張るだけなんですか」

牛島が質問した。

「大暴れしている最初の時はそうでした。本当に悪魔に囲まれている、とでも思ったみたいですね。かなりの恐怖があったようです。少し落ち着いてきてからは、すごい剣幕で議論を吹っかけてきました。自分は集団結婚式に行けるんだ。〈恵福〉とかを受ければ、自分も家族も永遠に幸せになれる。それなのに、なぜ皆で反対するのか。娘の幸せを奪う気か——そんな風なことを、原則講典に書いてある用語を並べたて、二時間も演説ぶつんです。いやはや参りましたよ」

「結婚にこだわっているんですね」

「どうやらそのようですね。で、今朝になって、こちらから提案してみたんです」

牛島は次の言葉を待った。

「よし、お前の言うとおりにしよう。ただ条件が一つだけある。お前の信じている教義を家族にも教えてくれ。一緒に勉強しようじゃないか。お前が正しいと分かったら、結婚も許すし、金も出す。なんなら家族も入信しても良い。——そう言ったんです。もちろん、藤田さんの指示なんですが……」

「で、娘さんの反応は」

「急に太陽が出てきたみたいな、明るい顔になりました。信じられないくらいの変化でした」

「今、どうしてます」

「安心したのか、ぐっすり眠っています。目を覚ましたら、いよいよ、決戦です。やり込められたらどうしようと、ドキドキしてるんですよ」

「もうちゃんと勉強されたから大丈夫ですよ」

藤田が励ました。

「でも、高校出てから、何十年も本なんか読んだこたぁないんです。あの〈講典〉とかには参りましたよ。英語よりワケが分からないんですから。藤田さん、ヤバくなったら助っ人、お願いしますよ。頼りにしてるんだから」

「分かってますよ」

藤田は苦笑した。

26

東京駅から千葉へ、外房線に乗って、その団体が茂原で降りたのが午前十時過ぎだった。

この時期には混み合うことのない駅で、若い男女が一度に六十人も改札口を出たのだから駅員もびっくりしたに違いない。この団体は、関東各地で敬霊協会中級研修を終え、上級コースを受けるために招集された若者たちだった。

その中に、ヤッケを着た中道葉子の姿もあった。

大型観光バスが一台チャーターされていて、数人のブラザーやシスターたちの指揮により、全員が手際よく詰め込まれた。

補助席を倒して満員になった。

バスが二十分ほど国道を走ると、海岸線に出た。房総半島の外海の波は、低く垂れ込めた雲の下で、重苦しそうに寝返りを打ちながら、鉛色の襞《ひだ》を光らせていた。

沿道の風景は単調で、ところどころに、置きざりにされた骸《むくろ》のような海の家が建っていた。

バスは小一時間、北へ向かって走った。

周囲にほとんど何もない海岸に、比較的大きなコンクリートの建物が、とってつけたように突っ建っている。灰色の外壁には、〈健康化粧品――救美水〉と謳《うた》った大きな看板がかかっており、信者だと言われる有名女優の顔が歯を見せて笑っている。

バスは、その建物の前で停まった。

　正面玄関には、〈ロング・パラダイス商事〉という看板が出ており、右側が事務所、左は倉庫に使われているようだった。

　バスから吐き出された若者たちは、三階までの広い階段を、羊の群のように黙々と上った。

　六畳一間に十名ずつがふり分けられ、荷物を置くやいなや、二階の学習ルームに集合がかかった。

　広い学習ルームの正面には、教祖・朴明烈の大きな写真と、韓国旗が飾られていた。

　葉子は、朴明烈の顔にはすでに馴染みがあったが、眼前に見る韓国旗には、妙な違和感を覚えずにはいられなかった。

　だがすぐに、教祖のいる韓国が〈主〉で、日本は〈従〉の関係だという教えを思い出した。日帝三十八年の朝鮮半島支配で、聖地を踏みにじった罪を、日本は償わねばならないのだ。日本人は、キリストを殺したユダヤ人と同じだと説明されていた。

　朴明烈の写真を背に、ブラザーの一人がオリエンテーションを行った。

「三泊四日の上級研修のプログラムは、〈朴明烈自伝――聖者の歩み〉〈敬霊協会史〉そして〈原則講典・重要理論の暗記〉であります。三人の講師――いずれも当協会の理論幹部でございますが、毎日、それぞれ五時間、計十五時間ずつの集中授業を敢行いたします」

朴明烈の個人史を担当したのは、禿頭の中年男性だった。蒼白い顔色をしていたが、目つきが鋭く、凛々《りんりん》とした声で教祖の生涯を語った。

葉子は、この授業に一番心を惹かれた。自分が師事しようと決意した教祖について、ほとんど知識がなかったからだ。

朴明烈の物語は驚くべきものであった。

神に遣わされた朴は、日本帝国支配下の平壌近郊に生まれた。富農の家に生まれたが、それは仮の姿であり、朴は、イエス・キリスト以来の聖血を持つメシヤである。幼児の時から周囲を驚かせる天才的な言動を示した。十六歳の時、キリストが夢枕に立ち、自分の成し得なかった人類救済の大事業を託したという。以後、さまざまな教派の学習に励むが、ある時、遂に原則講典の基本になる摂理に出会う。

布教活動は、絶え間ない受難と苦悩の連続であった。

講師は、日本の憲兵に拷問される朴の姿を生々しく物語った。葉子が、思わず耳をふさぎたくなるような残虐さだった。

「この苦しみ、この激痛を想像してください。この時の朴先生の辛さに較べれば、十字架に釘づけになったキリストの痛みなど、まだまだ軽いと言わねばなりますまい」

講師は、まるで自分がいたぶられているかのように、身悶《みもだ》えをしながら話した。

敗戦で日本軍が去った後、今度は共産党に捕われ、獄中生活を送る。

「この時期の朴先生の気高い精神、悠々たる態度は、獄吏の間でも尊敬をもって語られていたのであります。なぜ、そんな風に生きられたか。それは、朴先生自身、自分が神の使者であり、この世のメシヤであることを確信されていたからであります」

中道葉子は、一瞬とはいえ、以前朴明烈の写真を見て疑念を抱いたことを恥じた。朴の生涯の物語を知るにつれ、教祖に対するイメージが変わっていった。

第一時間目の授業が終る頃には、写真の朴明烈に後光が射しているように感じられた。

〈敬霊協会史〉は、単なる年表を覚えるような単調な講義だった。試験があるというので、必死にメモを取るだけだった。

大変だったのは、原則講典の重要理論抜粋を丸暗記することだった。すらすら言えるようになるまで、しつこいほど反復練習をさせられた。

「内容に疑問を持つ人には覚えられませんよ。疑問を抱くことが、そもそも大きな罪を犯すことですからね」

この科目の担当は、若いブラザーだった。

「この協会では、上下の秩序が尊ばれています。女は男に、シープはブラザーやシスターに逆らってはいけませんし、ブラザーはシニア・リーダーに、リーダーは幹部に、幹部は朴先生に服従することが義務づけられています、分かりますね」

参加費は前二回よりも高かったのに、食事の質と量は格段に落ちた。

「あらゆる動物的な欲望を捨てねばなりません。食欲、色欲、名誉欲、財産欲――すべて悪霊が取りつく穢《けがらわ》しい情念です。純粋な心情とは何か、それを体験するのも今回の大きな目的であります」

午前二時に講義が終り、倒れるように布団に潜り込む。午前六時には起こされた。辛かったのは、そのまま浜辺をジョギングすることだった。三月初旬、まだ薄暗い空の下で、波は不気味なうねりを見せていた。海から襲いかかる風は刺すように冷たく、砂に捉われる足は、鉄玉をくりつけられたかと感ずるほど重い。

葉子は、地獄の風景の中を、天使が走り抜けている絵を想像して、その苦しみに耐えた。

二日目には、聖なる世界を垣間見た。

空腹と疲労、休むことなく浴びせられる教義、くり返される聖歌合唱と祈禱、そしてジョギング――意識が次第に非現実的になり、ある時点から、体が浮くような感覚になった。心の扉が開かれ、まぶしいほどの光が一挙に飛び込んでくる。えも言われぬ喜びと心地良さ。

恍惚とはこのことか！　初体験だった。

葉子は、神が近くに存在することを知った。


三日目の深夜、二階の学習室で最後の講義が行われた。朴明烈の写真の前に、十本の燭台《しょくだい》が並べられ、ろうそくの炎がゆらゆらと天を指していた。

遂に、葉子が求め続けてきた答が与えられた。

人類の原罪で既に汚され、あの彼によって性的に毒された彼女の血は、研修を受けるだけでは清められない。

「神の仕事の五パーセント分を、人間が負担しなければなりません。その貢献をした人のみが、血を浄化され、罪を犯す以前のアダムとエバに帰れるのです。これを、我々は〈回帰原則の理論〉と呼んでいるのであります」

締めくくりの講師は、禿頭の中年男だった。

「では、具体的にどうするか、答は簡単です。皆さんが、三年六ヵ月間、さまざまな形で協会の仕事を手伝えばよいのです。それをやり抜けば、朴先生から皆さんに〈恵福〉が下ります。つまり、朴先生が皆さんの生涯の伴侶を、神のお告げによって選んでくださるのです。つまり、皆さんは集団結婚式に参加できるということなんです。その時初めて、皆さんは聖なるお父様である朴先生の聖血を受け、血が清められる」

〈ああ、あと三年六ヵ月！　……やります、やります、やり抜きます！〉

中道葉子は心の中で叫んだ。

「その日が来るまでは、男は女に、女は男に、たとえ手足にでも触れてはなりません。清らかな純潔を守りきらねばならないのであります。その決意を、皆さんは、今日、今夜、たった今、示さなければなりません。まさに、天国の門が開かれたのであります」

打ち寄せる波の音が、音楽のようにリズミカルに聞こえる。

ブラザーとシスターたちが、一斉に詩を唱和し始めた。

　可愛い私の小羊たちよ。
　おまえたちの小さな苦しみが、
　積もりつもって黄金の塊を

創るのだ。

一人の若者が立ち上がり、ゆっくりと朴明烈の方へ近づいた。燭台の前で立ち止まり、ひざまずく。それから静かに両手を伸ばし、額を床に押しつけてひれ伏した。もう一人、また一人、あちらこちらで若者たちが立ち上がる。

葉子はすでに歩き出していた。詩の唱和に誘われるが如く、波に体をさらわれるが如く、輝く燭台の炎を見つめながら、ゆっくりと歩を運ぶ。

力を尽くし、共に頑張ろう。
耐えられないほど苦しくなった時、
私はおまえを抱き上げてあげよう。
そしておまえの立派な心を
褒めたたえてあげよう。

スキーをやりに来たわけではないのに、縁もゆかりもない越後湯沢に長逗留するはめになった。

27

藤田の予言どおり、原則講典を読みきるのに一週間掛ってしまったのだ。

だが、牛島は後悔していなかった。中途半端ではできない仕事だと分かった以上、意地でも通らねばならぬコースなのだ。東京にいて、野暮用にわずらわされながら読むより、効果的かもしれなかった。

久しぶりに受験生になった気分だった。宗教について考えたり、旧約、新約の聖書の違いを学んだり、マインド・コントロールのさまざまな手法を学んだりと、こんなことでもない限り、決して出会うことがなかったテーマに取り組んだ。当初はバカバカしいと思っていたが、藤田の手ほどきを受けて進むうちに、面白くさえなってきた。

マインド・コントロールは、宗教だけではないことを発見したのは収穫だった。人が人を動かす、人が人を騙す、人が人の人格を変える——政治、軍事、企業経営、組織運営、すべてが、マインド・コントロールを基礎にしているのだ。

尾崎加代は、両親や藤田との論争でことごとく敗戦を重ねていた。しかし、論理的に負けることと、信仰を捨てることとは一致しないようだった。

両親はあせっていたが、藤田は落ち着いたものだった。

「理論はボディ・ブローみたいなもので、徐々に効いてくるんです。それよりも、現実感覚を取り戻すのに時間がかかるんです。信仰生活が長いほど、氷が溶けるのに手間取りますからね」

四日目には、近所の幼な馴染みの友人が、五日目には、大学時代の同級生が訪れた。

「信仰以前の生活の記憶を蘇らせることが重要です」

六日目には、敬霊協会を脱会した元信者がやってきた。

「信者が協会に疑問を感じ始めても、なかなか脱会を決意できない理由の一つに、〈恐怖〉があるんですよ。脱会したら地獄に堕ちる、という強迫観念を植えつけられていますからね。ですから、元信者の健全な姿を見せることは、この恐怖心を和らげる効果があります」

藤田は、きちんと脱会へのマニュアルを組んでいるようだった。

七日目には、東京から牧師がやってきた。

牧師の名は北原、中肉中背の男だった。牛島と同年齢ぐらいに見えた。黒縁眼鏡をかけ、涼しい瞳が印象的だった。いつも柔和な笑みを浮かべている。

牛島は、北原に対して強い興味を覚えた。聖職者と身近に接するのは初めてだった。神と共に一生を過ごす人間とは、どんな人物だろう。いずれにせよ、自分とは対極にあるような人生を送っていることは間違いない。

「北原さんは神学博士でもあるんです。聖書や宗教史なら何でも知っていますよ。ぼくの知識はすべて北原さんの受け売りですからね」

北原は、すかさず藤田の言葉を打ち消した。

「とんでもない。私は藤田さんから多くのことを学びました。私などほんの駆け出しで、大したお役に立ってません」

「牛島さん、これを覚えておいてください。信者は、敬霊協会から前もって警告を受けているんです。拉致された後、必ず洗脳牧師が現れる。それは恐ろしい顔をした悪魔の使者で、金をもらって動いてる。その牧師の言うことに耳を傾ければ、あっという間に地獄へ連れていかれる、ってね。ですから初期の『原則講典』解読は、親しい人間と始めるのです。で、たくさん疑問が出てきたところで、本物の牧師さんを呼ぼうじゃないか、と納得させる。北原さんに会う準備さえ整えば、解決は時間の問題になります」

「それは言い過ぎですよ。私は信者が目覚めるための助走を手伝うだけです。決め手は結局信者自身の中にあります。命令で動く人形にされた信者が、自分で考え始めなければ何も始まりません」

北原が訂正した。

その北原に牛島が質問した。

「脱会を決意する瞬間には、共通のきっかけみたいなものがあるんですか」

北原は首を横に振った。

「それがあれば、私たちも苦労がないんですよ。ある時期まで来ると、信者は自分が脱会する運命にあることを知るようになります。そして、その理由を自ら捜すようになるんです。その理由というのが、信者自身にも、私たちにも分からない。しかも、信者によってみな違うんです」

「難しいんですねえ……」

牛島が実感をこめて唸った。

尾崎加代の父がやってきた。手にはノートを抱えている。

北原とは、前に幾度か会っている様子だった。

「加代は疲れたらしく、今寝ています。先生、荷物をこっそり調べたら、こんなものが出てきました」

尾崎が開いたノートには、講義のメモがびっしりと書かれていた。ノートの間から、二枚の写真が出てきた。一枚は、教祖・朴明烈のブロマイドだが、二枚目は、一人の老人を数人の信者が囲んでいるスナップだった。

「ここに加代が写っているんですが、この爺さんは何者でしょう?」

北原は、写真の中の小さな顔を注意深く点検した。

「これは李英信です。朴明烈と最初に敬霊協会を作った男です。初期にはナンバー・2として大いに活躍したんですが、途中で朴にうとんじられ、一度は脱会したんです。ところが、なぜか二年ぐらい前から戻って来て、聖者扱いを受け始めたんです。昨年日本にも来ました。たぶん、娘さんが講演会かなんか手伝った時の記念写真でしょう」

「こんなものをまだ大事にしてるんじゃ、まだまだ道は遠いか」

尾崎はがっかりしたように言い、ポケットをまさぐって煙草を捜した。

牛島は、この夜帰京する予定だった。

坂巻よねに給料を払ったり、期限のある事務的な処理も残っていた。松本安吉の見舞いもしてやらねばならない。北原ともっと話したい気がしたが、向こうにも説得のスケジュールがあった。

「私の教会は三鷹にあります。いつでもおいでください。お力になれることがあれば、喜んでご協力します」

北原は、牛島に名刺を差し出した。

28

越後湯沢から帰った翌日、牛島は入院中の松本安吉を見舞った。

武志に関する手掛りは何もなく、手ぶらで会うのは気が重かったが、救出に関する知識を与えねばならなかった。

二週間前の手術は成功し、安吉は自由に喋れるまで回復していた。あと一週間もあれば退院できるとのことだった。

牛島の説明を聞いた松本夫妻は、原則講典を学習することに同意した。どうせ暇なら、入院中にやってしまおうということになった。毎日午後の二時間ずつ、病棟の廊下の片隅の応接セットで、牛島が講師を務めることになった。

事は簡単ではなかった。

安吉は、水道や下水工事に関しては一流の職人だったが、言葉や論理の世界に関する限り、全くの素人だった。同じ学歴でも、運送業の尾崎とはタイプが違うことを発見した。

学習は入口からつまずいた。

世界のすべての物質は、陽と陰、雄と雌、十と一などに分かれ、その相対関係によって新たな物質が成立しているという〈二極性の理論〉を説明すると、安吉は感心した様子で、

「そうだ、そのとおりだ」

などと共鳴してしまう。否定の論理を展開すると、かえって疑わし気な目つきで牛島を見た。

妻の時枝は、牛島の言葉にことごとく頷いていたが、何も理解していないようだった。それどころか、一分前に言ったことを、すっかり忘れてしまうのである。

この調子では、家族が武志と論戦するのは不可能である。逆に両親が信者になってしまう危険性がある。牛島は頭を抱えてしまった。

それでも、敬霊協会の初歩的な概念だけは、何としても理解させねばならないと頑張った。牛島は講典を片手に、できるだけ分かりやすい言葉で松本夫妻に要点を解説した。

とにかく悪戦苦闘だった。

夫妻はしばしば、肯定と否定を取り違えて理解した。人は、あまり論理的にものごとを考えて生活していないのだという事実は、牛島に少からず衝撃を与えた。インチキ宗教が流行する素地があるのだ。

「牛島さん、霊感商法は悪いが、わたしは霊感というものはあると思うよ。いや、何度も自分で体験してますからね」

そう安吉が言った時、妻の時枝までが同調した。

「田舎の姉が狐つきになったことがあるんです。霊能師を呼んでお払いしたら、すっきり直ってしまったんですよ。これだけは本当です」

牛島には、反論する武器がなかった。

「いいですか、お二人とも、本当に武志さんを奪回したいんなら、そんなことを信じてもらっちゃ困るんです」

牛島はそう言いながら、〈先ず肉親が教義を学ばなくてはならない〉という藤田のマニュアルが、松本家には当てはまらないことを痛感した。いずれにせよ、武志が見つかった場合に対処するために、万全の用意をしておかなくてはならない。牛島は、もう一度北原牧師に会う必要があると思った。

日本では、プロテスタント系の約千六百の教会が、日本基督教団に所属している。教団には中央集権的な組織もなく、したがって、系統的な資金援助のルートもない。いくつかの教派はあるが、一つ一つの教会は、牧師個人の個性や考え方によって運営されている。

日本ではこのグループだけが、国際キリスト敬霊協会を危険なカルト団体と見なし、多くの牧師たちが信者の救出活動を展開している。

北原牧師のベツレヘム教会は、東京・三鷹市の閑静な住宅街にあった。六メートル道路の片側が盛り土され、その上に、白い十字架を掲げた木造の家があった。

夕焼け空を背にした教会の姿は、童話の絵本にでも出てくるような非現実的な雰囲気だった。

石段を上ると、オリーブや合歓木《ねむのき》などが数本植えられた庭の奥で、北原牧師と若い女性がせっせと竹箒《たけぼうき》を走らせていた。

牛島に気がついたのは、女性の方が先だった。箒を止め、ニッコリ笑って会釈した。

「やあ、いらっしゃい」

気がついた北原が、近寄ってきた。厚編みの徳利セーターを着た北原は、牧師というよりも、近所の〈お兄さん〉という感じで、年よりもずっと若く見える。

「ちょうどよかった。今夜は元信者だった子たちが集まる日なんです。いろいろ経験談が聞けると思いますよ」

「娘さんですか」

牛島は、庭掃除を続けている女性を指差して訊いた。

「いえ、二週間前に保護したばかりの娘《こ》なんです。慣れるまでウチであずかっているんです。まだ敬霊協会の呪いが恐くて、現実社会に対応できないんですよ」

「それにしては、ずいぶん表情が明るいですね」

「元々はああいう子たちなんですよ。世間ずれしてないというか、いたって無邪気なんです。さ、どうぞお入りください」

北原は部屋の中へ案内してくれた。

古い建物で、応接室の隣に礼拝堂があった。思ったよりも狭く、壁も床も板張りで、説教台に向かって、十数脚の木のベンチが並んでいる。説教台の背後に、シンプルな十字架が掛けられ、その真下には〈最後の晩餐〉のレリーフが飾られていた。旧式の石油ストーブに火はなく、室内はひんやりとしている。

「この奥に小さな3DKがありましてね。そこが住居《すまい》になっています」

「ご家族は？」

牛島は、冷たいベンチに腰を下ろしながら訊いた。

「妻と中学生の娘がいます。妻はもうじき帰ってきます。予備校の事務局で働いています。信者さんの献金だけでは、なかなか維持ができませんので」

「教会経営は、そんなにきついんですか」

「二食でも三食でもいただければ有難いということです。でも、今はまだましなんですよ。宮城県にいた時は、夫婦で新聞配達をやりました」

牛島はびっくりした。

「敬霊協会とはえらい違いですね」

「ハハハハ、そうですねえ……」

北原はほがらかに笑った。

「人の心を扱う仕事ですからね。騙そうと思えばいくらでもできるんですよ。特に日本の伝統的な宗教は儀式化していますから、宗教を商売にしようとする詐欺師たちの草刈り場になっています。しかも、宗教団体には優遇税制がありますからね。敬霊協会が、本国ではなく日本で急速に伸びたのも、この二点に目をつけたからでしょうね」

牛島は納得した。神道は形骸化し、仏教は檀家制度に胡坐《あぐら》をかき、布教活動に熱を入れない。日本のカトリックは、世界的組織の末端として事務的に存在しているに過ぎない。ほとんどの国民は、神ではなく経済を崇拝している。心の空白につけ込んでくるのは、積極的だが、怪しげな新興宗教ばかりである。

武志救出の件を持ち出すと、北原は快く助力を約束してくれた。

日が暮れると、若者たちが集まり始めた。

北原の妻も、買物袋を顔が見えないほど抱えて帰宅した。袋の中は、今夜の集いの食料だった。若者たちは、食事を作ったり、食卓を調える作業を、手際よく分担して手伝った。

実に活動的だ——と、牛島は思った。鬱病患者のような無気力な姿を想像していただけに、イメージの落差は大きかった。

応接室の大きなテーブルの上には、幾枚もの大皿に盛られた家庭的な料理が並べられた。

若者が六人、北原夫妻と娘、牛島を加えて十人が、テーブルを囲んだ。

北原牧師のリードで、食前の祈禱が開始された。牛島が観察していると、若者のうちの二人は手を合わせていない。

祈りが終った時、牛島はその二人に向かって言った。

「君たちは改宗しないの」

一人の若者が答えた。

「しません。もう神様は真っ平なんです」

座が爆笑に包まれた。

牛島が怪訝な顔をしていると、北原が説明してくれた。

「救出活動をしている牧師たちの間には、二つの考え方があるんです。一つは改宗させることが目的、もう一つは、社会活動として位置づける姿勢ですね。私は後者の考え方なんです」

何らの利益もなく社会活動をするという姿勢は、疑い深い牛島には簡単に受け入れ難いものだった。だが、よく考えてみれば、自分だって一文にもならぬ仕事に係わり合っているのだ。

食事中は、冗談が飛び交い、楽しい雰囲気が支配した。毎週一度、決められた曜日の行事だという。

「ここへ来ると、同じ体験をした仲間がいるんでリラックスできるんです。でも、日常生活では戸惑うことが多く、緊張の連続です。協会にいたころは、ロボットでしたから楽でした。命令されたことだけやっていれば良かったんです。一挙一動報告し、許可をもらうシステムでした。でも今は、たいていのことは自分で判断しなければならないでしょ。でも、その判断に自信が持てないんです。ジュース一本買うのにも、〈アッ、許可がいる〉なんて一瞬思ってしまうんですよ」

若者の一人が言った時、牛島はマインド・コントロールの後遺症の深さに驚いた。

「普通に戻るまで、どのくらいかかるんです」

牛島が北原に聞いた。

「この集まりに姿を見せなくなるまでですね」

北原の言葉で、全員が笑った。

「そうですねえ、その子によって違いますが、平均すれば一年ぐらいのリハビリ期間が必要でしょうか。こうして面倒見てあげないと、途中で戻ってしまうケースも多いですから」

北原は言い直した。

「それにしても分かりにくいな。君たちみたいな普通以上の頭の持ち主が、なんであんなインチキに引っかかるんだろう」

牛島が根本的な疑問を呈した。

今度は、女性の元信者が答えた。

「向上心と欲、それにちょっとした劣等感や弱味があるからです」

「それだったら誰にでもあるだろ」

「チャランポランな人や、自分の力の限界を知っている人、あるいは知識が沢山あって自信のある人は引っかからないんです」

「でも怪しいとは思わなかったの」

「向こうに騙す気があれば、気づいたと思うんです。でも、善意だけの情熱には負けてしまうもんですよ。特に私たちは素直な性格だから」

皆が再び笑った。

食事が済み、ひとしきりお喋りが続いた後、北原牧師が言った。

「さ、今日は牛島さんも来られていることだし、今まで断片的にお話しした朴明烈と敬霊協会の歴史を、系統的にお話ししましょう。この系統的に全体を見るという習性をつけることが、正しい判断をする際の重要なファクターになるんです」

このテーマは、牛島がぜひ知りたいと思っていたことの一つだった。

29

敬霊協会の教祖・朴明烈は、一九二〇年、今は朝鮮民主主義人民共和国になっている平安北道で生まれた。実家の職業は農家で、八人兄妹の次男として育った。

「これは敬霊協会も認めている事実ですが、こうした経歴そのものが、彼らの主張と矛盾してるんです。だって、彼らによれば、人類は全部汚れた血の子孫ということでしょう。普通の親から生まれた朴明烈だけが、突然、聖血を持ったメシヤとして出現するのは理屈に合わないんです」

北原はおかしそうに注釈を加えた。

一九三〇年代の平壌は、東洋のエルサレムと呼ばれていた。ソウルから北上したさまざまなキリスト教教派が、宗教ブームを作り出していたからである。

日本の植民地として苛酷な弾圧を受け、貧困に苦しむ人々が、神に救いを求めたからだという見解もある。

教派の中には、神秘主義的な新興宗教も続々と登場していた。

とりわけ、李龍道、黄国柱という二人の牧師は、俗に言われる〈血分け教〉の開祖として有名である。

彼らの主張は〈神と霊的に一体化するということは、男女の性愛の境地と一致する〉というものである。神である自分と女性信者が性的に交われば、彼女は天国にゆけるのである。彼らは、これを〈霊体交換〉と呼んでいた。彼らが布教で移動する度に、多くの女性信者たちが、ぞろぞろとついてまわったといわれている。

後に宗教学者たちは、この系統の教派を、〈キリスト教混淫派〉と名づけている。

彼らはまた、〈悪霊、怨霊、因縁〉などという言葉を乱用して人心を揺さぶり、自分には〈霊感〉や〈霊視力〉が備わっていると吹聴して歩いた。

この手の教義や布教手段は、伝統的な正統キリスト教とは無縁のものである。むしろ、朝鮮半島に古来から伝わる迷信、シャーマニズム、陰陽道などの要素を基礎にした混合宗教と考えるべきである。

朴明烈は十四歳でソウルに移動し、学校に通っていたことになっているが、この頃、李龍道の開いた〈イエス教会〉ソウル支部の熱心な信者であったという証言もある。

敬霊協会の出版物によると、朴明烈が十六歳の時、神の啓示が降りたという。すなわち、イエス・キリストが枕元に立ち、〈自分がやり残した仕事を完成させて欲しいと依頼した〉というのである。この時から朴明烈はメシヤになり、汚れた血が聖血に入れ替ったと強弁している。

大物になってからの朴明烈は、住居をアメリカに移し、盛んにいかがわしい政治活動を展開する。一九七六年、コリヤゲート・スキャンダルとして米議会の査問を受けるが、ある議員と朴の質疑は今でも笑い草になっている。

議員「あなたが十六歳の時、イエス・キリストが啓示を与えたと言うが、イエスは何語で話したのですか？」

朴明烈「ええと、それは……つまり、ヘブライ語なまりの韓国語でした」

朴明烈にまつわるこの手のバカバカしい逸話は、語りつくせぬほど多い。

史実を深読みすれば、李龍道から伝わったセックス・リレーの乱交の輪の中に、十代の朴明烈がのめり込んでいたと想像してもおかしくはない。十九歳の時には、下宿屋の母と娘の二人と性的関係を持ち、大トラブルに巻き込まれている。

一九四一年、朴明烈は留学のため日本へ渡る。長い間、早稲田大学工学部出身と学歴を公表していたが、後に経歴詐称が暴露され、訂正を余儀なくされた。

「学歴コンプレックスのある神様なんて、かなり面白いでしょう」

北原はそう言って、若者たちを笑わせた。

植民地が解放されるのは一九四五年だが、朴明烈はその前年帰国している。

一九四六年、朴明烈に運命的な出会いがあった。金百文という宗教家が主催する〈イスラエル修道院〉に半年通うことになったのである。金百文は、混淫派のおどろおどろしいまとまりのない教義を、新約・旧約聖書の文章に強引に符合させ、系統的な理論として完成させた人物である。いわば、〈血分け教〉の理論確立者である。その著〈キリスト教根本原理〉は、そのまま朴明烈の〈原則講典〉に写しかえられることになる。

金百文の教えを受けた朴明烈は、一九四六年、共産主義政権ができたばかりの平壌へ乗り込む。さっそく自分の教会を設立し、女性信者を集めて乱痴気騒ぎを始めた。いくどかの警察沙汰を起こしたあげく、二年後に社会秩序紊乱《びんらん》罪で逮捕される。直接の罪状は、重婚であった。懲役五年六ヵ月を宣告され、興南刑務所に投獄される。

服役中に知り合ったのが、同じ囚人であった李英信である。李英信は朴に感化され、その活動の協力者になることを約束した。

一九五〇年、朝鮮戦争が勃発した。国連軍によって占拠された興南刑務所から、朴明烈は刑期半ばで脱獄し、一目散に釜山に逃げる。難民の溜り場だった釜山で、細々と活動を続けるが、後にソウルへ移動する。

李英信と共に、国際キリスト敬霊協会を旗揚げしたのは、一九五四年である。その頃までには、男女の信者もある程度増え、スタッフも揃っていた。

だが、相も変わらぬセックス・スキャンダルの連発だった。有名な例では、正統クリスチャン・スクールである梨花女子大学の学生たちを囲い、取り戻しに来た女性教授たちまで洗脳してしまった事件がある。

設立の翌年にはもう、女性の不法監禁で逮捕されることになる。

「この頃から奇妙なことが起こり始めるんですよ」

北原牧師が、急に真剣な顔つきになって言った。

「五〇年代後半になると、突然、陸軍保安司令部の若手情報将校四人が入信してくるんです。いずれも、英語、日本語が堪能なエリート軍人ばかりでした。こんないかがわしい宗教には似合わないメンバーですね。そのうちの一人が、現在アメリカ在住で指揮を取っている敬霊協会ナンバー2の白昇龍です」

ちょうど同じ時期に、もう一人のインテリ韓国人が日本へ密航する。逮捕され、九州の大村収容所に入るがすぐに脱走する。その後、日本右翼の大物が身元引受人となり、東京で布教活動を開始する。

一九六一年、韓国では朴正熙が軍事クーデターを起こし、長い軍事独裁政権の時代が始まる。前述の四人の情報将校は、すべてＫＣＩＡの幹部に昇格し、反共政策の中核になる。

敬霊協会が、飛躍的に伸びるのはこの頃からである。自分を投獄した北の共産主義政権に怨みを持つ朴明烈は、軍事政権の庇護のもとに積極的に反共宣伝を開始する。

数年後には、協会の政治組織として、〈国際滅共戦線〉を結成した。韓国最大の右翼組織としてＫＣＩＡに協力し、激しい反共テロなどに加担し、左翼や民主主義者ばかりでなく、正統派キリスト教徒をも弾圧した。

日本の敬霊協会も、韓国の動きと連動した。岸田信などの右翼政治家と連携し、短期間に勢力を拡大した。

日本の滅共戦線は、一時全右翼組織の連合を図り、一時的にはリーダーシップを取る。しかし、後には内部対立が起こり、日本右翼と彼らは一線を画すことになる。

「だいたい初めから無理なんですね。敬霊協会の思想では、韓国が主人で日本は家来だというのですから、日本の民族主義右翼と合うわけはありません。年に一度、朴明烈は日本の幹部を呼び寄せ、それぞれに、日本の天皇やアメリカ大統領の役を振り当て、自分の前にひれ伏せさせる儀式をやっていたんです。最近の演説では、昭和天皇は今、天国で原則講典を読んでいるとか、現皇太子も教義を勉強中である、などと妙なことを言ってるんです」

北原牧師は、あきれたように頭を横に振った。

一九七〇年代に入ると、敬霊協会はアメリカに進出する。世界中に反共組織の支部を置き、文化財団を作り、新聞社を買い取り、大学や有名ビルを買収し、漁業会社など企業活動にも手を染める。しかし、こうした資金の九〇パーセントは、日本の霊感商法で稼ぎ出したものである。

朴明烈はニューヨーク州に豪邸を構え、ニクソンからレーガンに至る共和党政権に取り入り、議員に対する買収や女性提供などで激しいロビー活動を展開した。

あまりやり方が乱暴なので、一時は議会の査問を受けるが、この時はかろうじて逃げ切る。

一九八四年、朴明烈は脱税容疑で逮捕され、一年六ヵ月の間監獄暮しをする。

政治活動が激しかったのは、アメリカだけではない。韓国の議員数百名を買収し、政権乗っ取りを図ったり、日本でも、自民党を中心に民社党などの議員百五名を支援し、滅共戦線支持メンバーとして公表した。

一九九〇年を境に、協会の趨勢《すうせい》は極端に衰えてゆく。東西冷戦の終了により、〈反共〉の旗が無意味になったことが大きな要因である。

また、日本における霊感商法がマスコミに糾弾され、訴訟件数も激増した。詐欺による収益は、最盛期の年間一千億円から十分の一以下にまで落ち込んでいる。バブルの崩壊がさらに追い討ちをかけた。今や経済的には青息吐息の状況にある。

だが、朴明烈の政治好きはいっこうに直らないようだ。天敵であった北朝鮮に出かけ、金日成に経済協力を提案したり、多くの幹部候補生をドイツやロシアに送り、激しい布教運動を進めている。

「さて、これまでは組織の政治的、経済的な側面の歴史をお話ししてきました。今度は、根本教義の〈血分け〉について説明します。あなたたちは信者時代に、厳しいほど清純な男女関係を保つよう教育されましたね。これは、聖血を持つ朴明烈とセックスする以前は、他の男に触ってはならないという意味なのです」

女性の元信者たちは、気味の悪いものでも見たかのように表情を歪めた。

「以前は、個人的にセックス伝道をしていた朴明烈が、この教義を最初に儀式化したのが、一九六一年の集団結婚式なのです」

それまでに自分が手をつけた三十六人の女性を、男信者たちに与え、一緒に結婚式を行った。

こうしてできた三十六組の家庭を、〈至福家族〉と呼び、敬霊協会幹部の中核としたのである。次は七十二組と、倍々ゲームで恵福家族を増やし、最終的には地球上に神の王国を造る、というバカげた発想である。

当然のことだが、人数が増えれば、教祖一人で全女性に性的処理を施しきれるものではない。

集団結婚式に参加した女性信者の手に、朴明烈が触るということで、セックスの代用行為を暗示させるようになったのである。

「いやらしい野郎だなァ……こいつ、セックス・マニアックですか」

牛島が思わず唸った。

「そういう面はありますね。セックスに関して、この男は矛盾だらけなんです。信者には、結婚は人生に一度だけと説いているくせに、自分は四回もやっている。女性は二十一歳以上と言いながら、現夫人が十七歳の時に結婚しているんです。正妻、妾などに生ませた子供の数は、おそらく二十人を超えているんじゃないでしょうか」

北原の言葉に、牛島は呆然とするだけだった。

30

両親が、一緒に原則講典を読もうと言い出した時、尾崎加代は〈しめた!〉と思った。

脱出できるだけではなく、両親も信者にするというお土産《みやげ》つきで、堂々と凱旋できるからだ。尾崎家の血統が救われ、自分は最高の状態で恵福が与えられる。

一緒に集団結婚式に出る長峰国彦は、どれだけ新婦を誇りに思うだろう——考えただけでも胸がゾクゾクした。

だが、球は逆の方向へ転がり始めた。

一挙に説得できると思っていた敵は、予想外に手強かった。理論などとうてい分かるまいとなめてかかった両親が、原則講典の一行一行について、ねばり強い疑問を投げかけてくるのだ。

〈おかしい……〉

悪魔は理論武装しているようだ。

残念なのは、その疑問に対して自分が明確に答えられなかったことだ。何とか取りつくろうとして知識を披露すると、その論理に対しても矛盾を指摘してくる。

これはショックだった。何とかしなければと焦った。この場に長峰リーダーさえいれば、難なく論破できるのにとくやしかった。

奇妙なことに、両親は加代の矛盾を非難せず、改宗しろと強要もしなかった。

「じゃ、これは後で誰かに確かめてみようか」

父は、おだやかにそう言うだけなのだ。この余裕は何だろうと、加代は不安になった。

両親とは以前に何度も面会したが、こんなことは初めてだ。いつも敬霊協会の非を喚きたて、強引に加代を連れ戻そうとするだけだった。

原則講典を読み進めるごとに、疑問や矛盾だけが加代の頭に積み残されてゆく。このままでは負ける、と感じた。負ければ地獄へ真っ逆さまだ。

加代はいくども逃げようと思案した。

だが、両親、兄弟、叔父、そしてあの藤田という得体の知れぬ男が、いつも加代の周辺にいた。トイレと風呂以外、３ＤＫの奥の間から一歩も出してもらえない。寝る時も、必ず一人が交代で見張っていた。電話も禁じられているので、暗号の連絡を取ることもできない。

八階の窓から脱け出ることは不可能だ。いっそ飛び降りてしまおうかと下を覗いてみたが、恐くなって足がすくんでしまう。目の前に恵福のチャンスがぶら下がっているのに、死を選ぶことは惜しい。

奇蹟を待つしか方法がなかった。

だが、信者仲間に囲まれ、指示に従っていた生活感覚が日ごとに失われ、不安と焦燥だけが膨らんでいく。

囚われの身となって四日目、高校時代の三人の女友達が訪ねてきた時は、加代は完全に参ってしまった。

合唱部で仲の良かったメンバーだった。彼女たちは、汚れた血にまみれ、悪霊だらけの社会で生きているのに、妙に明るくて楽しそうに見えた。昔一緒に歌った歌を、きれいなハーモニーで歌ってくれた。久しく忘れていたメロディーで、加代も思わず口ずさみそうになった。

「加代さんたちの聖歌ってどんなの。歌って聞かせてよ」

旧友の一人にそう言われた時、加代はうつむいてしまった。協会員と一緒なら、正々堂々と歌えるはずなのに、一人では恥ずかしくてできなかった。音楽的には、はるかに水準の低いものであることは明らかだった。

それにしても、こんな風に感じるのは初めてだ。一体、自分はどうしてしまったのだろう……困惑が加代を包み込んだ。

彼女たちが帰る時、急に淋しさを覚えた。もっといて欲しいと言いたかったが、信仰が薄れるような気がして思い留まった。

一週間経った時、父が聞いた。

「今まで、ずいぶん疑問が溜ってしまったね。もし良ければ、聖書に詳しい牧師さんをお呼びしてもいいんだが……」

〈そら、来た！〉と加代は思った。

敬霊協会から警告されていた洗脳牧師のことだ。金をもらって、脱会に手を貸す悪魔の使者である。この連中に出会ったら、奈落の底まで突き落とされると言われていた。

だが、加代は会ってみようと思った。

疑問は疑問として解決したかった。もし、洗脳牧師が薄気味の悪い男だったら相手にする必要はないし、いい加減な説明をしたら、原則講典の正しさが判明する。どうせ避けられないなら、対決しようと心に決めた。

会って見て驚いた。

北原と名乗るその牧師は、ブラザーたちが言っていたような恐ろしい人物ではなかった。

悪魔どころか、気品さえ漂わせ、静かで論理的な人物だった。原則講典の議論に入っても、全く歯が立たなかった。神学博士の称号は嘘ではなさそうに思えた。敬霊協会の講師たちは、世界で一番頭が良い人々だと思っていたのに、北原牧師の知識の量は桁が違っていた。加代がまくし立てる旧約や新約の理論には、何の根拠もないことが分かるだけだった。東大出身の長峰リーダーなら太刀打ちできるだろうかと何度も考えた。

二度目に会った時、北原牧師は、朴明烈の生涯とセックス・リレー教義について説明した。

呼吸ができなくなるような衝撃を受けた。

協会で教えられたこととは正反対な事実ばかりだった。北原牧師の話は辻褄が合っていた。しかし、全体が精密な造りごとであるかもしれないと警戒した。

集団結婚式に参加する自分が、朴明烈の性の儀式を受けることになるという解釈は、とうてい許容できるものではない。

北原牧師が帰った後、加代はあわててリュックサックの中から、二枚の写真を取り出した。加代は、朴明烈のポートレートと、自分も一緒に写っている李英信のスナップであった。加代は、朴よりも李の写真に惹かれた。朴明烈を見たことはないが、李英信が来日した時は、身の廻りを世話したことがある。目の澄んだ老人で、とつとつとした日本語だったが、いつも優しい言葉をかけてくれた。これこそ、真の聖者であると感動したのを覚えている。

李英信が、セックス教の創始者の一人だなんてあり得ない話だった。

加代は、窓辺に立って夕景に包まれたスキー場を眺めていた。

優しくしてくれたブラザーやシスター、そして一緒に苦労したシープたちの顔が浮かんでくる。皆、真面目で情熱的な人ばかりだ。現世天国の実現のため、身も心も捧げている。辛いこともあるが、充実した毎日だった。

この人々全員が、陰謀の罠の中で踊っていると考えるには無理がある。

原則講典に矛盾があり、霊感商法もいいことではない——それは認めても良い。しかし、教義がセックス教だなんて、嘘であって欲しい。いや、自分は絶対に集団結婚式に参加する。長峰リーダーと結婚するんだ。

加代は、前歯で下唇を噛みしめた。


三週間が過ぎようとしていた。

三月中旬に入り、野山の雪が姿を消し始めた。スキー客もめっきり減っていた。

加代が敗北を認めたので、両親と学習することもなくなった。見張りつきで、外を散歩することも許された。最初の二、三日は全くなかった食欲も次第に戻ってきた。独りではなく、家族と一緒に食事をすることに違和感がなくなっていた。

日が経つにつれ、協会での生活感覚が薄れてゆく。家族たちの顔が、悪霊に支配されているような気がしなくなっていた。

ひょっとして自分は、とんでもない迷惑をかけているのではないか、と時々思うようになった。

すべてが間違いだったらどうしよう——そう考えると恐怖が湧いてきた。いまさら、どんな生き方ができるだろう。実社会に入ったら、まるで浦島太郎だ。自分で何かを判断したり、選んだりすることなどとてもできそうにない。何よりも、三年以上も命がけでやってきたことが、まったくの無駄だったと認めるわけにはゆかないのだ。

偽装脱会を宣言して逃げようか……しかし、それではあまりにも家族に悪い。決意はいつも中途半端で、情緒はますます不安定になってきた。

「大丈夫、安心しててぃぃよ」

あの得体の知れない藤田という男は、顔を見れば同じ言葉を繰り返した。最初はゾッとしたが、今では、その言葉が慰めに聞こえるようになった。本当に自分は大丈夫なのだろうか……。

その藤田が昨日からいない。何だか拍子抜けしたような感じだ。どこへ行ったのだろうと気になった。居ないとなると妙に淋しい。そんなに悪い人じゃないように思える。

気になるのは、あれほど深刻だった両親や兄弟が、今日になって妙に浮き浮きした表情を見せていることだ。

何がどうしたのだろう。それとも気のせいだろうか。

藤田が戻ってきたのは、夜の十時過ぎだった。父と二人で加代の部屋へ入ってきた。

父親は興奮気味で、上気した顔が赤らんできた。

「加代さん、あなたにとっても僕らにとっても良いニュースだ」

藤田は、謎めいたことを言いながら、抱えてきた紙袋から一冊の本を取り出し、加代に差し出した。

表紙一杯に、チマチョゴリを着た女性たちに囲まれた朴明烈の写真がデザインされている。タイトルは、〈サタンの正体〉とあり、副題に〈朴明烈の性の犠牲者たち〉と書かれている。

著者名を見て驚いた。〈李英信〉となっていた。胸がドキンと鳴った。こわごわ藤田の顔を見た。

「今日出版された本でね。北原牧師が言われたことがそのまま証明されている。ゆっくり読んでください」

藤田は、加代の目を真っ直ぐ見て言った。

兄と弟がテレビとビデオ・セットを抱えながら入ってきた。母も叔父も顔を見せた。異様な雰囲気だ。何が始まるのだろう。

「李英信さんが今日、この本の出版記者会見を東京でやってね。テレビにも出演したんだ。この地区にはネットワークがないから、そのコピーをもらってきた」

藤田がカセットを突っ込んだ。

パッと画面が明るくなり、李英信のクローズ・アップが現れた。あのなつかしい老聖者の顔だ。加代は胸がしめつけられるような気持ちになった。

李英信が、たどたどしく語り出す。

「私は……死ぬ前、真実を話す決心しました。サタンとは朴明烈のこと……であります」

加代の顔が、瞬間的に蒼ざめた。悪い予感がした。

「朴は、たくさん婦人と、セックスすることで信者を増やしました。その婦人たちは、次々捨てられ、悲劇的人生を辿ったです。私はこの本で、恥をかえりみず……」

加代は目を見開いたまま、画面の李英信を見続けた。李は、赤面するような事実を、次から次へと話し続けた。

北原牧師の言ったことは、すべて本物だった。敬霊協会の教義は、やはり〈血分け〉だったのだ。

完璧に負けた……もう本なんか読みたくもない。

そう思った途端、顔にへばりついていた仮面が、ポトリと落ちたような気がした。

31

午後四時、昼もつけっ放しのシーリング・ライトがチカチカと点滅し始めた。蛍光灯の球に寿命が来たようだ。自由ヶ丘探偵社の応接ソファーに横たわりながら、牛島は坂巻よねからもらったセーラム・ライトを吹かしていた。輪になった煙は、ゆらゆらと昇ってゆき、天井に到達する前に崩れてしまう。

敬霊協会の教義、歴史、組織などに関する基礎的な知識は、藤田のレッスンや北原牧師などの講義で充分に習得することができた。

その上、彼らが勧めてくれた数冊の本を読み込んだので、牛島はかなりの通になっていた。

問題は、どうやって松本武志を捜し出すか、であった。群馬県で試みたやり方は、乱暴すぎて確率は低かった。何とかしてやめたばかりの信者を捕え、情報を得るのが早道だと思った。

北原牧師のベツレヘム教会に出入りする若者たちは、武志の入信以前に脱会した者が多く、参考になる手掛りは得られなかった。

当面の頼みの綱は、群馬県で捕えられた尾崎加代だけである。彼女が武志を知っている確率は高かった。数日間、牛島は越後湯沢の藤田と連絡をとり続けていた。だが、ここ二日間は、藤田が東京へ戻ったという事実が分かっただけで、消息は不明だった。

電話が鳴った。よねが回線を切り換えた。

牛島が受話器を取ると、松本時枝が喚いていた。いつものように、主語のはっきりしない言葉を早口でまくしたてている。

「武志が現れたんですよ！」

その言葉だけは、はっきりと聞き取れた。牛島は思わず身を起こした。

どうやら、武志が埼玉県の親類の家を訪ねたということらしい。親類とは、安吉の兄のことのようだ。詳しい事情は直接聞いてくれと言う。

牛島は、教えられた番号を廻した。

ダミ声の相手が出てきた。武志の伯父だった。牛島のことは承知していた。

「今日の午前中、十時頃でしたかねえ、武志がひょっこり現れたんですよ。一年ぶりですよ、入学祝いをやった時以来です。ところが、どうも様子がおかしいんだな。いきなり伯父さんの手相を見てやると言い出しましてね。家系図がどうだの、因縁がどうだのと喋りまくるんです。挙句の果ては、悪霊を払うために数珠を買え、と来るんです。いくらだと聞いたら、二十万円だと抜かしやがる。呆れ果てましたよ、これは」

「で、どうされたんです」

「そんな現金はないと言ったら、今直ぐ銀行で降ろしてくれと言うんです。なんかせっぱ詰った顔つきなんですね。こりゃ変だと思いましたから、とにかく明日もう一度来いと言って帰しました」

「時間を指定しましたか」

「ええ、同じ頃と言いましたから、十時ぐらいになるんでしょうね。とにかく、弟に知らせなくちゃと思い、ずっと電話してたんですが誰も出なくてね。やっとさっき、学校から帰ってきた姪《めい》を捕まえたんですよ」

「安吉さんの入院はご存知なかったんですか」

「そうなんですよ。水臭い話じゃありませんか。武志が変な宗教に入ってることも、ひた隠しにしてたんですな。自慢の息子だから、親類に知れるのを恥だと思ってたんでしょう」

「分かりました。後ほどまたご連絡します。ご面倒かけることになるかもしれませんが、その節はよろしくお願いいたします」

受話機を置くのと、コートをひっ摑むのが同時だった。

安吉の入院している病院を出発したのが、午後十時だった。

カローラの助手席には時枝、後部座席には、最初の武志救出に協力した安吉の弟子が乗っていた。

「オレも行く！」

興奮する安吉をなだめるのは一苦労だった。安吉の面倒を娘に託し、小人数で出発した。突然のことなので、助っ人を集めることはできず見切り発車だった。時間に限りがあり、理想的なことを言ってはいられない。

藤田にはついに連絡できなかった。

北原牧師に電話すると、

「もし家族に説得能力がない場合は、牛島さんが引き受ければいいんです。でも、その前に、信者に親しみもたれるように努力してください」

と言われた。

エライことになった、と思った。武志と原則講典の議論をするのも大事業だが、親しくなるのはもっと難しい。

カローラは、大宮市に近い町に向かって高速道路を疾走した。車の中では、ほとんど会話がなかった。時枝も職人も、これから何が起こり、どう対処すべきかも分からぬまま未来に向かっているのだ。

また理恵の車を使わせてもらうことになった。そればかりではない、もう一つ大きな借りも作ることになるだろう。自分の都合で女を利用するヒモみたいな気がして、今回は心苦しかった。

理恵は嫌味一つ言わず鍵を渡してくれた。

「成功するといいわね」

「うん」

「牛島さん、人が変わったみたいね」

理恵の瞳は、牛島の行動を肯定しているように見えた。

本当に自分は変わったのだろうか……牛島には判断できなかった。いずれにせよ、抜き差しならぬ状況で、無我夢中で動いていることだけは確かだ。

安吉の兄・長一郎の家に着いたのは、午前一時過ぎだった。周囲にまだ田畑の残る一画だった。瓦屋根だったが、造りは古い農家で、土間まであった。

「まあまあ、ご苦労さんだったね」

でっぷりと太った禿頭の老人が出迎えた。安吉とは似ても似つかぬ風貌だ。

「女房は離れで寝たきりなんで、失礼させてもらいますよ。会っても、人の見分けがつかんようになってますから」

そう言って、囲炉裏《いろり》のある畳敷の居間に三人を案内した。

長一郎は、半農で町役場を勤め上げた後、町会議員をしていると語った。

「息子二人も家を出てしまい、近所の婆さんに女房の世話をしてもらっとります。明日も午後から議会がありましてな、あまりお手伝いできないんじゃないかと」

弁解するまでもなく、長一郎に何かを頼れる状況ではなかった。

「それにしても、武志はなんだってそんなことになってしまったのか」

そう呟きながら、鉄瓶から急須に湯を注ぎ、湯気の立つ茶をいれてくれた。

茶碗を取り上げた時枝が、突然ワッと泣き出した。くるりと背を向け、咳込みながらむせび続けた。

鶏の声で目が覚めた。

腕時計を見ると六時だった。隣の布団の若い職人は、静かな寝息を立てている。窓外を見るとすでに東の空が白んでいた。一ヵ月前のこの時間は、まだ真っ暗だった。

そっと廊下に出て見ると、台所で微かな物音がしている。近づいて中を覗くと、隣室で寝ているはずの時枝が、漬け物を刻んでいた。気配で時枝が振り向いた。むくんだ顔、目が赤い。

「眠れなかったんですか」

「ええ……なんとなく」

時枝の表情は、不安で塗りつぶされている。

「あまり心配しない方がいいですよ」

牛島が慰めた。

長一郎も既に起きていて、囲炉裏の火を熾《おこ》していた。

「時枝から聞いたけど、あんたにはずいぶん世話になってるんだねえ」

しみじみとした調子で長一郎が言った。

七時には若い職人も起きてきて、一緒に朝食をとった。地鶏の生玉子と、自家製の沢庵がやたらとうまかった。

打ち合わせの後、車を納屋の裏に隠した。履物も全部しまい込み、人のいる痕跡を消した。

十時までの時間が、百年ぐらいに感じられた。待つのは職業上慣れているが、今度ばかりは息苦しさを感じた。

九時半には、長一郎だけを居間に残し、三人は隣の部屋で待機した。緊張のあまり、時枝が何度も咳込むので心配になった。

遂にその時が来た。

居間の柱時計が、鈍い音をたてて十時を打っている。

まるで幽霊映画のタイミングのように、引き戸が開く音がした。時枝が咳込みそうになった。牛島があわててハンカチを取り出し、時枝の口をふさいだ。時枝が苦しがって呻く。牛島の額から冷たい汗が噴き出した。これでは気づかれてしまう。

「武志か……おお、入れ、入れ」

と長一郎の声がする。

時枝の呻きはとまらない。苦しがって暴れ始めた。職人がおろおろしている。武志が坐ってから、長一郎の合図の言葉で飛び出す約束だった。

「おい、どうした、こっちへ来なさい」

長一郎がせかしている。戸が閉まった音がまだしない。武志が気配を感じた可能性がある。時枝が後ずさり、後頭部を障子にぶっつけた。大きな音がした。

もう駄目だ、と牛島は判断した。時枝を放り出し、部屋の外へダッシュした。廊下から土間へ一足飛びで降り、戸口へ向かった。自分でも、忍者かと思うほどの早業だった。しかし、開けられたままの戸のそばには誰もいない。しまった、逃げられた！　と思った。外へ飛び出そうとした時、背後から長一郎の声が掛った。

「牛島さん……」

振り返って驚いた。

居間の入口に、長一郎と武志が並び、ポカンとした顔をして立っていた。牛島の一人芝居を二人は眺めていたようだ。

照れ臭かったが、武志に逃げられなかったことでホッとした。

牛島を見ていた武志の表情に変化が起きた。顔面が、引きつって歪んでいる。

牛島が、逃がさないようにとゆっくり近づいた。

武志が、立ちすくんだまま両手を前方に突き出した。

「お願い！　逃げない！　逃げないからぶたないで！　ぶたないでください！」

大声で叫んでいる。まるで、仕置きを恐がる幼児みたいだった。

意外な武志の反応に、牛島の方がびっくりした。

理恵が使ってよいと言った那須の別荘までは、四時間以上かかった。職人に運転を代ってもらい、後部座席では、武志を真ん中に時枝と牛島が両脇をかためた。

黒磯市中を突っ切り、那須山の麓から、開発業者がリゾート・マンション用に作った私道を登っていった。道に沿って、百メートル置きぐらいに洒落《しやれ》た別荘が点在していた。いずれも、この季節には人のいる気配がなかった。

麓から二十分ほど登ったところで、やっと理恵の別荘を見つけた。中世英国風の屋敷を模倣したのか、白壁にセピア色の柱や木板が幾何学的な模様を描いている。崖沿いに建てられた中二階型で、玄関へ上る石段の横に二台分の駐車場があった。

前面も背景も、枯木の山だった。所々にまだ残雪の斑点がある。

車を降りると、強い寒風が吹いていた。牛島のコートでは役に立ちそうもない。東京よりはずっと気温が低い。

理恵から預かったキーでドアを開けた。

大きなリビングと三つのベッド・ルームがあった。電気のマスターや、水道栓の扱いは承知していたが、問題は家具や食器がまるでないことだった。理恵は四月になってから揃えるつもりだと言っていた。

武志を中二階の一番奥の部屋に押し込めた。裏窓には盗難防止用の鉄柵がついており、逃亡する心配はない。

最低限の必需品を紙に書き出し、職人に五万円ほど渡した。時枝があわてて追加分の金を出した。いくらになるのか、この辺の物価が分からなかった。

職人が買物に出掛けた後、牛島が時枝に聞いた。

「武志君とゆっくり話でもしますか」

時枝は激しく首を横に振った。

「駄目なんです。あたし、恐くて……自分の子のような気がしないんです」

時枝は、情緒不安定になっていた。

仕方なしに、牛島が奥の部屋へ入った。

ドアを開いた途端、正坐して何かを祈っていた武志が飛び上がり、部屋の隅にへばりついた。怖じ気づいている。リンチでも受けるのではないかと思っている様子だった。牛島をサディストとでも考えているのだろう。

最初に捕えた時、腹に一発食らわせたのがよほど効いたのだろうか。

「坐れ！」

厳しい調子で牛島が言った。

武志が、恐る恐る指示に従った。その卑屈な態度を見て、本当に殴りつけてやりたくなった。

〈俺をこんなに手こずらせやがって〉

牛島は心の中で武志を罵倒した。

武志の真向かいにドッカと腰を下ろした。再び武志が後ずさりした。牛島の一挙一動に過敏に反応する。

〈何なんだ、こいつは？〉

胡坐《あぐら》をかいた牛島は、じっと武志をにらんだ。武志は、捕えた時から、一言も喋っていない。当分は黙《だん》りを決めるつもりだろう。

牛島は自問自答した。

〈はてさて、どうやってこいつを料理してやろう〉

親近感を持たせるなんて、至難の業だ。

32

外は明るくとも、地下の世界は常に夜だ。地下鉄は奈落の洞穴を突き抜けて走る。長峰国彦は、銀座線の車両の中に立っていた。

このところ、悪霊たちの力が支配的になっている。

空気さえも、彼らの吐く息で汚染されているように感じる。呼吸するのも息苦しい毎日だ。

霊感商法弾劾の民事裁判で、負けるはずはないと信じていた第一審で敗北を喫した。敬霊協会日本支部創立以来の初体験だ。現在、同様の訴訟が数百件係争中である。この判例が前例となるなら、百億円近い弁償金を背負うことになる。

それでなくとも、天のお父様から、金を送れと矢のような催促である。

経済活動の収益は日毎に落ちている。信者の数も減り続け、新しいシープ獲得は困難になっている。

だが、集団結婚式の相手だった尾崎加代の脱会が、何よりも長峰の心を締めつけていた。加代は、長峰が直接伝道したシープだった。

これまでいくども〈恵福〉を受ける機会はあったが、長峰の方から辞退していた。将来大幹部になるには、理想の相手を見つけなければならないと思っていたからだ。

三年前の朴明烈誕生の日、長峰は街頭で募金運動の指揮を取っていた。このめでたき日に、何かが起こる予感があった。

雑踏の中で一人の女性が目についた。彼女だけが、光り輝いているように見えた。彼女は、長峰と目が合うと真っ直ぐに近づいて来た。神について興味があると言った。それからは一直線だった。

長峰は、加代は神が自分に与えた女性であると確信した。シープとしての義務を終えたら、彼女と恵福を受けようと考えていた。

建前では、結婚相手は朴明烈が決めることになっていた。だが実際は、長峰たち準幹部がカップルの組合せを作り、要請された組数を送り出していた。こうした矛盾は、他にも数え切れないほどあるが、あまり気にしていると活動が鈍化する。天のお父様さえ信じていれば、準幹部以上は何をしても許されるのだ。

だが、その尾崎加代はもういない。これは神の試練なのか、それとも自分に対する何らかの罰なのだろうか。

個人的な愛は禁じられている。だが、彼女を失った今、なおさらのいとおしさが胸を掻き乱す。自分は狂ってしまったのだろうか、毎日そんなことを考えるようになった。

〈天のお父様、私をお許しください。そしてこの胸苦しさから逃れさせてください〉

長峰は、地下鉄のドアのガラスにへばりつきながら祈禱していた。

銀座駅で降り、築地に向かった。

築地には、〈多幸物産〉のオフィスがある。敬霊協会経済活動の指令塔である。

「重大な話がある。三時に来てくれるね」

司令官である古川鉄二代表から、午前中に電話があった。

尊敬する大学の先輩で、長峰を贔屓《ひいき》にしてくれる上司だが、めったに呼ばれることはなかった。

長峰個人にまつわる問題があるのだろうか。

悪い場合には、成績低下の責任を問われるか、恵福の相手に逃げられた件の釈明を求められるかもしれない。

だが、大幅な人事異動があり、準幹部から本幹部への昇進というケースだって考えられる。

多幸物産のオフィスは、大型貸しビルの八階にあった。

エレベーターを降り社長室へ向かう時、長峰国彦の胸は期待と不安でドキドキ鳴った。

ドアを開けると、広々とした部屋の真ん中に、豪華な革張りソファーがあり、三人の男が坐っていた。

「やあ、久しぶりだね、こっちへ」

背の高い白髪の紳士が立ち上がった。代表の古川鉄二だった。金縁眼鏡をかけた知的な容貌には、ある種の気品さえ漂っている。

もう一人は、一緒に群馬県の交通事故を処理した顔馴染みの宍戸信行だ。長峰に目もくれず、じっと何かを考え込んでいる男がいた。ゴマ塩の毬栗頭《いがぐりあたま》で、ごつい顔つきのこの男には見覚えがあった。学生の頃、一度だけ彼の演説を聞いたことがある。

現在は体良く名誉会長に棚上げされている、敬霊協会日本支部の初代会長であり、滅共戦線の指導者でもあった馬場勝造である。

広いガラス窓の外には、東京湾が広がっていた。こんなにスケールの大きい場所で、大物たちと会っている——長峰は夢心地だった。

まず、先に謝ってしまおうと思った。

「恵福の相手に逃げられ、醜態をさらしてしまったことをお詫び申し上げます」

長峰の声は震え気味だった。

「そんなことはどうでも良い。とにかく坐りなさい」

古川に促され、長峰はソファーの端に腰かけた。

「今も話していたんだが、敬霊協会はもうおしまいだよ。一、二年のうちに幕を引く準備を進めなきゃならん」

「は……」

長峰は、古川の言葉を聞き違えたのかと疑った。

「裁判で負けだしたら、全部差し押さえられてしまう。表面的にはすでに借金だらけだが、そのうちこちらがキープしている資産にも目をつけられる。協会の看板を出しておくこと自体が危険なんだよ」

古川はビジネスマンのような口調で話した。

長峰は、茫然としながら口を開いた。

「じゃ」

「早いとこ解散の準備をして、新しいのを始めるってことですよ」

赤ら顔の宍戸が、笑みを浮かべながら言った。

「〈血分け〉なんて教義がもう流行《はや》らないんだな。あれ抜きで始めるんだ。聖書がややこしければ、お経でもいい。〈霊感〉と〈因縁〉だけで充分やっていける。マニュアルは今までのものを利用できる」

さらりと言う古川の言葉に、長峰は対応できなかった。

「すると……天のお父様は」

「もうご用済みだ。放って置くと、いつまで政治道楽で金を使うか分かったもんじゃない。朴明烈は、本気で拝んでいる上岡のバカにおしつけちまえばいいんだよ」

長峰は度肝を抜かれた。古川は、現会長上岡の名にバカをつけ、天のお父様を呼び捨てにしている。

「天のお父様は偽物だと言うんですか！」

長峰の声は、甲高くうわずった。

「あれは天性の詐欺師だ。詐欺師は自分まで騙すことができる。つまり、誇大妄想狂って奴ですよ、長峰さん」

宍戸がつけ加えた。古川と宍戸は顔を見合わせて笑った。

古川は、長峰の戸惑いに気づいた。

「君、まさか、本気でこんなもの信じてたんじゃないだろうな」

「古川さんは……」

長峰の体が震え始めていた。何を言ったらよいのかも分からなくなっていた。

「そうか。君ほどの者ならとうの昔に気づいていると思っていたんだが。いや、私も最初は騙されたんだから、君を非難する資格はない。ま、とにかくだね、これは目茶苦茶なデタラメ宗教だ。馬場さんや私らが苦労して辻褄《つじつま》を合わせ、何とか商売として成功させた。だが、ものごとには引き際というものがある。いつまでも、朴明烈みたいな狒々《ひひ》親爺をかついでいたんじゃ、こっちも落ち目になってしまうからね」

長峰の全身に破壊的な閃光が走り廻り、頭の中が真っ白になった。核爆発に巻き込まれたような衝撃だった。

「そこでね。新しい教祖を見つけて、もう一度出直す。私ら三人は合意してるんだ。ついては、君みたいな信者管理のベテランを幹部の中軸にすえたい。無賃労働者を大量生産できるのは、君しかいない。それを了解してもらうため呼んだんだよ」

「……私には」

長峰の言葉を、馬場勝造がさえぎった。

「この道はだな、やくざと同じ道だ。一度歩き出したら戻れない。一流大学を出たからって、その年になってどう転身できる。覚悟しなきゃいかんよ、男らしくな」

ドスの利いた低音だった。

窓ガラスが歪みながら溶けてゆく。その向こう側の海も、ビルの群も溶けてゆく。そして自分も一緒に溶けてゆく。長峰は、白昼夢を見ているに違いないと思った。

33

昨夜は三つ折のマットレスを敷布団代りにし、分厚い毛布を一枚掛けて寝た。いずれも、〈東京にもないほどでっかい〉と職人が表現したスーパー・マーケットから仕入れたものだ。

電気の床暖房が効いていたので、寒さを感じないで寝ることができた。

牛島は、武志の部屋の前の廊下に陣取った。ドアを開ける時は、牛島の寝具を押しのけない限り不可能だった。

朝食は、プロパンガスで湯を沸かし、三人でインスタント・ラーメンをすすった。武志にも勧めたが、首を横に振って拒絶した。

「何であんなに頑固になってしまったのかしら……小さい時は弱虫だったのに……」

時枝が、手にしたラーメンを見つめながらボソリと言った。牛島が箸《はし》を止め、時枝の顔を見た。

「弱虫？」

「そうですよ。外へ出ちゃいじめられ、ビービー泣いて帰ってくるんです。そのたびに主人が飛び出して行って、子供の喧嘩に手を出すんですよ。ずいぶん恥ずかしい思いをさせられました」

「武志君は臆病なんですか」

「ええ、とにかくぶたれるのをいつも怖がっていましたからねえ」

牛島の脳裏に何かが閃《ひらめ》いた。

とにかく、武志を扱うべき人間は、牛島しかいないのだ。藤田に連絡がつくまでは、自分で工夫しなければならない。

職人と時枝は、日用品や武志の下着、食料品などを買い込むため再び町へ降りて行った。

牛島は中二階へ上がっていった。ドアを開くと、窓から裏庭を眺めていた武志が、ドキッとした様子で振り向いた。

牛島はドアのそばで仁王立ちになり、厳しい目つきで武志を睨んで言った。

「俺は今日から、毎日お前と決闘することに決めた」

武志は最初、ぽかんと口を開けた。それから次第に表情が曇り、最後には顔面がクシャクシャになった。

「そんな……」

か細い声が出た。ここへ来てから初めて出た言葉だった。

牛島がジリジリと詰め寄った。武志は壁際まで後退する。

「止めて！　止めてくれよ！」

武志が叫んだ。その瞬間、牛島の突きが武志の横腹に食い込んだ。武志は呻き声を上げ、体を〈くの字〉に折り曲げた。

「もう一発いくぞ！」

「イヤダーッ」

武志はあらん限りの声で叫んだ。

「じゃ、身構えろ！」

武志が激しく首を振ってイヤイヤをした。牛島は、うずくまっている武志の胸を蹴り上げた。武志は仰向けになって吹っ飛んだ。今度はあわてて立ち上がる。

「さあ、身構えろ」

牛島が同じことを言った。

「ウワーッ」

武志は両目を見開き、恐怖の叫びを発した。

牛島が近寄ると、必死になって逃げようとする。その襟首を摑み、足払いをかけた。武志の体が真横に倒れた。ふらふらと立ち上がるところを、もう一発突きを入れる。

武志は腹を抱え、ゼイゼイと呼吸しながら床の上に崩れた。

「これを朝、昼、晩の日課にするからな」

言い捨てて部屋を出た。

可哀そうだが仕方がない、と牛島は思った。藤田が見たら何と言うだろう……。

昼飯は、時枝たちが買ってきたホカホカ弁当だった。武志の部屋にゆき、弁当を床に置いて言った。

「これを食うんだ。いやなら」

牛島は攻撃のポーズを取った。

武志は牛島の目を見ながら、おそるおそる弁当に近づき、素早く拾い上げた。あまりにも猫の動作に似ていたので、牛島は思わず噴き出しそうになった。

二時間後、再び武志の部屋に入った。弁当は空《から》になっていた。食物には弱い方なのだ。

牛島が攻撃の構えを取った。壁を背に、足を投げ出して坐っていた武志が飛び上がった。

「お母さーん！」

絶叫した。

誰かが早足で近づいてくる音がした。ドアが開き、時枝が顔を覗かせた。

「お母さん、こいつが……。止めさせてくれよ！」

武志が牛島を指差して頼んだ。

時枝は、最初はびっくりした様子だった。しばらく二人を見ていたが、やがて冷たく言い放った。

「牛島さん、構いませんからうんと懲らしめてやってください」

ぴしゃりとドアが閉まった。

武志は玉子を殻ごと呑まされたような顔になった。牛島の突きが、ふたたび相手の腹を見舞った。

悲鳴を上げながら、武志がひざまずく。

「だから身構えろといっただろう」

「どうやって」

涙を一杯溜めて武志が言い返した。

「じゃ、教えてやろう。くやしかったら、俺の腹をめがけて、真っ直ぐパンチを入れてみろ。遠慮するな」

武志はしばらくためらっていたが、やがて決意し、思い切り拳骨を突き出してきた。牛島が構えた左手を横に振り、武志の腕の内側を素早く払った。

「痛いーッ」

武志は右手を胸に抱えて悲鳴を上げた。

「どうだ、この技を知っていれば、突きがきたって恐くないだろう」

牛島は、親指を外に握る拳の作り方や、上段、中段、下段の構え、摺り足の運び方など空手の基本を説明した。武志が消極的な態度を示す度に、激しいビンタを頬に食らわせた。

牛島の気迫におされて、武志は急に従順になった。逆らうとひどいことになるというルールを知ったのだ。

「よし、夕方またやる。それまでに、突きを払う練習だけしておけ。サボれば、それだけお前の腹が痛むだけだ」

武志は、自分の運命を呪っているような情けない顔になった。

夕方、武志の見張りを職人に頼み、牛島は山を降りた。電話を掛けるためである。別荘に電話がないのが欠点だった。理恵に断りなく回線を引くのも気が引けたし、これ以上の負担を頼める筋合いではなかった。臨時用に申し込むのも大袈裟で、費用が掛りすぎる。実際の話、電話を利用する度合いは多くないのだ。那須街道沿いの観光用レストランに入り、コーヒーを一杯飲んでから公衆電話を掛けた。越後湯沢の番号には誰も出ず、藤田の東京の自宅も反応がない。北原牧師も留守だった。

自由ヶ丘探偵社にかけ、坂巻よねにメッセージを託した。

夕食後、牛島は武志と対決した。

武志は、一発食らうのがよほど嫌だったらしく、懸命に〈横払い〉を練習した形跡があった。牛島が手加減しながら拳を突き出すと、無器用なタイミングで払った。牛島が意図的に外してやったのだ。

「そうだ、上手《うま》いじゃないか。それさえできりゃ痛まないで済むんだ」

繰り返し同じ事を練習した。運動神経の鈍い若者だが、少しは形になってきた。武志の顔に生気が戻ってきた。魔術でも習得したような得意顔さえ見せた。

三日目の朝は、武志を外に連れ出した。崖を削って作った小さな裏庭で、新しい技を覚えさせた。昼も二時間やり、夜は部屋でおさらいをした。一日中、部屋で孤独と対面しているよりましだったとみえ、武志の空手に対する態度は次第に積極的になっていった。

〈親しみ〉を感じているかどうかは別として、牛島と武志の間にある種の師弟関係が生じたことは確かだった。少くとも、牛島をサディストだとは思わなくなっている。

四日目、朝の練習のあと、牛島は武志の部屋へ入った。

武志の目の前に、ポンと原則講典を投げ出した。武志は、一瞬ギョッとした表情で牛島を見た。

「実は俺もね、この宗教に興味を持ってるんだ。だが、この本を読んでみると、かなり難しい部分があってね。どうだ、いろいろ教えてくれないか」

牛島がそう切り出すと、武志の顔に警戒の色が走った。プイと横を向いたまま、何も言わない。

〈どうせ難癖をつけるつもりだろう。お前なんかに何が分かる〉

と、態度が語っていた。

「いやなのか」

牛島が聞いても、完全無視だった。

どうも藤田に言われたマニュアルどおりにならない。北原牧師が忠告してくれたように、もっと親しくならなければ駄目なのか。しかし、あかの他人である以上、しかも、今までの経緯《いきさつ》からしてそんな状況になりそうもない。

「よーし、お前がそういうつもりなら、俺の意見を勝手に言わしてもらうからな」

牛島は戦術を転換した。

「さあ、この本の最初の部分、〈物質の二極性〉という奴だ。〈霊的な事実は、すべて科学的に証明できる〉などとデタラメを言った後、〈物質の究極的構成要素は素粒子で、素粒子はすべて陽性と陰性を帯びている〉なんてインチキが書いてある。その先も問題だ。〈さらにその奥にも、二極性と形体を持つエネルギーが……〉だと。おい、エネルギーに雄と雌があるのか。お前は少くとも工学部の学生だろ。こんな答案を書く学生がいたら、病院へ運ばれちまうんじゃないのか」

武志は、最初はびっくりしたような目で牛島を見ていた。だが、激しい問い詰めに会うと、横を向いてしまった。黒目だけが、落ち着きなく左右に揺れているのを牛島は見逃さなかった。

こんな調子で、原則講典の非科学的な引用や事実関係の間違いを、反証をあげながら指摘し続けた。武志は、圧倒されたのか、無視しているのか、一言も反論しなかった。不貞腐《ふてくさ》れたような表情を浮かべたままだ。

「いいか、この続きはまた後でやる。お前が本物の学生なら、反論の一つもしてみろ。できなけりゃ、ただの落第生ってことだ」

武志の形相が変わった。頭に血が上っているのが分かる。敵意をもった目で牛島を睨んだ。

〈何だろう、この反応は〉

牛島は疑問を抱いた。

昼の空手練習では、なぜか武志は気が入らないようだった。本気の一発を食らわすと、あわてて身構えた。

そのあと、再び原則講典に戻った。

牛島が一方的にまくし立てるだけだったが、武志は時々驚いたような表情で牛島の口元を凝視した。

牛島は、武志の反応に合点がゆかなかった。ひょっとして、本格的にこの本を読んでいないのではないかと思うことがあった。

切り上げようと思った時、外で車の停まる音がした。しばらくして、玄関周辺が騒がしくなり、続いて中二階へ上がってくる複数の足音が聞こえた。

ドアが開いた。

牛島はアッと息を呑んだ。

コートを肩からかけているものの、頭も顎も包帯でぐるぐる巻きになり、片手を白布で吊った松本安吉が、息をハアハアさせながら立っていた。時枝と職人が、両側から安吉を支えていた。

武志は、化物にでも会ったような顔をしていた。

「武志……本当にいたんだな……よかった、よかった……」

消え入りそうな声で言いながら、安吉はふらつく足で入ってきた。ドスンと武志のそばに腰を下ろした。

「病院にいても心配でな……看護婦は止めたんだが、無理を言って来てしまった……でも、来てよかったよ」

安吉は、失くした宝物でも見るように武志の顔を覗き込んだ。武志は、眉をひそめて顔をそむけた。それを見て、牛島が怒鳴った。

「大事に育ててくれたお父さんをこんな目に会わせて、お前は悪魔か！」

「謝りなさい、武志！」

時枝が金切り声を上げた。

「いいんだ、いいんだ」

安吉が制した。

「武志がまともに戻るまで、オレはずっとそばにいる。死ぬまで離れんよ。だから、これでいいんだ。武志にも考える時間をやろうじゃないか、ね……」

牛島は、自分の寝具を運んできて、安吉を横たえさせた。もう一組買いに行かねばならないと思った。

34

びっくりするような早業だった。

昨日の朝、小川早苗が五人のシープを従えて、中道葉子のマンションにやってきた。

不動産屋との契約解消、光熱費の処理、電話の取り外し、家具や衣裳の売却、ゴミ類の始末等々——通常なら何日も掛る引っ越しの手続きや労働を、たった一日半で片づけてしまった。

素晴らしいチーム・ワークだった。神に仕える人々の情熱と行動力は、桁が違うと感心した。

今日の午後には、葉子の所有物はスーツケース一個だけになっていた。

「どう、すっきりした？」

小川早苗が笑顔で訊いた。

「ええ、結局要らないものばかり身につけてたってことかしら」

「そうね、神様に尽くすには、身と心だけで充分なのよ。でも、いろいろ処分してできたお金は、現世天国実現のための献金に廻されるんだから、あなたは高い評価を受けるわ」

玄関のドアを閉める時、ちょっぴり淋しさを感じた。

しかし、これから始まる共同生活の楽しさと意義を思うと、すぐに気持ちが積極的になった。

早苗が連れてってくれたのは、京王線の笹塚駅に近い新宿支部だった。

三階建てのビルの玄関を入り、二階への階段を上がっていった。

途中で、メタルフレームの眼鏡をかけた背の高い男とすれちがった。中道葉子は、それが長峰国彦だとすぐ分かり、胸がドキンと鳴った。

「シニア・リーダー、今日は」

小川早苗が挨拶した。長峰は、ただ領いただけで通り過ぎていった。葉子には、階段を降りる足元がふらついているように見えた。

「あの方、知ってるわ」

葉子が早苗にささやいた。

「ここのトップよ。素晴らしい人よ。忙しすぎてお疲れのようね」

〈何て幸運なんだろう。あんなリーダーのグループに入れるなんて〉

葉子は、心の中で感謝した。

案内されたのは、六畳間だった。すでに三人の同年輩の女性たちが荷を解いていた。一斉に明るい声で挨拶をした。皆、感じのよい人ばかりだった。しばらくは、四人で同居することになる。研修会で雑魚寝《ざこね》は経験済みだった。皆、〈決意〉をした人ばかりだから、前より楽しく暮せるだろうと思った。

早苗が帰り際、葉子を廊下の外へ呼んだ。

微笑を浮かべて手を出した。

「貯金通帳と印鑑」

「え?」

葉子には意味が分からなかった。

「ここの事務局が預かる規則なの。大丈夫よ。ここでは生活費なんか要らないし、お小遣いまでもらえるんだから。何も不自由はないわ、神様がすべて面倒を見てくださるの」

少し抵抗を感じたが、早苗を信じてすべてを渡した。

「頑張ってね。あなたは幹部が注目している人だから、すぐに昇進できるわ」

早苗は、葉子の手を力強く握りしめた。葉子は感激で涙ぐんだ。

スーツケースの中身を点検する間もなく、ブラザーの一人が入所式の集合を掛けに来た。

場所は屋上だった。冷たい風が横なぐりに吹きつけてくる。

二十人の新入り男女が、五人ずつ横四列に整列させられた。七人のブラザーたちが、大学の応援団みたいに、手を後に組み、足を開いて向き合った。

「聖歌一番、斉唱！　一、二、三」

真ん中のブラザーの掛け声で、一斉に若者たちが歌い出す。研修会で何度も練習したメロディーだった。

歌が終ると、あの懐しい大隅良江が現れた。

「礼！」

声が掛り、一斉に頭を下げた。

「本来ならば、シニア・リーダーがご挨拶すべきところですが、お体の調子が悪いので、わたくし、ママ・リーダーの大隅良江が代理を務めます。まず、上級を卒業し、いよいよ特別研修コースへ参加された皆さんを、心から歓迎いたします。皆さんは、今日から神の羊、シープと呼ばれます。つまり神の兵士でもあるわけです。現世天国実現のため、戦場に出るのです。兵士である以上、上官に逆らうことは絶対許されません。ブラザーやシスター、または班長に服従しなければ、神に逆らうことになります。辛い、苦しいことも沢山あるでしょうが、あなた方が苦労する分だけ、神を助けることになるのです。疑いを抱かず、よそ見をせず、一直線に神の道を歩みましょう。そうすれば近い将来、永遠の救いである恵福が皆さんに与えられます。ご健闘を祈ります。以上！」

「礼！」

大隅良江が去った。衝撃的だった。いつもは優しい大隈が、堂々たる貫禄で、男性的とも言える演説をやり遂げたからだ。

ブラザーの一人が前へ進み出た。

「諸君は明日より、経済貢献の活動を開始する。班ごとにハイエースに乗り、敬霊協会系商社の海産物を訪問販売する。この商社は、来月中旬に事業内容を変更し、新会社に生まれ変わる。そのため、残存商品をこの一ヵ月で売りさばく必要があり、神の成功失敗は、諸君の努力にかかっている。では、商品の売り方のマニュアルを紹介する。まず、訪問した玄関先での口上を覚えて欲しい」

コピー用紙が配られた。

「まず、こんな調子で明るくやる」

ブラザーがサンプルを示した。

「では、一人ずつ練習して見よう。中道葉子君、やってごらん！　できるだけ大声で！」

葉子の胸がドキンと鳴った。風に揺れるコピー用紙の両端をしっかりと握った。

「コンニチハーッ！　ニッコリ、ニコニコ、〈ほほえみ商会〉の中道葉子でーす！　北海道産のおいしい海産物を皆様に味見してもらってまーす。はい、根昆布の味付きです。試してくださいませーっ！」

「よーし、よくできた。これを十分以内に暗記しなさい。次！」

葉子はコピー用紙を睨みつけ必死になって口上を反芻《はんすう》した。

35

長峰国彦の腕時計は、午前二時を指していた。

六十人のシープたちは、すでに眠りについている。あと四時間は誰も起きないだろう。目を覚ましているのは、夜番の若者一人だけだ。長峰は、もう三十分以上も玄関の外に立ちつくし、時々車が通る道路を眺めていた。

三日前、築地の多幸物産で、尊敬する古川鉄二の話を聞いてから精神状態がおかしくなってしまった。

あれ以来、一睡もしていない。

その間、仕事をこなしていたわけでもない。三階の六畳間に坐っているか、階段を目的もなく上り下りし、各階の廊下を徘徊しているだけだ。夜になると、事務所で茶を飲むか、こうして外へ出て時間を潰している。

食欲もなかった。今日何を食べたか、あるいは食べなかったのか、記憶もない。

茶だけは、しきりに飲んでいたような気がする。昨日あたりから、大隅良江が不審に思い始めたようだ。

「医者に行きましょうよ、シニア・リーダー」

何度も同じことを言っていた。夜が明ければ、彼女の通報で、幹部の誰かがチェックに来る可能性がある。

だが、どんな医者が自分を治せるというのか。神にすら見捨てられてしまったこの身だ。

十年以上も、身心と頭脳のすべてを捧げてきた対象が、まったく架空のものであったと知った時、長峰の魂は遊離してしまったのだ。

理詰めで考えてもみた。

馬場勝造の言うとおり、転職しても意味がない。大学の同級生の多くは、既に官庁の課長補佐か、大会社の課長クラスだ。得体の知れぬ中小企業に入ったところで、みじめな思いを味わうだけだろう。社会的地位を捨てる覚悟をしたのも、崇高な価値を求めたからなのだ。

プライドなき人生なんてもってのほかだ。

では、新宗教創立に参加すべきか？……駄目だ。自分には、古川や馬場のような精神的タフネスが欠けている。詐欺を承知の生涯を送るなんて、とてもできそうもない。

いっそシープたちに真実を暴露し、敬霊協会に一矢を報いようか。……それも不可能だ。敬霊協会は、すでにシステムとして動いている。自然消滅しない限り、動き続けるエネルギーみたいなものだ。自分が発言したところで、発狂したと片づけられるのが関の山だ。それは、これまで長峰が裏切り者に対してやってきた戦術でもある。

では、今の自分は何者なのだ。

失われた十年が無意味であるならば、自分の存在も無意味になる。人間の存在は、過去の生き方の集積で証明される。ただ物理的に生きているのは人間ではない。となれば、自分は、実体のない脱け殻にすぎないではないか。

体が冷え切っていた。

長峰は事務所に戻った。

夜番の若者が、石油ストーブのそばの机の上に顔をのせ、鼾《いびき》をかいて眠っていた。いつもだったら、即座にたたき起こし、厳しい罰則を加えるところだ。

長峰は魔法瓶の湯を出し、再び熱い茶を飲んだ。そうしなければ、もう一歩も歩けないほど疲れていた。

胃の中が温まってから、ゆっくりと椅子から立ち上がった。

事務所を出て、コンクリートの階段を上った。息切れがして、何度も立ち止まった。

屋上に出るまで、十分以上も掛った。風が強い。足がふらつき、飛ばされるのではないかと思った。手摺りまで辿りつき、下を見下ろした。ちょうど玄関の真上だった。

飛び降りた後の姿を想像して、ゾッとした。汚らしいと思った。自分の最後の姿としてはふさわしくない。

ふと上を見上げると、寒月が蒼い光を放っている。孤高の美を感じた。あの月を見ながら死にたいと思った。

長峰は、よろよろとした足取りで、再び一階の事務所へ向かった。夜番の若者は、あいかわらず鼾をかいている。

長峰は事務机の抽出しをあけ、鋏《はさみ》を取り上げた。それから、入口の壁に掛っている鍵束を外した。一階の奥の倉庫部屋まで歩き、扉の鍵を開けた。電灯のスイッチをつける。訪問販売用の売れ残り商品のダンボール箱や、宣伝用の出版物が山積みされている。

一番手近に、麻紐でくくられた雑誌の束があった。〈メシヤの言葉〉というタイトルだった。

長峰は、その麻紐に鋏を入れた。雑誌がバラバラと床に落ちた。解けた麻紐を引っ張った。三メートルぐらいあった。

再び階段を上った。

左手に鋏、右手で麻紐を引きずりながら、一歩ずつ足元を確かめながら上を目指した。

屋上に戻った時、長峰は四ん這《よつば》いになっていた。心臓が破裂しそうだった。ぜいぜいと呼吸しながら、手摺りまで辿りついた。

鉄製の手摺りに、幾重にもよじった麻紐を縛りつけ、手頃な輪を作った。余った部分は、きちんと鋏で切った。

準備が整うと、もう一度月を見上げた。死んだら、あそこへ行けるかも知れないと思った。

長峰は、麻紐の輪を首に巻いた。

突然、しまった！　と思った。遺書を書くのを忘れたのだ。どうしようかと迷った。だが、次第に、書くべきことが何もないことに気づき出した。

〈脱け殻にメッセージなんかあるわけがないじゃないか……〉

「ウフフ……」

長峰は声に出して笑った。

手摺りを両手で摑み、胸をその上に押しつけた。体を横にし、片足を柵の外側に出そうともがいた。力がなくなっているので、なかなか重心が移動しない。仕方がないので、思い切って頭の方を外側へ突き出した。身体が逆さに落ちるような形で一挙にすべり落ちた。手は自動的に鉄柵を離れた。下半身が回転し、頭の位置を通り過ぎた瞬間、全重量が首に巻いた麻紐に集中した。麻紐は確実に喉奥に食い込んだ。

長峰の望みどおり、顔が外側に向き、見開いた両目が寒月を睨んだ。

一人の酔っ払いが、敬霊協会新宿支部の前を千鳥足で歩いていた。突然、目の前の路上で、ガラスが飛び散った。近くに眼鏡のフレームが落ちていた。

酔っ払いは、建物の上の方を見上げた。

背の高い男のシルエットが、風に揺られてぶらぶら揺れていた。

「チェッ、悪い冗談だよ、全く……」

酔っ払いは、ぶつぶつ言いながら通り過ぎて行った。

36

午前中も昼も、さしたる変化はなかった。

気に留めるとすれば、武志が一言だけ喋って反応したことである。

午後、横たわっている安吉のそばで、相変わらず牛島は、原則講典の話をしていた。それを続けることにどんな効果があるか、自信はまるでなかった。だが、空手とそれ以外に何ができるというのだ。ほとんど意地だけでやっているようなものだった。

途中で、安吉がぽつりと口をはさんだ。

「武志、こんなに牛島さんが一生懸命話しておられるのに、なぜ返事もせんのだ」

武志はチラリと父親を見た。

それから視線を床に戻し、突然こう言った。

「こんなことはどうでもいいんだよ。ぼくには、天のお父様を信じるしか道はないんだから……」

言葉には、捨て鉢な響きがあった。

それ以来、再び頑なに口を閉ざしてしまった。

夕方、朗報があった。

街へ降りた牛島が事務所に電話を入れると、坂巻よねのはずんだ声が戻ってきた。

「やっと摑まえたんですよ、藤田さんを！　どこか地方に行ってらしたんですって。それでね、明日の午後、そちらへ行くとおっしゃってました」

牛島はほっと溜息をついた。

この行き詰りを解決するには、経験豊かな藤田に助言を求めるしか手がなかった。

牛島は、地元の人からスーパー・マーケットのような本屋があると聞き、その場所を捜し出した。なるほど、〈東京にもないほど〉でっかい本屋だった。この周辺はなかなか興味深い。温泉に恵まれ、見物すべきスポットも多い。理恵と遊びに来るにはもってこいだと思った。

本屋では、何冊かのエレクトロニクス関係の雑誌を買い込んだ。武志に、少しでも昔の自分を思い出させたいからだった。

別荘に戻ると異変があった。

キッチンで夕食をとっている家族の中に、武志の姿があったのだ。これまでは、ずっと食事を部屋に運ばせていた。

再び偽装脱会を計画しているのだろうかと疑った。前回は、よく喋り始め、普通の人のようにふるまって欺《あざむ》いた。今回は様子が違う。依然押し黙ったまま、飯だけ食べている。

予想に反し、武志は牛島の買ってきた雑誌には全く興味を示さなかった。

どうにも、この若者の心は掴みかねた。

六日目の朝、時枝がやってきて小声でささやいた。

「朝、部屋を覗いてみたんですよ。そしたら、お父さんの上に毛布が二枚かかっているんです。武志がやったんですよ。そんな気持ちが戻ってきたんですかねえ。本物でしょうか、今度は」

「どうでしょうねえ」

牛島は本当に分からなかった。

家族にも読み取れぬ武志の変化を判定する術がなかった。

今日はどうしたことか、武志は朝食もとらぬまま部屋に籠っている。

牛島は、空手練習も議論も省《はぶ》くことにした。藤田を待って、考え直した方が良いと思った。

その藤田がやってきたのは、午後二時を過ぎた頃だった。

古い型のマークⅡから降りた藤田は、赤いコートを着た若い女を連れていた。

「誰だか分かりますか？」

サングラスの奥で藤田の目が笑っている。

牛島はハッと息を呑んだ。

「ひょっとして……」

半信半疑で言った。

「そのとおり」

藤田が女の方を振り向いた。女は、明るい笑顔を見せて会釈した。

パーマをかけて髪型を変え、薄い化粧を施しているが、その女性は紛れもなく尾崎加代だった。それにしても、薄汚れたヤッケを着、髪をボサボサにして伊香保を歩いていた時の姿とは、雲泥の差だ。

「彼女、やっと目が覚めましてね。武志君の説得に協力してくれることになったんです」

素晴らしい展開になった。これが決め手になるかと牛島は興奮した。

別荘の居間で、松本家の家族を紹介した後、牛島はこれまでの経緯《いきさつ》を藤田に説明した。

「難しいですねえ、このケースは。でも牛島さんのやり方はかなり特殊だと思うけど、間違ってはいなかったと思いますよ。少くとも、相手には牛島さんの真剣さが伝わったわけですから」

藤田に認められ、牛島はホッとした。とんでもないことをしたと、非難されるのではないかと恐れていた。

「あくまで統計的な結果ですが、入信期間が短いほど回復は早いんです。その子が、何に引っ掛っているか、それが分かればいいんですが、なかなか推理しにくいんです。いろいろやってみるしか方法はありませんね」

いよいよ、武志と加代が対面することになった。

牛島が部屋に向かった。

安吉は静かな寝息をたてて眠っていた。その側で、武志がじっと正坐している。

「尾崎加代さんが来ているよ。面会したいって……」

牛島は小さな声で言った。武志はビクッと首を縮めて牛島を見た。唇が微かに動いた。

〈ウソ〉と言ってるように見えた。

「さ、下へ行こう……」

牛島が促すと、武志はのろのろと立ち上がった。中二階の踊り場で立ち止まり、恐いものでも見るかのように、そっと階下を覗き見た。卓袱台《ちゃぶだい》の前に坐っていた加代が、武志に気づいた。加代が立ち上がった。

「松本君！しばらく。何してるの、早くこっちへいらっしゃいよ」

武志は、ためらいを見せながらゆっくりと階段を下りた。

加代が近づいてきて手を握ろうとすると、武志はあわてて両手を後に隠した。

加代が笑った。

「まだ習性がぬけてないわね、さ、一緒に話しましょう」

卓袱台をはさんで、二人が向き合った。他の者は、その周りを囲むようにして坐っていた。

「武志さん、わたし落ちたのよ」

「……そう」

加代が微笑みを浮かべて言った。

武志の反応は無感動なものだった。

「敬霊協会がひどい詐欺団体だってことの証拠があったのよ。わたしたち、皆騙されてたの。そして騙された人が、さらに他の人々を騙す破目《はめ》になっている。こんなことは早くストップさせなきゃいけないわ」

加代は、自分の救出された過程を説明し、武志の翻意をうながした。

だが、武志の心の動きに進展はなかった。

焦点の合わぬ視線を、ぼんやりと膝元に投げかけるだけで、時々、

「……そう」

とタイミングの合わぬ相槌を打つだけだった。

「さ、今がチャンスだ。立ち直って大学に戻れば、望んでいた立派なコンピューター技師になれるじゃないか」

牛島がたまりかねて口をはさんだ。

「コンピューター技師にはなれるんだ！」

突然、武志が大声をあげた。一同はびっくりして顔を見合わせた。

「どうやって？」

牛島が訊いた。

「敬霊協会には、〈ハピコン〉というコンピューター会社があるんだ。そこに入れてもらう約束なんだ。皆に心配してもらう必要なんかない。お父さんだって喜んでくれ

るはずだ」

武志は、今までのあいまいな態度とはうって変わり、堂々と説明した。

「ちょっと待って――」

今まで沈黙していた藤田が前へ乗り出した。

「〈ハピコン〉っていうのは、〈ハッピー・コンピューター〉のことだろ？」

武志は、藤田がその名を知っているのに驚いた様子だったが、素直に頷いた。

「だったら、その会社は昨年解散しているはずだよ」

「嘘だッ」

すごい剣幕で武志が怒鳴った。

「じゃ、証拠を見せてあげよう。車に書類があるんだ。ぼくの車は、走る図書館でね、協会関係のものなら何でも積んである」

藤田は、ユーモアを言う余裕を見せて立ち上がった。

持ち帰ってきたのは、『敬霊協会系組織と企業一覧』という本だった。弁護士グループが訴訟用参考文献として編纂《へんさん》したものだ。

藤田は、頁をめくって該当箇所を捜し出し、武志の前に差し出した。

「ほら、昨年の五月に倒産してるだろ。君が入信する前だ。今、債権者と裁判で係争中だよ」

武志は引ったくるように本を奪い、血走った目で活字を追った。

見る見る武志の顔が蒼ざめてゆく。唇が震え出しているのが分かった。

「君は騙されたんだ。協会の良く使う手だよ」

藤田の言葉が終らぬうちに、武志は座布団を蹴って立ち上がり、中二階へ走り出した。階段の途中で、いつの間に起きてきたのか、手摺りにつかまって下を見ていた安吉とすれ違った。

牛島が追いかけた。

部屋に入った武志は、安吉の寝具を外に放り出し、内側から鍵を掛けてしまった。

居間に戻ってきた牛島に藤田が言った。

「もう時間の問題ですよ。静かに軟着陸させてやってください。ぼくはこれで帰ります。この娘《こ》が終った途端、別の信者に係わっているんです」

「大変なんですねえ……」

牛島は、同情と敬意をこめて言った。

「そうそう、北原牧師が明日の昼前に訪ねて来られるはずですよ」

藤田は、次の手を打ってくれていた。

新幹線・那須塩原駅からタクシーを飛ばし、北原牧師がひとりで別荘にやってきたのは、午前十時過ぎだった。

困ったことがあった。

何度ドアをたたいても、武志は鍵を開けないのだ。一時間ぐらい待ってみたが、ラチがあかなかった。このままでは、牧師の訪問が無駄になってしまう。

牛島は、安吉の弟子の職人を連れ、裏庭に廻った。職人の肩に乗せてもらうと、上半身が中二階の窓まで届いた。鉄格子に摑まって中を覗いた。

武志が、床の上で大の字になって天井を見つめている。牛島の姿を見つけると、ギョッとなって起き上がった。あわてて窓に駆け寄り鍵をしめた。

牛島は尻のポケットからドライバーを取り出し、鉄格子を留めているネジを外し始めた。

バランスがとりにくく、固く締まったネジを外すのは困難な仕事だった。ネジを一個取るごとに、職人と肩車を交替した。

武志は、二人の作業を呆然と眺めていた。

六個のネジを外し、鉄格子を外す時に、体勢が崩れた。二人は土の上にもんどり打って倒れ込んだが、さいわい擦り傷程度で済んだ。

牛島はもう一度職人の肩に足を掛けた。ドライバーを逆さにもち、柄を窓ガラスにたたきつけた。割れた場所から手を突っ込み、難なく内側の鍵を開ける。窓を開き、部屋の中へ飛び込んだ。手の平は血だらけになった。

武志は、恐怖の塊になっていた。

牛島は、攻撃の姿勢を取った。

「この野郎、もう許さねえぞ！」

精一杯威嚇《いかく》した。

「止めて！　行くよ、行くよ！」

教えてやった防御の構えも忘れ、武志は両手を前に突き出して降伏した。

自分からスタスタと階段を降りてゆく。

安吉に促され、武志は北原牧師の前に正坐した。

「北原先生と言ってな。神学博士の本物の牧師さんだ」

安吉が、頼もしげに北原を見ながら紹介した。

北原は、おだやかな微笑を浮かべて口を開いた。

「そんなに緊張しないでいいんですよ。楽しく話しましょう。あなたが大事に思っている原則講典のことですが――」

と言った途端、武志は上半身を前に投げ出し、ワッと泣き始めた。

北原も驚き、しばらく武志の挙動を眺めていた。

武志が何か言い出した。

「原則講典のことなんか、もう言わないでくれよ。牛島さんが説明してくれた時から、分かってるんだ。あんなのデタラメだ、エネルギーに雄も雌もあるわけはない。前から変だって知ってたんだ――」

喋り終ると、再び激しく全身を揺さぶって泣き続けた。

「じゃ、今度は本当に辞めるんだな……」

安吉が武志の肩に手をやった。

「辞めるよ！　辞めるよ！　でも、お願いだから、大学には行かせないで……」

「どうして……」

困惑した様子で、安吉が訊いた。

「だって……ぼくは大学生じゃないんだ」

妙なことを言い出した。

「お前の言ってることは分からんよ」

「ぼくは昨年の春、不合格だったんだ……」

「えっ」

安吉の眉が険しく動いた。予想外の展開だった。

「合格通知は、ぼくが友達のワープロで作ったんだよ、ごめんなさい、お父さん、許してください……お父さんを悲しませたくなかった……許して……ウウッ」

床に頭をすりつけ、あらん限りの声と涙をしぼり出して許しを求めていた。

安吉の肩がガクンと下に落ちた。口を開き顎を天井に向けた。窪んだ目には光が消えていた。

「じゃ、お前、九月までどこに通ってたの、入学金や学費はどうしたんだい」

今度は時枝が尋ねた。

「予備校に行ってたんだ、何とか頑張ろうと思って……でも、夏には次も無理だって分かってしまった……相談にのってくれる所があるからと言われて行ったのが、ビデオ・センターだったんだ。コンピューター会社に入れるからと言われて入信した……これでお父さんを喜ばせることができると思った……そのうち、いろんなことを教えられて、頭が混乱したんだ……」

「何で正直に話してくれなかったんだい」

時枝が呆れたように言った。

「小さい時から、ぼくは喧嘩でいじめられた。だから勉強で見返してやろうと思ったんだ。でも、本当はそんなに頭良くないんだよ。あの高校だから上位にいられたけど、東日大学なんか全然無理なんだ。でも、成績が上がる度に家族が喜ぶから、無理して頑張ってみた……でも、ぼくは駄目な人間なんだ……これまでのことはごめんなさい……でも、ぼくはもう勉強したくない……お父さんの跡つぎでいいんだ……それから空手をちゃんと習いたい……お願い、ぼくの希望どおりにして……」

武志の泣きじゃくる声以外、部屋を支配したのは長い静寂だった。

突然、安吉が狂ったように笑い出した。安吉には似合わない甲高い声だった。やがて笑いは激しい嗚咽に変化した。

安吉の窪んだ両目から、泉のように涙が噴き出している。

いきなり、安吉は吊っていない方の手で武志の首を抱き込み、額を武志の顔にすりつけた。

「いいんだよ、武志、これでいいんだ……父さんの方が悪かったよ、お前の気持ちも知らんでな……ハハハハ、考えてみりゃ、オレの息子だ、そんなに勉強が得意なわけはねえじゃねえか、ハハハハ……もう無理するこたぁねえ、これからは父さんの手伝いするか」

武志は、くしゃくしゃになった顔を上げ、安吉の目を見ながらコックリと頷いた。

「ハハハハ……それで充分だ、よーし、そうなったら、コンピューター技師なんざ糞食らえだ、お前を日本一の水道職人に鍛え上げてやるからな。大学なんてなまやさしいもんじゃねえ。並大抵の苦労じゃねえぞ、覚悟はいいなっ」

武志は、ワッと泣き叫びながら、両手を廻して父親に抱きついた。時枝が耐えかねたように、おいおいと声を出し、身をよじって泣き始めた。

何十年も泣いた記憶がなかった牛島の目からも、我知らず涙が流れ出していた。

ある種の崇高な宗教的な場面に立ち会っているような錯覚にとらわれた。

悠然と微笑んでいる北原が、キリストか何かのように見えた。

エピローグ

カローラに全員乗ることは不可能だった。職人に運転を任せ、安吉一家を先に帰した。

牛島と北原牧師は、彼らが途中で手配してくれたタクシーに乗り、那須塩原に向かった。今度来る時は、理恵と一緒だと思うと胸がときめいた。

新幹線の自由席で、牛島と北原は並んで坐った。東京までは一時間余りだ。あまり言葉は交わさなかった。

牛島は車窓の外を眺めながら、まだ感動の余韻を味わっていた。

三月中旬、田畑はまだ黄褐色だが、所々に見える緑が、春の兆しを感じさせる。

北原は、着席した時から聖書を広げていた。

大宮を過ぎたあたりで、牛島が声を掛けた。

「神学博士でも、まだ聖書を読むんですか」

「……読めば読むほど、分からないことが出てくるんです。そして、同様に新しいことも発見しますからね」

「へえー、そんなに奥が深いんですか」

「おそらく、将来もコンピューターでは分析できない唯一の書かも知れませんね」

「その中身ですけどね、牧師さんたちは本物の歴史として考えているんですか」

「教派によって違います。福音主義を取る人々は、歴史的事実として受け入れていま す。しかし、自由主義神学、あるいは近代聖書学の立場――つまり、私もそうです が、もう少し科学的に分析して聖書を見直します。歴史として尊重するよりも、意味 を重視するんです」

牛島は、しばらくためらってから言った。

「こんなこと訊いちゃいけないんでしょうが、前から知りたかったことがあるんで す」

「訊いちゃいけないことなんて、この世にありませんよ」

「他の牧師さんはともかくとして、北原さん、あなたは本当に神の存在を信じてるん でしょうか」

北原は笑い出した。

「当たり前じゃないですか、アハハハハ」

「そうですか。私には信じられないんですがねえ」

「そこが問題なんですよ。神は求める者にとって存在するんです。そしてその者に、条件なしで救いを与えてくださるんですよ。私は神なしには生きられませんし、他人を助けることもできません」

「なるほど……」

そう言いながら牛島は、納得したのかどうか、自分でも分からなかった。

北原とは東京駅で別れた。

乗り換えた電車の中で考えた。

自分はきっと神を求めないタイプなのだ。神様抜きでも今は充分幸せな気分だ。二度とはやる気になれぬ苦労の多い仕事だったが、頑張り抜いてやり遂げた。自分をちょっとばかり見直した。俺は案外やれる男なのかも知れない。

もう一度人生を考え直し、何か価値ある仕事に挑戦できるような気がする。シャンとした男に生まれ変わるのだ。

理恵の顔が脳裏に浮かんだ。素晴らしい女だ。俺には神はいないが、女神がいる。彼女の好意には報いなければならない。そのためには、命だってくれてやる。彼女が嫌でないなら、結婚したっていい。牛島の気分は、どんどんハイになった。

自由ヶ丘探偵社に着いたのは午後五時。

ドアを開けると、カウンターの坂巻よねがセーラム・ライトの煙を吹き出したところだった。

「お客様がお待ちですよ、ほれ、二階の〈テンダリー〉のママ、何と言ったかしら……」

知っているくせにいつも名前を言わない。こんなおばさんでも、嫉妬《やきもち》を焼くのだ。

「理恵が来てるの」

「そうじゃなくて、その人のご親戚の方ですって」

牛島は襟を正した。理恵の親戚とくれば、万難を排して協力しなければならない。

応接室へ廻った。

ソファーに坐っていた中年の夫婦が立ち上がった。三つ揃いの背広を着こなした紳士と、高そうな着物姿の婦人だった。

「牛島でございます」

張り切った声で自己紹介した。

紳士が口を開いた。

「私ども、木下理恵の伯父伯母にあたります。突然で失礼と思いましたが、理恵の紹介で参ったわけでございます。秋田で呉服の商いをやっております中道と申します」

「そうですか、それは、それは。どうぞ、お坐りください」

牛島の勧めに応じず、紳士は立ったまま話を続けた。

「実は、私共に葉子という一人娘がおりまして、東京の大学に通わせておりましたが、突然消息が分からなくなりました。いろいろ調べて見ますと、どうやら敬霊協会というところに引きずり込まれたようなのでございます」

牛島は、消えそうになる口元の微笑をかろうじて維持していた。

「東京には理恵しか知り合いがおりませんので、相談しましたところ、こちら様がその種の事件の専門家であると伺いました。葉子は、私どもにとって宝物同然の存在でございます。何とぞ、娘を奪い返してくださるようご助力いただきたいと……このとおりでございます」

夫婦は床にひざまずき、額がつかんばかりにひれ伏した。

牛島の頭の中は、真っ白になっていた。

サハラ砂漠を歩いて生還した直後、ゴビの砂漠を徒歩で渡ってくれと、懇願されているみたいな気分だった。

できることなら、その場で卒倒してしまいたかった。

あとがき

この小説は、現存する某詐欺宗教団体からヒントを得て書いたものである。しかし、物語のディテイル、団体名、人物名などは、フィクションである。

参考文献としては、この団体の出版物、そしてこの団体の不正を糾弾するジャーナリスト、学者、牧師、弁護士、被害者救援活動家諸氏の多くの著書、文献、談話などを参考にした。又、数十人の被害者や元信者をインタビューし、貴重な証言と協力を得た。

この反社会的団体と果敢に闘うすべての人々に心から敬意を表すると共に、その労作を利用させていただいたこと、あるいは、直接、間接のご指導を受けたことに深く感謝したい。

この書が目指すところは、マインド・コントロールの意図的な悪用が、人間の思考や人格を改造し、社会的犯罪を作り出すというメカニズムを、物語によって図解することである。

この小説を書くことによって得た最大の収穫は、マインド・コントロールの悪用は、偽宗教団体のみならず、世界政治、国内政治の場面でも、ぬけぬけと展開しているのだという強い実感である。その陰謀のベールを剝ぎ取るには何をなすべきか——次のテーマが私に襲いかかっている。

一九九四年・秋

中村敦夫

文庫版あとがき「三〇年後の再販」

歴史に残る大文豪の作品でもないかぎり、初版から三〇年も経って再販というのは、まずあり得ないできごとだ。そのあり得ないハプニングが、作家もどきの私の身に起きた。

引き金は、政界に君臨してきた元首相が、街頭演説の最中に射殺されるという、これまた通常ではあり得ない事件が起きたことだ。

事件の遠因は、元首相が、反社会的な言動で有名な某宗教団体の広告塔となってきたことにある。この団体の熱心な信者だったある家族の母親が、巨額の献金を強要され、一家は破産し、身内からは自殺者も出た。将来を奪われた息子の一人が、怨恨を動機として凶行に及んだのだ。

一九九三年の初夏、マスコミでは、この団体が打ち上げた奇妙でケバケバしい花火の話題で持ち切りだった。花火とは、合同結婚式のことである。メシアを名乗る韓国人教祖が、国籍もバラバラ、見ず知らずの信者を何百組もマッチングするというのだから、ちょっとした騒ぎになるのは当然だ。そんなある日、私はたまたま某局のワイドショーにゲスト出演していて、この儀式についての感想を求められた。この団体については興味を持っており、批判的なジャーナリストや宗教学者たちの主張にも目配りしていたので、知っている範囲内で意見を述べた。

数日後の夕方、門前に群がっていたマスコミの記者たちが、帰宅した私を取り囲んだ。私が例の団体から、名誉毀損で刑事告訴されたと言う。民事裁判なら、法廷で原告と被告が論戦するので、いかがわしい教義が丸裸になる。だが、刑事告訴なら、検察がバカバカしくて取り上げない。案の定、結果は不起訴になった。つまり、刑事告訴は、批判者を黙らすための脅しに過ぎなかった。

七〇年代初頭までは、日本の社会運動の思想的主流は左翼で、大方の知識人、学生や労働者の支持を得てきた。

だが、高度成長からバブルへ向かう道程で、人々の生活内容が変わり、人心にも変化が起きた。労働組合を先頭にした左翼勢力の中枢は崩れ、全共闘の敗北で学生運動も消えた。左右の垣根さえ不明瞭になり、各界のリーダーたちは掲げる旗を見失った。経済成長至上主義だけが幅を利かせ、腐敗が蔓延《まんえん》し、倫理が軽視された。社会の各層に連帯の絆《きずな》がなくなり、若者や主婦層は、孤独と不安の大河に突き落とされた。人々は、無意識に、新しい掟を探していた。

カルトが忍び込む絶妙の環境が育ち始めていたのだ。

私がこうした雰囲気を察知したのは、あちこちの駅前広場や大学の構内で黒板を掲げ、常軌を逸した熱情で、支離滅裂な伝道を展開する若者の集団を目撃するようになったからだ。彼らの勧誘は強烈で、気の弱い男女はやすやすと取り込まれ、やがて霊感商法の前線へと駆り出されていった。

元首相の暗殺事件がきっかけで、このところのマスコミでは、問題の団体の実像が暴露されたり、関係する政治家たちが追及を受けたりしている。

コメンテーター達も様々な見解を披露しているが、中には気になる部分もある。それは、「政治」と「宗教」の二大テーマを前面に押し出し、アクロバティックで大げさな議論をでっち上げ、最後は皆でうやむやにしてしまうというゲームが繰り返されることだ。これに「信教の自由」などが加わると、話の範囲は無限大になり、収拾がつかなくなる。

はっきりさせるべきは、問題はそんな高級なレベルの代物ではないということである。

私がこの小説で描いたのは、次々と仮面をかえて金儲けに突進する詐欺団体でしかない。マインド・コントロールによって信者を無賃労働者に仕立て上げ、カモを見つけては他者の財産を巻き上げる。

「なぜ人はこうもやすやすと操られるのか？」この疑問が三〇年前の私にこの小説を書かせた。

再販を機会に、風俗描写を現代風にアレンジすることも考えたが、読者をレトロな世界に引き込んだ方が、よりリアリティーが増すのではと考え直し、手を加えないことにした。

二〇二二年・秋

中村敦夫

本書は一九九四年十一月、株式会社文藝春秋より刊行されました。
文庫化にあたり、一部を加筆・修正しました。

|著者| 中村敦夫　1940年生まれ。東京外国語大学中退後、演劇の世界に身を投じる。'72年、テレビ時代劇「木枯し紋次郎」で主役をつとめ、一躍人気俳優となった。作家、キャスター、ジャーナリストとしても活躍。'98年には政界にも進出し、参議院議員を一期つとめた。その後は、同志社大学大学院総合政策科学研究科で講師をつとめるなど、近年も政治や環境問題、カルト宗教の問題などについて旺盛な評論活動を行っている。『チェンマイの首』（講談社文庫）、『朗読劇 線量計が鳴る』（而立書房）など著書多数。

中村敦夫公式サイト
https://www.monjiro.org

狙《ねら》われた羊《ひつじ》
中村敦夫《なかむらあつお》

2022年11月15日第1刷発行

発行者——鈴木章一
発行所——株式会社　講談社
東京都文京区音羽2-12-21　〒112-8001
電話　出版（03）5395-3510
　　　販売（03）5395-5817
　　　業務（03）5395-3615
Printed in Japan

講談社文庫
定価はカバーに
表示してあります

KODANSHA

デザイン—菊地信義
本文データ制作—講談社デジタル製作
印刷———株式会社KPSプロダクツ
製本———株式会社国宝社

ISBN978-4-06-529882-4

講談社文庫刊行の辞

二十一世紀の到来を目睫に望みながら、われわれはいま、人類史上かつて例を見ない巨大な転換期をむかえようとしている。

世界も、日本も、激動の予兆に対する期待とおののきを内に蔵して、未知の時代に歩み入ろうとしている。このときにあたり、創業の人野間清治の「ナショナル・エデュケイター」への志を現代に甦らせようと意図して、われわれはここに古今の文芸作品はいうまでもなく、ひろく人文・社会・自然の諸科学から東西の名著を網羅する、新しい綜合文庫の発刊を決意した。

激動の転換期はまた断絶の時代である。われわれは戦後二十五年間の出版文化のありかたへの深い反省をこめて、この断絶の時代にあえて人間的な持続を求めようとする。いたずらに浮薄な商業主義のあだ花を追い求めることなく、長期にわたって良書に生命をあたえようとつとめるところにしか、今後の出版文化の真の繁栄はあり得ないと信じるからである。

同時にわれわれはこの綜合文庫の刊行を通じて、人文・社会・自然の諸科学が、結局人間の学にほかならないことを立証しようと願っている。かつて知識とは、「汝自身を知る」ことにつきていた。現代社会の瑣末な情報の氾濫のなかから、力強い知識の源泉を掘り起し、技術文明のただなかに、生きた人間の姿を復活させること。それこそわれわれの切なる希求である。

われわれは権威に盲従せず、俗流に媚びることなく、渾然一体となって日本の「草の根」をかたちづくる若く新しい世代の人々に、心をこめてこの新しい綜合文庫をおくり届けたい。それは知識の泉であるとともに感受性のふるさとであり、もっとも有機的に組織され、社会に開かれた万人のための大学をめざしている。大方の支援と協力を衷心より切望してやまない。

一九七一年七月

野間省一

講談社文芸文庫

蓮實重彥
フーコー・ドゥルーズ・デリダ
解説＝郷原佳以
はM6
978-4-06-529925-8
『言葉と物』『差異と反復』『グラマトロジーについて』をめぐる批評の実践＝「三つの物語」。ニューアカ台頭前の一九七〇年代、衝撃とともに刊行された古典的名著。

古井由吉
楽天記
解説＝町田 康　年譜＝著者、編集部
ふA15
978-4-06-529756-8
夢と現実、生と死の間に浮遊する静謐で穏やかなうたかたの日々。「天ヲ楽シミテ、命ヲ知ル、故ニ憂ヘズ」虚無の果て、ただ暮らしていくなか到達した楽天の境地。

講談社文庫　目録

我孫子武丸　新装版 8の殺人
我孫子武丸　眠り姫とバンパイア
我孫子武丸　狼と兎のゲーム
我孫子武丸　新装版 殺戮にいたる病
有栖川有栖　ロシア紅茶の謎
有栖川有栖　スウェーデン館の謎
有栖川有栖　ブラジル蝶の謎
有栖川有栖　英国庭園の謎
有栖川有栖　ペルシャ猫の謎
有栖川有栖　幻想運河
有栖川有栖　マレー鉄道の謎
有栖川有栖　スイス時計の謎
有栖川有栖　モロッコ水晶の謎
有栖川有栖　インド倶楽部の謎
有栖川有栖　カナダ金貨の謎
有栖川有栖　新装版 マジックミラー
有栖川有栖　新装版 46番目の密室
有栖川有栖　虹果て村の秘密
有栖川有栖　闇の喇叭《らっぱ》

有栖川有栖　真夜中の探偵
有栖川有栖　論理爆弾
有栖川有栖　名探偵傑作短篇集 火村英生篇
浅田次郎　勇気凜凜ルリの色
浅田次郎　霞町物語
浅田次郎　ひとは情熱がなければ生きていけない〈勇気凜凜ルリの色〉
浅田次郎　シェエラザード(上)(下)
浅田次郎　歩兵の本領
浅田次郎　蒼穹の昴 全四巻
浅田次郎　珍妃の井戸
浅田次郎　中原の虹 全四巻
浅田次郎　マンチュリアン・リポート
浅田次郎　天子《てんし》蒙塵《もうじん》 全四巻
浅田次郎　天国までの百マイル
浅田次郎　地下鉄《メトロ》に乗って〈新装版〉
浅田次郎　おもかげ
浅田次郎　日輪の遺産〈新装版〉
青木玉　小石川の家
天樹征丸 画・さとうふみや　金田一少年の事件簿 小説版〈オペラ座館・新たなる殺人〉

天樹征丸 画・さとうふみや　金田一少年の事件簿 小説版〈雷《いかずち》祭殺人事件〉
阿部和重　アメリカの夜
阿部和重　グランド・フィナーレ
阿部和重　A B C〈阿部和重初期作品集〉
阿部和重　ミステリアスセッティング
阿部和重　IP/NN 阿部和重傑作集
阿部和重　シンセミア(上)(下)
阿部和重　ピストルズ(上)(下)
甘糟りり子　産む、産まない、産めない
甘糟りり子　産まなくても、産めなくても
赤井三尋　翳《かげ》りゆく夏
あさのあつこ　NO.6〔ナンバーシックス〕#1
あさのあつこ　NO.6〔ナンバーシックス〕#2
あさのあつこ　NO.6〔ナンバーシックス〕#3
あさのあつこ　NO.6〔ナンバーシックス〕#4
あさのあつこ　NO.6〔ナンバーシックス〕#5
あさのあつこ　NO.6〔ナンバーシックス〕#6
あさのあつこ　NO.6〔ナンバーシックス〕#7
あさのあつこ　NO.6〔ナンバーシックス〕#8

内田康夫 琵琶湖周航殺人歌
内田康夫 夏泊殺人岬
内田康夫 「信濃の国」殺人事件
内田康夫 風葬の城
内田康夫 透明な遺書
内田康夫 鞆《とも》の浦《うら》殺人事件
内田康夫 終幕《フィナーレ》のない殺人
内田康夫 御堂筋殺人事件
内田康夫 記憶の中の殺人
内田康夫 北国街道殺人事件
内田康夫 「紅藍《くれない》の女《ひと》」殺人事件
内田康夫 「紫《むらさき》の女《ひと》」殺人事件
内田康夫 藍色回廊殺人事件
内田康夫 明日香の皇子
内田康夫 華の下にて
内田康夫 黄金の石橋
内田康夫 靖国への帰還
内田康夫 不等辺三角形
内田康夫 ぼくが探偵だった夏

内田康夫 逃げろ光彦〈内田康夫と5人の女たち〉
内田康夫 悪魔の種子
内田康夫 戸隠伝説殺人事件
内田康夫 新装版 死者の木霊
内田康夫 新装版 漂泊の楽人
内田康夫 新装版 平城山《ならやま》を越えた女
内田康夫 秋田殺人事件
内田康夫 孤道
和久井清水 孤道 完結編〈金色の眠り〉
内田康夫 イーハトーブの幽霊
歌野晶午 死体を買う男
歌野晶午 安達ヶ原の鬼密室
歌野晶午 新装版 長い家の殺人
歌野晶午 新装版 白い家の殺人
歌野晶午 新装版 動く家の殺人
歌野晶午 密室殺人ゲーム王手飛車取り
歌野晶午 新装版 ROMMY 越境者の夢
歌野晶午 増補版 放浪探偵と七つの殺人
歌野晶午 新装版 正月十一日、鏡殺し

歌野晶午 密室殺人ゲーム2.0
歌野晶午 密室殺人ゲーム・マニアックス
歌野晶午 魔王城殺人事件
内館牧子 終わった人
内館牧子 別れてよかった〈新装版〉
内館牧子 すぐ死ぬんだから
内田洋子 皿の中に、イタリア
宇江佐真理 泣きの銀次
宇江佐真理 晩鐘〈続・泣きの銀次〉
宇江佐真理 虚ろ舟〈泣きの銀次参之章〉
宇江佐真理 室の梅〈おろく医者覚え帖〉
宇江佐真理 涙堂〈琴女《ことじょ》癸酉《きゆう》日記《にっき》〉
宇江佐真理 あやめ横丁の人々
宇江佐真理 卵のふわふわ〈八丁堀喰い物草紙・江戸前でもなし〉
宇江佐真理 日本橋本石町やさぐれ長屋
浦賀和宏 眠りの牢獄
上野哲也 五五五文字の巡礼〈魏志倭人伝トーク 地理篇〉
魚住昭 渡邉恒雄 メディアと権力
魚住昭 野中広務 差別と権力

魚住直子 非・バランス
魚住直子 未・フレンズ
魚住直子 ピンクの神様
上田秀人 密封〈奥右筆秘帳〉
上田秀人 国禁〈奥右筆秘帳〉
上田秀人 侵蝕〈奥右筆秘帳〉
上田秀人 継承〈奥右筆秘帳〉
上田秀人 簒《さん》奪《だつ》〈奥右筆秘帳〉
上田秀人 秘闘〈奥右筆秘帳〉
上田秀人 隠密〈奥右筆秘帳〉
上田秀人 刃傷〈奥右筆秘帳〉
上田秀人 召《めし》抱《かかえ》〈奥右筆秘帳〉
上田秀人 墨《ぼっ》痕《こん》〈奥右筆秘帳〉
上田秀人 天下〈奥右筆秘帳〉
上田秀人 決戦〈奥右筆秘帳〉
上田秀人 前夜〈奥右筆外伝〉
上田秀人 軍師の挑戦〈上田秀人初期作品集〉
上田秀人 天主信長〈表〉〈我こそ天下なり〉
上田秀人 天主信長〈裏〉〈天を望むなかれ〉

上田秀人 波乱〈百万石の留守居役(一)〉
上田秀人 思惑〈百万石の留守居役(二)〉
上田秀人 新参〈百万石の留守居役(三)〉
上田秀人 遺臣〈百万石の留守居役(四)〉
上田秀人 密約〈百万石の留守居役(五)〉
上田秀人 使者〈百万石の留守居役(六)〉
上田秀人 貸借〈百万石の留守居役(七)〉
上田秀人 参勤〈百万石の留守居役(八)〉
上田秀人 因果〈百万石の留守居役(九)〉
上田秀人 忖《そん》度《たく》〈百万石の留守居役(十)〉
上田秀人 騒動〈百万石の留守居役(十一)〉
上田秀人 分断〈百万石の留守居役(十二)〉
上田秀人 舌戦〈百万石の留守居役(十三)〉
上田秀人 愚劣〈百万石の留守居役(十四)〉
上田秀人 布石〈百万石の留守居役(十五)〉
上田秀人 乱麻〈百万石の留守居役(十六)〉
上田秀人 要《よう》訣《けつ》〈百万石の留守居役(十七)〉
上田秀人 梟《ふくろう》の系譜〈宇喜多四代〉
上田秀人 竜は動かず 奥羽越列藩同盟顛末〈(上)万里波濤編 (下)帰郷奔走編〉

上田秀人 戦端〈武商繚乱記(一)〉
内田樹 下流志向〈学ばない子どもたち 働かない若者たち〉
内田樹・釈徹宗 現代霊性論
上橋菜穂子 獣の奏者〈I闘蛇編〉
上橋菜穂子 獣の奏者〈II王獣編〉
上橋菜穂子 獣の奏者〈III探求編〉
上橋菜穂子 獣の奏者〈IV完結編〉
上橋菜穂子 獣の奏者〈外伝 刹那〉
上橋菜穂子 物語ること、生きること
上橋菜穂子 明日は、いずこの空の下
上野誠 万葉学者、墓をしまい母を送る
海猫沢めろん 愛についての感じ
海猫沢めろん キッズファイヤー・ドットコム
冲方丁 戦の国
上田岳弘 ニムロッド
上野歩 キリの理容室
内田英治 異動辞令は音楽隊！
遠藤周作 ぐうたら人間学
遠藤周作 聖書のなかの女性たち

遠藤周作 さらば、夏の光よ
遠藤周作 最後の殉教者
遠藤周作 反逆(上)(下)
遠藤周作 ひとりを愛し続ける本
遠藤周作 周作塾〈読んでもタメにならないエッセイ〉
遠藤周作 新装版 海と毒薬
遠藤周作 新装版 わたしが・棄てた・女
遠藤周作 深い河《ディープ・リバー》〈新装版〉
江波戸哲夫 新装版 銀行支店長
江波戸哲夫 集団左遷
江波戸哲夫 新装版 ジャパン・プライド
江波戸哲夫 起業の星
江波戸哲夫 ビジネスウォーズ〈カリスマと戦犯〉
江波戸哲夫 リストラ事変〈ビジネスウォーズ2〉
江上剛 頭取無惨
江上剛 企業戦士
江上剛 リベンジ・ホテル
江上剛 起死回生
江上剛 瓦礫の中のレストラン

江上剛 非情銀行
江上剛 東京タワーが見えますか。
江上剛 慟哭の家
江上剛 家電の神様
江上剛 ラストチャンス 再生請負人
江上剛 ラストチャンス 参謀のホテル
江上剛 一緒にお墓に入ろう
江國香織 真昼なのに昏《くら》い部屋
江國香織他 100万分の1回のねこ
円城塔 道化師の蝶
江原啓之 スピリチュアルな人生に目覚めるために〈心に「人生の地図」を持つ〉
江原啓之 トラウマ あなたが生まれてきた理由
大江健三郎 新しい人よ眼ざめよ
大江健三郎 取り替え子《チェンジリング》
大江健三郎 晩年様式集《イン・レイト・スタイル》
小田実 何でも見てやろう
沖守弘 マザー・テレサ〈あふれる愛〉
岡嶋二人 解決まではあと6人〈5W1H殺人事件〉
岡嶋二人 99%の誘拐

岡嶋二人 クラインの壺
岡嶋二人 ダブル・プロット
岡嶋二人 新装版 焦茶色のパステル
岡嶋二人 チョコレートゲーム 新装版
岡嶋二人 そして扉が閉ざされた〈新装版〉
太田蘭三 殺《さつ》・風《ぷう》・景《けい》〈警視庁北多摩署特捜本部〉
大前研一 企業参謀 正・続
大前研一 やりたいことは全部やれ!
大前研一 考える技術
大沢在昌 野獣駆けろ
大沢在昌 相続人TOMOKO
大沢在昌 ウォームハート コールドボディ
大沢在昌 アルバイト探偵《アイ》
大沢在昌 調毒師を捜せ アルバイト探偵《アイ》
大沢在昌 女王陛下のアルバイト探偵《アイ》
大沢在昌 不思議の国のアルバイト探偵《アイ》
大沢在昌 拷問遊園地 アルバイト探偵《アイ》
大沢在昌 帰ってきたアルバイト探偵《アイ》
大沢在昌 雪蛍

2022年 9月15日現在